Besser Klatschmohn als gar kein Applaus

Der zweite, „etwas andere" Roman

von Katrin Müller-Wipfler

Nachfolger von
„Besser Neurosen als gar keine Blumen"

Besser Klatschmohn als gar kein Applaus

Lange sah es gut aus für Nils und Kate: Nach ihrer Trennung und der darauffolgenden Wiedervereinigung waren die beiden glücklich – doch das sollte nicht von Dauer sein. Nun hat das Paar sich also doch getrennt, nach 19 Jahren Beziehung und 10 Jahren Ehe. Nils bleibt mit Muppet und Mielchen im himbeerfarbenen Häuschen, Kate findet Unterschlupf bei ihrer Freundin Daisy, einem verrückten, herzensguten und kunterbunten Dauersingle.

Kaum hat Kate sich in Daisys kleiner Dachgeschosswohnung häuslich eingerichtet, überschlagen sich die Ereignisse: Eine Idee stellt das Leben der beiden Frauen gehörig auf den Kopf, Daisys Affäre Malte entpuppt sich als Gegenteil von dem, was sie dachte und zu allem Überfluss taucht auch noch ein Geist aus Kates Vergangenheit auf. „Arschloch" Karotte ist der Mann, der ihr einst das Herz gebrochen hat, weil er sich von heute auf morgen nicht mehr meldete und auch nicht mehr erreichbar war.

Plötzlich wird es spannend: Ist „Arschloch" Karotte doch kein Arschloch, sondern vielleicht Kates Traummann? Gibt es eben doch eine zweite Chance für die Liebe? Was hat der geheimnisvolle Hiasi mit allem zu tun? Und stimmt der alte Spruch „Am Ende ist alles gut. Und wenn es nicht gut ist, ist es nicht das Ende"?

Katrin Müller-Wipfler, 1983 in Bruchsal geboren, hat Germanistik, Anglistik und Journalismus studiert und das Schreiben ist schon immer ihre große Leidenschaft. Nach der Geburt ihres ersten Kindes und der anschließenden Elternzeit ist sie seit Kurzem wieder als Redakteurin tätig. Katrin Müller-Wipfler lebt mit ihrem Sohn, vier Pferden, leider nur noch einem Hund und einer wechselnden Anzahl an eigenen und fremden Katzen in der badischen Provinz zwischen Heidelberg und Karlsruhe.

Bibliografische Information der Deutschen
Nationalbibliothek: Die Deutsche Nationalbibliothek
verzeichnet diese Publikation in der Deutschen
Nationalbibliografie; detaillierte bibliografische Daten sind
im Internet über dnb.dnb.de abrufbar.

© 2019 Katrin Müller-Wipfler
Titelillustration: Susanne Leibold
Titelgestaltung: Nana Müller, Angelika Hertner
Herstellung und Verlag:
BoD – Books on Demand, Norderstedt

ISBN: 978-3-74609-878-4

Für Rasmus, der mein ganzes Leben auf bestmögliche Art und Weise auf den Kopf gestellt hat und durch den sich meine Prioritäten in einem Maße verschoben haben, das ich nie für möglich gehalten hätte.

Du bist das Beste, was mir je passiert ist.

Vorwort

Kein Buch von mir ohne das obligatorische Vorwort ;)
Ich weiß, es hat jetzt ganz schön lange gedauert, bis die Fortsetzung von „Besser Klatschmohn als gar kein Applaus" erschienen ist. Das lag aber nicht etwa daran, dass ich keine Ideen gehabt hätte, wie es mit Kate, Nils und all den anderen Batschaken (Ja, ich weiß. Political Correctness und so. Eigentlich bedeutet der Begriff Batschaken ja: Menschen die im Balkan leben, alter deutscher Begriff aus dem 19 Jahrhundert. Sagt zumindest fremdwort.de. Natürlich meine ich damit jedoch keine Menschen, die im Balkan leben, sondern es ist ein liebevoller Begriff für all die verrückten, liebenswerten und gestörten Dussel, mit denen Kate so zu tun hat) aus Teil eins weitergehen sollte. Im Gegenteil – wenn meine Hirnwindungen mal laufen, dann laufen sie. Quasi wie bei einem alten Dieselmotor: Es dauert ein bisschen, bis alles in Gang ist, aber wenn das mal der Fall ist, dann sind wir (der Diesel und ich) kaum aufzuhalten. Ich habe sogar schon die Geschichte für ein drittes Buch im Kopf, man hören, staune und freue sich (oder auch nicht).

Nein, für meine lange „Produktionsabstinenz" gab es verschiedene Gründe.

Der beste, schönste und süßeste davon wurde im Mai 2018 geboren und hat meine Zeit einfach ziemlich ausgedehnt beansprucht, so dass für Schreibereien recht wenig Raum war.

Dann war es aber auch so, dass nach meinem ersten Buch die ganze Welt (ok, ok, ich übertreibe – alle Menschen, die die „Neurosen" gelesen hatten, also immerhin mindestens die halbe Welt) dachte, mich zu kennen. Und glaubte, Kate wäre ich. Ich habe lange überlegt, ob ich das noch einmal haben möchte und habe einfach beschlossen, hier im Vorwort noch einmal klipp und klar darzustellen, dass dieses Buch, wie auch schon das letzte, ein ROMAN ist.

Ich habe mich bei „Besser Klatschmohn als gar kein Applaus" also bewusst dafür entschieden, meine eigene Lebensgeschichte noch deutlicher von Kates zu trennen. „Der gemeine Leser" (Also nicht im Sinne wie „Der fiese, bösartige Leser", sondern der Leser, der nicht so wahnsinnig viel mit mir zu tun hat und deshalb nicht genau weiß, was gerade in meinem echten Leben so los ist) wird es also etwas schwerer haben, herauszufinden, wie viel vom Plot (ich liebe dieses Wort und wollte es schon immer mal verwenden) sich zumindest bei irgendjemandem irgendwann einmal in ähnlicher Form ereignet hat und wie viel ich mir einfach komplett ausgedacht habe.

Dieses Buch, das sage ich euch gleich, ist wesentlich weiter von der Realität entfernt als das letzte. Ich betone noch einmal, um alles Missverständnisse auszuschließen: Es ist wirklich ein Roman. Das bedeutet, bis auf Muppet und Mielchen, die tatsächlich eins zu eins aus meinem echten Leben entlehnt sind, weil ich sie besser gar nicht erfinden könnte, ist alles, aber auch alles erfunden. Punkt.

Natürlich habe ich teilweise meinen Romanfiguren Charakterzüge oder auch physische Merkmale gegeben, die ich an echten Personen aus dem wahren Leben angelehnt habe – irgendein Vorbild braucht der Mensch schließlich und wo findet man bessere als im täglichen Leben – aber ich schwöre, keine einzige der erwähnten Figuren gibt es genau so in der realen Welt.

Wie dem auch sei (Ich sage es lieber einmal zu oft als einmal zu wenig) – es gilt wie schon beim letzten Mal: Ähnlichkeiten mit lebenden oder bereits verstorbenen Personen sind absoluter Zufall. Alle Figuren sind nur ausgedacht und existieren im wahren Leben so nicht. Falls also jemand sich auf den Schlips getreten fühlt, weil er meint sich zu erkennen und jetzt auf den Trichter kommt, mich verklagen zu wollen oder Ähnliches – vergesst es. Alle Charaktere entspringen allein meiner schmutzigen Fantasie. Abgesehen von den Bloggerinnen in Kapitel 11, die gibt es wirklich!

Das Buch ist also in keinster Weise autobiografisch und wer meint, mich danach zu kennen, dem sei gesagt: Pustekuchen. Wenn ich so viel trinken würde wie Kate, wäre ich wahrscheinlich schon längst tot oder in Entziehungskur. Ich bin nicht Kate und Kate ist nicht ich. Amen.

Andererseits ist es aber trotzdem noch ein bisschen ehrlicher, schonungsloser und detaillierter als das letzte – vielleicht auch ein bisschen weniger witzig. (Wobei ich aus einer Amazon-Rezension erfahren musste, dass schon das erste nicht witzig war. Ich zitiere: „Habe noch nie in einem Roman so eine schlechte Stimmung erlebt, fast jede Person wird hier als bescheuert, blöd und doof hingestellt.". Hm. Ich denke, da hat sich wohl möglicherweise jemand wiedererkannt und angesprochen gefühlt?)

Dafür kommen aber auch keine grammatikalischen Deutsch-Belehrungen darin vor, was den einen oder anderen sicher erfreuen wird.

Natürlich hasst Kate (und ich, ganz klar) es noch immer, wenn jemand dass und das oder seid und seit nicht unterscheiden kann. Aber wie sie (und ich, ganz klar) leider feststellen musste, schreiben auch Leute, die die Neurosen gelesen haben, in ihren WhatsApps, SMS und Facebook-Posts noch immer wie Kraut und Rüben und haben es einfach nach wie vor nicht gerafft. Also hat Kate (und ich, ganz klar) beschlossen, den Herrgott einen guten Mann sein zu lassen und die Rechtschreibschwäche ihrer Mitmenschen zähneknirschend zu akzeptieren.

Und ich denke, wenn man das Vorwort mal außer Acht lässt, sind es bestimmt auch viel weniger Klammern als im ersten Buch. Hurra und Jippie.

Kurze Anmerkung: Ich weiß natürlich, dass es „habe" heißt und nicht „hab". Und „eine" beziehungsweise „einen" statt „ne" und „nen". Aber ganz ehrlich: Wer redet schon so? Bei uns in der badischen Provinz ´kein Mensch. Und darum schreibe ich auch nicht so. Sondern hab und ne/nen, sogar ohne dieses stressige Anführungszeichen oder wie auch immer man es nennt. Ist halt so bei mir und fertig.

Wer Teil eins nicht gelesen hat, muss es auch nicht, die Story von „Besser Klatschmohn als gar kein Applaus" versteht man auch so. Natürlich wäre es aber sinnvoll.

Ansonsten gibt es nur noch eins zu sagen: Viel Spaß beim Lesen und ich freue mich über Rückmeldungen jeglicher Art. Wenn sie positiv sind :)

1

Wie alles begann...ein lauschiger Abend Ende April

„Oha", sagte Daisy und erfasste mit einem einzigen kundigen Blick sowohl mein verheultes Gesicht als auch die beiden ausgebeulten Reisetaschen, die ich keuchend die vielen steilen Treppen zu ihrer Dachgeschosswohnung hinaufgeschleppt hatte. „Lass mich raten, jetzt ist es zwischen Dir und Nils endgültig aus."

Und dann faltete sie mich trotz ihrer überschaubaren Körpergröße von 1.50 Meter in eine Umarmung, die einem ausgewachsenen Gorillamännchen alle Ehre gemacht hätte und ließ mich erst einmal Rotz und Wasser heulen, während sie mir beruhigend den Rücken tätschelte.

Fünf Minuten später saßen wir auf Daisys riesiger pinkfarbener Couch, sie hatte ihre obligatorische Zigarette in der Hand, ich einen Whisky mit vielen Eiswürfeln, und zwei graue Augen hinter modisch-nerdigen Brillengläsern sahen mich prüfend an.

„Also, Kate, raus mit der Sprache – was ist passiert?" Im Grunde genommen wusste Daisy über alles Bescheid, was mich, mein Leben und meine nun wohl unwiederbringlich gescheiterte Ehe betraf, aber über die neuesten Entwicklungen war nicht einmal meine beste Freundin informiert.

„Ach, Daisy, es geht einfach nicht mehr", seufzte ich und musste die Tränen zurückdrängen, die schon wieder überzufließen drohten. „Jetzt ist wirklich vorbei. Ich meine, im

Grunde weißt Du ja alles – dass Nils sich von mir getrennt hatte, wieder zurückgekommen ist und dass wir anfangs auch echt glücklich waren. Ich hatte gedacht, jetzt würden wir bis an unser Lebensende glücklich zusammenleben wie die Scheiß-Prinzen aus `nem Scheiß-Märchen oder die dusseligen Paare aus `nem Film von Til Schweiger."

„Jaaahaaa", sagte Daisy gedehnt und fing an, an ihrem Nasenpiercing herumzufummeln (Septum, wie ich gelernt hatte. Mein Vater kam natürlich sofort mit dem Vergleich des Bullen und der Kette und nervte Daisy jedes Mal bis aufs Blut damit, dass sie doch viel hübscher wäre, wenn sie das furchtbare Ding endlich aus ihrem Gesicht nehmen würde) – ein sicheres Zeichen dafür, dass dieses Gespräch sie aus ihrer sonst unerschütterlichen, stoischen Ruhe brachte, „und jetzt hast Du plötzlich gemerkt, dass Nils kein Scheiß-Prinz ist und Du, nebenbei bemerkt, erst recht nicht?"

Ich rollte mit den Augen – nur gut, dass Daisy nicht Christian Grey war, der hätte mich gleich übers Knie gelegt.

„Klar ist er kein Prinz und ich bin weder ein Prinz noch eine Prinzessin. Aber dass er sich nach so kurzer Zeit schon wieder in einen riesigen, saufenden, rauchenden und vor allem unmotivierten Frosch verwandelt, hätte ich dann doch nicht gedacht." Ich nahm einen großen Schluck von meinem Whisky und stellte das Glas dann mit etwas zu viel Schwung auf Daisys stets mit allerlei wichtigen und unwichtigen Dingen überfülltem Couchtisch ab.

„Du weißt ja, dass ich mich in den vier Jahren, seit er wieder eingezogen ist, wahnsinnig angestrengt habe, um meine alten Fehler nicht zu wiederholen. Ich habe versucht, ihn zu unterstützen, wo es nur ging, war seiner Fußballleidenschaft gegenüber toleranter und habe mich bemüht, nicht so viel an ihm herumzunörgeln, wenn er mir im Haushalt nicht geholfen hat. Ich war oft alleine mit den Hunden laufen, damit er das nicht auch noch machen muss, wenn er abends heimkommt und..."

„Ich weiß doch, ich weiß doch!", unterbrach mich Daisy. „Und ich weiß auch, dass er im Gegenzug keinen einzigen Schritt auf Dich zugekommen ist, weiterhin nie etwas mit Dir unternommen hat, sich fast jeden Freitag die Nacht mit seinen Kumpels um die Ohren geschlagen hat und dann den ganzen Samstag im Bett verbracht hat. Haben wir ja alles mehr als einmal durchdiskutiert. Aber Du stehst jetzt mit Deinem halben Hausstand vor meiner Tür und sagst, es hat alles keinen Sinn mehr, also gehe ich einfach mal davon aus, dass das mehr ist als euer üblicher Samstags-Streit. Irgendwas muss doch gewesen sein?"

Frustriert sprang ich auf und begann, in Daisys heimeligem Wohnzimmer auf und ab zu laufen, was gar nicht so einfach war für einen normal dimensionierten Menschen. Ungefähr alle zwei Meter wurde ich von der Dachschräge ausgebremst, was mich vermutlich aussehen ließ wie einen Duracell-Hasen auf Koks in einer Schuhschachtel, aber ich musste meine überschüssige Energie irgendwie loswerden.

„Ach Daisy, er hat es natürlich mal wieder übertrieben gestern. Natürlich war er Fußball schauen, was sonst. Er hat gesagt, er fährt mit dem Auto, trinkt nur ein Bier und kommt dann gleich nach Hause. Er wollte um 23 Uhr daheim sein!

Stattdessen war es halb sechs heute morgen, er war voll wie ein Amtmann und kam mit dem Taxi!"

Ich unterbrach meinen entrüsteten Zwangsmarsch, um zu meiner Freundin hinüberzusehen, die ihren langen roten Rapunzel-Zopf zwischen den Fingern zwirbelte und dabei konzentriert meinen Blick mied.

„Was?", schnaubte ich, „findest Du ich reagiere über? So wie er? Dass das doch alles halb so wild sei, ein Mann brauche schließlich auch seinen Spaß?"

„Nein", sagte Daisy und klopfte auf den Platz neben sich auf der Couch. „Ich finde, Du gehst mir auf den Keks mit Deinem Hin- und Hergerenne und ich finde, dass Du Dich schleunigst hinsetzen solltest, bevor ich Dir was auf den Schädel schlage!"

Ich gehorchte. Natürlich. Daisy war zwar winzig, aber ausgesprochen rabiat. Sie war genau genommen eine meiner ältesten Freundinnen – alt im Sinne von langjährig, versteht sich –, auch wenn wir uns zwischendurch für die unbedeutende Zeitspanne von etwa 18 Jahren, was etwa unserem halben Leben entsprach, aus den Augen verloren hatten. Dabei war es zugegebenermaßen gar nicht so einfach, Daisy aus den Augen zu verlieren. (Na ja, gut, wenn man an Genickstarre litt und den Kopf nicht tiefer neigen konnte als etwa fünf Grad, dann konnte es schon einmal vorkommen, dass man über Daisys feuerroten Schopf hinwegblickte, aber wer hat denn bitte Genickstarre und kann den Kopf nicht tiefer neigen als fünf Grad?)

Abgesehen davon, dass ihr Haare in bestem Feuerlöscherrot erstrahlten, war die Hälfte ihrer

14

zugegebenermaßen nicht besonders umfangreichen – wo bei mir die komplette Deckenbemalung der Sixtinischen Kapelle hingepasst hätte, fand bei ihr allerhöchstens Michelangelos Schöpfungsgeschichte Platz – Körperleinwand mit fröhlich-bunten Motiven verziert und (mein Vater hätte längst einen Herzinfarkt bekommen oder, wie eine weitere langjährige Freundin zu sagen pflegte, Herz-in-Fakt) an allen möglichen und unmöglichen Stellen durchlöchert.

Daisy hieß eigentlich auch gar nicht wirklich Daisy, aber zum einen war sie ein riesiger Disney-Fan und ging, wenn sie sich nicht gerade in eines ihrer fröhlichen, schwingenden Rockabilly-Kleidchen hüllte, auch gerne mal im Mickey Mouse-T-Shirt zu Boyfriend-Jeans und Chucks feiern, zum anderen gab es wahrscheinlich auf der ganzen Welt keinen gänseblümchenähnlicheren Menschen als Daisy, so dass sich außer ihrer Mutter vermutlich keine lebende Seele an ihren richtigen Namen erinnern konnte.

Ich gönnte mir einen weiteren großen Schluck schottischen Torfwassers und beäugte Daisy aus dem Augenwinkel.

„Ähm, willst Du vielleicht mal was dazu sagen?"

Daisy hatte sich bereits die nächste Kippe angezündet und saß im Schneidersitz auf ihrer Couch wie ein zorniger Mini-Buddha.

„Was soll ich da noch sagen? Das ist doch ein Idiot! Er hat die tollste Frau der Welt und lässt Dich ein zweites Mal gehen. Der ist doch nicht ganz zurechnungsfähig! Ich meine, es ist ja nicht so, als hättest Du überkandidelte Ansprüche! Du willst doch einfach nur, dass Dein Mann nicht jeden verdammten Freitag saufen geht wie ein Teenager und dann den ganzen verdammten Samstag im Nest liegt!"

Wenn es eine Sache gab, die ich an Daisy heiß und innig liebte, dann war das, dass sie sich immer so schön in Sachen reinsteigern konnte und dann fluchte wie ein Bierkutscher. Wenn sie in einer solchen Stimmung war, schreckte sie vor nichts zurück.

„Du willst, dass er Zeit mit Dir verbringt", schnaubte sie wütend – jetzt kam sie erst richtig in Fahrt –, „und glaub mir eins, es ist sicher keine Strafe, Zeit mit Dir zu verbringen! Du bist cool drauf, für jeden Scheiß zu haben, mega witzig und echt eine Frau zum Bäume stehlen!"

(Das zweite, was ich an Daisy liebte, war ihre völlige Unfähigkeit, Sprichwörter korrekt wiederzugeben. Daisy liebte Sprichwörter und warf damit geradezu um sich, aber nur äußerst selten passte die zweite Hälfte des Satzes zur ersten, was mich als bekannte Grammatikneurotikerin natürlich immer wieder entzückte und was nicht selten für ausgesprochen amüsante Momente zwischen uns sorgte.)

„Pferde", verbesserte ich automatisch. Irgendwie kann man eben doch nicht aus seiner Haut.

„Hä?", erwiderte Daisy und sah mich verständnislos an, ehe es ihr dämmerte.

„UND Du bist ein elender Grammatik-Nazi. Wo war ich? Ach so, ja, Nils ist einfach zu dumm um wahr zu sein. Unternimmt nix mit Dir, geht nie mit Dir weg, lässt Dich immer alleine daheim rumsitzen, ich versteh den Kerl einfach nicht. Vielleicht braucht ihr mal eine Auszeit voneinander und dann redet ihr nochmal in Ruhe miteinander?"

„Nee, ich glaub nicht." Resigniert schüttelte ich den Kopf. „Wir hatten ja schon mal die Auszeit und es hat sich leider gar nichts geändert. Nils ist ja absolut kein schlechter Kerl und hat das Herz am richtigen Fleck. Aber er hat leider einfach auch das Peter-Pan-Syndrom und will nicht erwachsen werden. Momentan ist er so auf dem Partytrip, hauptsächlich mit irgendwelchen halbwüchsigen Jüngelchen, die im Leben noch nichts erreicht haben und total unter seinem Niveau sind, und schlägt sich die Nächte um die Ohren. Ich bin auf seiner Prioritätenliste einfach ganz, ganz weit unten angesiedelt. Erst kommt der Fußball, dann seine Kumpels, dann das Weggehen, dann das Saufen – und dann vielleicht irgendwann ich."

„Saufen!" Daisy grinste. „Gutes Stichwort. Dein Glas ist leer. Das machst Du jetzt wieder voll und wieder leer und wieder voll und wieder leer und dann wiederholst Du die ganze Prozedur noch so zwei bis fünf Mal und dann sieht die Welt schon ganz anders aus."

Drei Stunden später

„Ach, weissu", Daisy hatte beschlossen, sich mir getreu dem Motto „Nur ein Stinktier trinkt allein" („Schwein, Daisy, Stinktier reimt sich nicht auf allein!" – „Na und? Wer sagt denn, dass es sich reimen muss? Sind wir hier beim Lyrik-Kurs oder was?") anzuschließen und gemeinsam hatten wir

17

eine Flasche Ballantines dem Erdboden gleichgemacht, „Männer sinn wieso alle scheiße."

„Gute Frage", gab ich zurück und versuchte angestrengt, herauszufinden, welche der beiden Daisys neben mir die echte war.

„Wasn für ne Frage?"

„Na, hassu doch grad gesahaaagt. Wieso Männer scheiße sind."

„Nee." Sie gab mir einen leichten Schubs gegen die Schulter, der mich beinahe auf den Fußboden befördert hätte. „Wohl."

„Ich habbesagt", sie konzentrierte sich und rollte dabei ihre Augen auf eine Art, die sicher komisch gewirkt hätte, wenn ich nicht genauso quer in die Botanik geschaut hätte, „Män-ner-sind-so-wie-so-al-le-scheis-se."

„Ah!" pflichtete ich ihr heftig nickend bei, was nicht gerade zur Stabilisierung meines inneren Gleichgewichts beitrug. „Aber Du hassja garkein! Wie ich! Ich hab au kein mehr jetzt!"

„Eeeexakt, dasja das Problem! Und warum? Weil sie alle scheiße sind!"

„Die müsstn mit nem Etikett komm!", erklärte ich und war ganz schön begeistert von meiner Idee. „Scheiße, halbscheiße oder annehmbar."

„Handbuch!", sagte Daisy im Brustton der Überzeugung und rülpste vernehmlich. „Ne Brauchsanweisung."

Ich kicherte. „Genau, Brauchsanweisung, ob er schon gebraucht ist oder nicht!"

„Nee, Du Depp, ob man ihn brauchen kann oder nicht." Dies löste einen hysterischen Lachanfall bei uns beiden aus, von dem wir uns erholten, indem wir auf Daisys Couch kollabierten und sabbernd und höchst zufrieden einschliefen.

Um acht Uhr morgens wachte ich auf, weil die Sonne penetrant durch Daisys Dachfenster bratzelte und weil mein rechter Fuß, der irgendwie unter meinen Körper geraten war, so sehr eingeschlafen war, dass ich ihn wohl mit dem Spargelschäler hätte amputieren können, ohne dass ein einziger Tropfen Blut geflossen wäre.

Halb springend, halb humpelnd schleppte ich mich in Daisys winziges Bad, natürlich auch unter der Dachschräge, in dem sich ein gemeinsamer Lover von uns (Natürlich nicht gleichzeitig, bäh, sondern im Abstand etlicher Jahre. Diese Tatsache hatten wir erst jetzt, viele Jahre später, herausgefunden und auch, dass er zwischen mir und ihr wohl erheblich dazugelernt hatte) einmal kniend geduscht hatte, weil sein nahezu zwei Meter langer Adonis-Körper nicht in die doch sehr kurze Nasszelle (wie gemacht für Daisy, für alle anderen Menschen einfach ein wenig unbequem) gepasst hatte und betrachtete den Schaden im Spiegel. Auch wenn ich Hashtags bekanntermaßen und nach wie vor nicht besonders liebte, für den Anblick, der sich mir bot, gab es nur einen einzigen Ausdruck: #auweia. Erst flennen, dann saufen – das war noch nie eine gute Kombination. Vor allem, wenn man noch immer nicht die längst überfällige Diät gemacht hatte.

Ich sah aus wie ein roter Pfannkuchen aus Hackfleisch, garniert mit eleganten Mascara-Streifen. (Ich musste zugeben, Untreue wird sofort bestraft, ich hatte nicht meinem üblichen Chanel-Wahn gefrönt, sondern mich auf eine unselige Liaison mit dem Hause Dior eingelassen. Kleine Sünden straft Gott gleich, Kate, das hat Deine Uroma schon gewusst), mit blutunterlaufenen braunen Augen und einem dekorativen blonden Vogelnest auf dem Kopf.

Der erstaunlich wenig weh tat, auch ein bisschen erschreckend nach dem innigen Verhältnis, das ich zur Whisky-Flasche gepflegt hatte. Ich spritzte mir so lange kaltes Wasser ins Gesicht, bis ich wieder eine einigermaßen normale Hautfarbe angenommen und Christians Ruß von meinen Wangen gerubbelt hatte und schlurfte in die Küche. Den Geräuschen nach zu urteilen, die aus dem Wohnzimmer drangen, gab es nur eine Wahl zum Frühstück: Eier und Speck.

Zehn Minuten später dampften Cholesterin und Fett fröhlich auf dem Tisch vor sich hin und ich hielt der Schnapsleiche, die sich stöhnend auf dem Sofa wand, eine Jumbo-Tasse mit der launigen Aufschrift „Am Ende wird alles gut. Und wenn es nicht gut ist, ist es nicht das Ende", gefüllt mit schwärzestem Kaffee, unter die Nase.

„Aufgewacht und mitgemacht, Stinkstiefel!", brüllte ich fröhlich und erntete einen ausgesprochen bösen Blick aus verquollenen Augen.

„Spinnst Du? Wie kannst Du bitte so gut gelaunt sein, Du hast doch noch viel mehr gesoffen als ich!", kam es gedämpft unter dem überdimensionalen Blümchen-Kissen hervor, das sie sich mittlerweile über den Kopf gelegt hatte.

„Wer saufen kann, kann auch aufstehen. Sagst Du selbst immer, also hoch den Arsch, ich hab Frühstück gemacht!"

Ganz langsam ließ das Häufchen Elend seinen Körper von der Couch rutschen und krabbelte auf allen Vieren zum Esstisch, wo sie sich dann am Stuhl hochzog und sich ächzend auf diesen fallen ließ.

„Alter – erinner mich das nächste Mal bitte daran, dass ich eigentlich viel zu alt bin für diesen Scheiß! Das geht ja gar nicht, mir sprengt es gleich die Gehirnwindungen aus der Schädeldecke!"

Ich schaufelte ihr eine großzügige Portion Eier mit Speck auf den Teller und grinste.

„Iss. Und sag Bescheid, wenn es Dir besser geht. Ich habe eine Idee."

Daisy mampfte stoisch vor sich hin, spülte gelegentlich mit einem Schluck Kaffee nach, stöhnte und schniefte ab und an leise, ignorierte mich aber völlig, bis ihr Teller leer war.

Erst dann blickte sie auf.

„Fertig. Besser. Hattest Recht, Mama. Also, was für ne großartige Idee hast Du im Vollrausch ausgebrütet?"

Ich holte tief Luft.

„Wir hatten es doch gestern von Handbüchern über Männer–"

„Moment, was hatten wir?", unterbrach sie mich sofort.

„Na wir hatten doch darüber gesprochen, dass es super wäre, wenn Männer mit einer Gebrauchsanleitung ausgeliefert würden?"

Manchmal konnte das Gänseblümchen aussehen wie eine Eule. Und zwar nicht wie Hedwig, die kluge Harry-Potter-Eule, sondern wie eine konsternierte Vollidioten-Eule, mit kreisrunden Augen hinter dicken Brillengläsern. Gerade war so ein Moment.

„Wann genau sollen wir darüber bitte gesprochen haben?"

„Äh, ziemlich genau bevor Du ins Koma gefallen bist, mein Hase."

„Ooookay", sagte Daisy gedehnt und zog ihre perfekt gezupften Augenbrauen dabei hoch, bis sie ihren Haaransatz berührten, „und was ist bei diesem sicher hochintellektuellen Gespräch herausgekommen?"

„Na, dass wir ein Handbuch schreiben natürlich!" quiekte ich und ja, ich gebe es zu, ich klatschte sogar in die Hände. Jesses, wo kam das denn her? Kaum war ich einen Tag Single und schon klatschte ich in die Hände wie eine mittelalterliche Jungfrau beim Anblick eines tapferen Ritters.

„Wir machen was?"

Ich hatte nicht gedacht, dass Daisy noch entgeisterter hätte aussehen können, aber sie übertraf meine kühnsten Erwartungen.

„Wir-schreiben-ein-Handbuch!" wiederholte ich geduldig und sehr langsam.

„Wir? Ich? Du weißt schon, dass ich Dysselie habe oder wie das heißt?"

„Dyslexie heißt das und das hast Du nicht, das bildest Du Dir nur ein, damit Du Deine Rechtschreibfehler in den WhatsApp an mich rechtfertigen kannst."

„Ist doch gar nicht wahr. Ich kann super WhatsApp schreiben!"

„Du kannst super Sprachnachrichten aufnehmen", sagte ich augenrollend, „aber schreiben...na ja, wie dem auch sei, Du musst ja gar nicht schreiben. Das mache ich."

Man muss dazu sagen, es hatte sich viel getan bei mir in den letzten beiden Jahren. Gemäß dem eindringlichen Rat Ragnars, des Schrecklichen (der natürlich alles andere als schrecklich war, sondern wundervoll, witzig, gutherzig und einfach rundum toll und der in er nilslosen Phase durchaus das Zeug gehabt hätte, zu Nils` Nachfolger auserkoren zu werden, wäre er nicht 20 Jahre älter als ich und verheiratet gewesen. Seufz. Wo war ich? Ach ja – Ragnar hatte mir damals eindringlich klar gemacht, dass ich eine zu leidenschaftliche Schreiberin war, um als Vertreterin zu versauern.) hatte ich die unselige Hundefutteretappe in Frankreich hinter mir gelassen und war wieder zu meiner Leidenschaft zurückgekehrt – dem Schreiben. Das war einfach etwas, das ich zum einen gelernt hatte, zum anderen gern tat und – wenn man den Reaktionen meiner Freude Glauben schenken durfte – offenbar auch recht gut konnte.

Lustigerweise war ich dabei zum einen in der Stadt gelandet, die ich auf der Welt wohl am Wenigsten leiden konnte – die Städte, in denen ich noch nicht war, mal ausgenommen. Ich wartete immer noch gespannt darauf, eine kennenzulernen, die ich noch unsympathischer fand als

„Minga" – und zum anderen in einem Metier, mit dem ich nicht viel mehr gemeinsam hatte als das Geschlecht, nämlich bei einer Frauenzeitschrift. Und was noch viel lustiger war, obwohl ich es auch mit größter Anstrengung nach wie vor nicht schaffte, mich locker-flockig-modisch-lässig zu kleiden und nach dem ersten (und letzten) Versuch, Concealer aufzutragen, ausgesehen hatte wie eine 150-jährige Indianerin, die ein letztes Mal auf den Kriegspfad geht, bevor sie sich zum Sterben auf einen Reisighaufen legt und auf den Tod wartet – mein Job machte mir wirklich viel Spaß und ganz unbescheiden würde ich behaupten, dass ich ihn auch echt verdammt gut machte. Schreiben lag mir einfach im Blut.

„Ach so?" Daisy sah noch alles andere als wach oder gar aufnahmefähig aus. „Äh...und was genau mache ich dann?"

„Du, mein Schatz, lieferst mir den Input!" Begeistert strahlte ich sie an.

Für gut zehn Sekunden verschwand Daisys zerknautschtes Gesicht nahezu komplett in ihrer überdimensionalen Kaffeetasse, dann sah sie mich mit zusammengekniffenen Augen prüfend an.

„Aha. Input. Zu was noch mal?"

Himmelherrgott, ihr Ernst?

Ich atmete langsam auf und zählte bis fünf.

„Zu dem Handbuch über Männer. Wie man erkennt, dass er ein Guter ist. Oder eben auch nicht."

„Hehe, dann wohl eher nicht, meine Liebe – wenn Du es nicht bemerkt haben solltest, bist Du seit gestern Single und ich immerhin seit zwei Jahren. Also haben wir es wohl noch nicht geschafft, herauszufinden, wer ein Guter ist?!"

„Na hör mal, ich war mit Nils fast 20 Jahre zusammen und nur weil er vielleicht nicht gut für mich ist, heißt das ja noch lange nicht, dass er überhaupt nicht gut ist, oder? Und Du hattest ja auch schon längere Beziehungen und warst nicht nur mit Vollidioten zusammen?"

„Nein, das nicht", Daisy legte ihre Stirn in Falten und spielte an ihrem Piercing herum, „aber ich muss sagen, dass ich es in den letzten Jahren auch echt genossen habe, meinen Spaß zu haben und keine ernsthafte Verpflichtung einzugehen."

Plötzlich leuchteten ihre grauen Augen und sie beugte sich enthusiastisch so weit vor, dass ihre nicht unbeträchtliche Oberweite beinahe ihre Kaffeetasse umgeworfen hätte.

„Ich hab`s!" Irgendwie sah meine Freundin urplötzlich gar nicht mehr müde aus und glich eher wieder ihrem normalen, überaus quirligen nüchternen Ich.

Ich ahnte Schreckliches.

„Wir schreiben ein Handbuch, aber keinen Beziehungsscheiß. Nichts mit `So werden Sie glücklich bis an Ihr Lebensende´! Wir schreiben ein Buch, wie man erkennen kann, dass ein Mann gut im Bett ist!"

Ich konnte nicht anders – ich prustete laut los.

„Bombenidee. Aber denkst Du nicht, dass das jeder selber erkennt, ob ein Typ gut ist oder nicht? Dafür braucht man doch kein Buch!"

„Boah, Dussel, stell Dich doch nicht so doof an. Für VORHER natürlich!"

Mittlerweile war Daisy aufgesprungen und heute war sie es, die wild gestikulierend durch ihr Wohnzimmer tigerte. Sie hatte ja auch mehr Platz, weil sie kleiner war. Dachschrägen und so.

„Aha, und das siehst Du oder wie?" Skeptisch beobachtete ich ihren etwas unkoordinierten, aber energischen Marsch.

„Sehen ist zu viel gesagt, aber es gibt ja schon viele Anzeichen, an denen man so etwas merkt."

Man muss dazu sagen, natürlich hatte Daisy auf diesem Gebiet um einiges mehr an Erfahrung als ich. Ich hatte mir in meiner nilslosen Zeit zwar schon ein bisschen die Hörner abgestoßen – noch heute dachte ich mit einem inneren Seufzen an besagten guten, alten Ragnar, von dem ich gelegentlich noch immer hörte und der mit via WhatsApp immer wieder mit urkomischen Flachwitzen amüsierte –, doch Daisy war ein ganz anderes Kaliber als ich. Sie hatte bereits Sex mit einem Mann in Frauenunterwäsche gehabt, traf sich für unverbindliche Treffen mit Männern, die sie über Tinder kennengelernt hatte und war mit einem ihrer Ex-Freunde sogar im Swinger-Club gewesen – ein Gedanke, der mir bisher immer relativ unvorstellbar vorgekommen war, da ich alles andere als gerne teile.

„Na dann schieß mal los!" sagte ich und packte sie am Ärmel, um sie an ihrer ziellosen Wanderung zu hindern

„Also, natürlich kann man das nicht pauschalisieren. Nicht jedem Mann sieht man an, dass er gut im Bett sein wird und oft sind die unscheinbaren die Besten. Umgekehrt sind oft die, die großartig aussehen und von denen man denkt, man hätte das kosmische Feuerwerk seines Lebens vor sich, echte Nieten.“ Wem sagst Du das, dachte ich und musste einen Moment lang an Gunnar denken, der unfassbar attraktiv war, sich jedoch leider als arroganter Dummkopf entpuppt hatte und noch dazu ein grauenvoller Küsser gewesen war. Schaudernd erinnerte ich mich an den großzügigen Einsatz seiner Schneidezähne und dankte dem Herrn einmal mehr dafür, dass ich es nicht bis zum Äußersten hatte kommen lassen. Wahrscheinlich hätte er mich mit irgendeinem seiner Körperteile massakriert, ich wollte lieber mal gar nicht darüber nachdenken, mit welchem.

„Hörst Du mir überhaupt zu?“ Daisys manikürte Hand – aktuell fanden sich maritime Motive wie kleine Seepferchen und winzige Muscheln auf ihren türkisfarben lackierten Nägeln wieder – wedelte wie wild vor meinem Gesicht herum und sie sah mich mit ihrem typisch entnervten Kate-Gesicht mir schiefgelegtem Kopf strafend an.

„Sorry, ich hatte gerade ein ziemlich übles Kopfkino“, grinste ich. „Nochmal, bitte!“

„Ich habe gesagt, dass es schon so einige Anzeichen dafür gibt, dass ein Typ es drauf hat. Gut küssen zum Beispiel ist eigentlich ein relativ sicheres Indiz."

„Da hast Du schon recht – aber das ist ja irgendwie selbstverständlich, oder? Also wenn einer gut küsst, gehe ich mal davon aus, dass der Rest auch passt – auch wenn das auch nicht immer komplett zutrifft."

„Hm." Daisy hatte sich eine Zigarette angezündet und blies nachdenklich Rauchkringel in die Luft. Ihr Zigarettenkonsum würde eines Tages ihre beiden Wellensittiche Kevin und Schakkeline töten, die sich frei durch die Wohnung bewegen durften, aber bisher schienen die beiden noch keinen Schaden genommen zu haben.

„Das stimmt. Es kam schon vor, dass einer gut geküsst hat und dann trotzdem mies im Bett war – aber es kam noch nie vor, dass einer schlecht geküsst hat und sich dann als Rakete in der Kiste entpuppt hat. Das heißt –"

„Das heißt, dass Du Regel Nummer eins missachtet hast!" Ich musterte sie missbilligend.

„Aha und Regeln Nummer eins war nochmal?"

„Geh nie mit einem Typen ins Bett, der schlecht küsst!" erwiderte ich grinsend und klopfte mir innerlich auf die Schulter, weil ich Gunnar damals so erfolgreich losgeworden war.

„Jaaahaaa", Daisy beherrschte das mit dem Augen verdrehen ebenfalls ganz manierlich. „Aber das ist der springende Punkt. Wir schreiben kein Handbuch über die zehn Punkte, an denen man erkennen kann, dass er GUT im Bett ist, sondern über die zehn Punkte, an denen man erkennen kann, dass er NICHT gut im Bett ist!"

Begeistert strahlte sie mich an. Ich überlegte einen Moment. Eigentlich war das gar keine so dumme Idee. „Klug, eigentlich!", sagte ich. „Wir können Tausende von Frauen vor einem fürchterlichen Schicksal bewahren. Sie müssen ihre Zeit und ihre Energie nicht an irgendwelche Kerle verschwenden, sich ewig lang Gedanken darüber machen, wann wohl der richtige Zeitpunkt wäre, mit ihm ins Nest zu steigen, sich vorher der ganzen Beine-rasieren-peelen-eincremen-eindüfteln-schöne-Unterwäsche-kaufen-Kacke unterziehen, wenn sie vorher schon wüssten, dass es sich überhaupt nicht lohnt!"

Langsam gefiel mir dieser Gedanke wirklich.

„Genau!" schrie Daisy begeistert. „Dank unseres Buchs werden Millionen von Frauen auf unnötiges Gebalze verzichten können und können die Spreu gleich vom Hafer trennen!"

„Weizen!", murmelte ich automatisch.

„Weizen? Konterbier. Gute Idee! Wir sollten unsere glorreiche Idee begießen, ich schau gleich mal, ob ich noch eins im Kühlschrank hab!"

2

Drei Tage später, immer noch April

Regel Nummer eins: Wenn ein Mann schlecht küsst, Finger weg. Schlechte Küsser sind ausnahmslos echte Nieten im Bett. Ausnahmslos.

Wir lagen bäuchlings in Daisys riesigem Garten im Gras und ließen uns die Sonne auf die Hinterteile brennen, während unser Buch immer mehr Gestalt annahm. Inzwischen wohnte ich seit drei Tagen bei Daisy und den Piepmätzen unterm Dach. Nils hatte einige Male versucht, mich zu erreichen, aber ich hatte seine Anrufe ignoriert und mich stattdessen mit Feuereifer auf unser Handbuch-Projekt gestürzt. Daisy nippte an einem Lillet, während ich versonnen auf meinem Kugelschreiber herumkaute und all die Männer Revue passieren ließ, die ich im Laufe meines Lebens geküsst hatte. Wir waren übereingekommen, dass wir erst einmal definieren mussten, was einen schlechten Küsser ausmachte.

„Zu viel Zunge!" kam es plötzlich von meiner rechten Seite und gehorsam ergänzte ich diesen Punkt auf unserer langen Liste, die bisher folgende Punkte umfasste:

- Ungepflegte Zähne/ Mundgeruch
- Spröde Lippen
- Zu viel Speicheleinsatz
- Zu wenig Lippenberührung
- Angespannte Lippen

- Maßloser Zahneinsatz (Gruß an Gunnar. Mir graute noch immer bei dem Gedanken an seine Hauer, die scheinbar willkürlich durch mein ganzes Gesicht fuhren) und/oder Zahnkontakt. Zahn auf Zahn ist wie Fingernägel auf Tafel. Einfach schauderhaft.
- Exzessives Saugen an Lippe oder Zunge
- Unbeholfene Benutzung der Hände
- Ungeschicktes Positionieren der Nase

„Zu wenig Zunge finde ich aber genau so blöd", kommentierte ich und wandte mich halb zu Daisy um, die sich mittlerweile auf den Rücken gedreht hatte und nun ihren flachen Bauch bräunte.

„Zu viel ist scheiße, zu wenig ist auch scheiße", murmelte sie und wandte ihr Gesicht mit geschlossenen Augen der Sonne zu. „Gesicht nicht in den Händen halten müsste eigentlich auch auf die Liste."

„Na prima, damit stempelst Du dann ungefähr 95 Prozent aller heterosexuellen Männer, die nicht gerade in einem Film von Nicholas Sparks mitspielen, als schlechte Küsser ab!" schnaubte ich.

„Echt? Glaubst Du, dass so wenig Männer das Gesicht der Frau in beide Hände nehmen?"

„Jap. Ganz eindeutig."

„Hm." Daisy hatte die Augen geöffnet und sich aufgesetzt. „Stimmt eigentlich, das machen wirklich die wenigsten Männer im echten Leben. Dabei wäre es so einfach, uns Frauen glücklich zu machen!"

„Ja, ich werde da auch ganz schwach", bestätigte ich ein wenig melancholisch, „aber die Typen raffen das ja nicht und denken, sie müssten die ganze Zeit mit ihren Pfoten auf Wanderschaft gehen."

„Also wenn ich jetzt so drüber nachdenke, hatte ich wirklich auch erst eine Handvoll Kerle, die mein Gesicht wirklich in beide Hände genommen haben zum Küssen. Malte ist einer davon."

Aus den Augenwinkeln sah ich Daisys entrücktes Grinsen.

Malte war ihre aktuelle Affäre, die beiden hatten sich bei Tinder kennengelernt und trafen sich regelmäßig für eine wilde Nacht. Sein Name fiel wesentlich öfter, als Daisy es sich selbst oder mir gegenüber zugeben wollte und immer wenn sie an ihn dachte, bekam sie diesen verträumten wiederkäuende-Kuh-Gesichtsausdruck, aber natürlich war Malte eine reine Bettgeschichte. Klar.

„Mhm, der wundervolle Malte mal wieder", sagte ich spöttisch. „Der Mann, von dem Du nichts willst als nur seinen Körper und wilden Sex ohne Verpflichtungen!"

„Ja, genau! So ist das! Nur Spaß, keine Verpflichtungen!", schnappte sie und funkelte mich wütend an. „Und bei Dir?"

Natürlich durchschaute ich das Ablenkungsmanöver sofort als das, was es war, aber ich ließ sie in meiner unendlichen Großzügigkeit gewähren.

„Was, bei mir?", fragte ich unschuldig.

„Na, hat schon mal ein Mann Dein Gesicht in beide Hände genommen beim Küssen?"

Ich seufzte, als eine unwillkommene Erinnerung sich sofort und ungebeten in meinen Kopf drängte.

„Ja", erwiderte ich leise, „einer hat das getan."

Daisy spürte sofort, dass sich meine gelöste Stimmung ein wenig verflüchtigt hatte und drückte mir spontan ihr Lillet-Glas in die Hand.

„Oh ok...und wer? Ich vermute, das war nicht Nils? War es etwa dieser Ragnar?"

Ich schüttelte den Kopf. „Puh, der vielleicht auch, daran kann ich mich gar nicht mehr so genau erinnern. Die ganze Zeit in Miami war so ein Traum, das ist in meiner Erinnerung alles ganz verschwommen und wie in einem bunten Nebel aus Glückseligkeit." Ich musste selbst grinsen.

„Nein, ein anderer. Von dem habe ich noch nie jemandem erzählt, ehrlich gesagt."

„Oha!" Daisy machte große Augen. „Wer denn? Kenn ich den etwa?"

Ich konnte ihr nicht in die Augen sehen und nickte nur bedächtig.

„Ja, ich glaube schon. Er kommt hier aus der Gegend."

„Wehhher? Nun sag schon, spann mich nicht auf die Folter!" Daisy war aufgesprungen und hatte ihre ganzen, beeindruckenden 150 Zentimeter mit in die Hüfte gestemmten Fäusten vor mir aufgebaut.

„Den Namen sag ich Dir nicht." Ich versuchte, ihr ins Gesicht zu sehen und blinzelte gegen die Sonne. „Ich nenne ihn...hmmm...sagen wir mal...Arschloch Karotte."

„Arschloch Karotte?" Daisy ließ sich entnervt zu Boden sinken. „Was ist das denn für ein Name? Und wie kommst Du jetzt darauf? Ist der orange oder was?"

Trotz meiner momentanen Melancholie musste ich lachen. Daisy hatte so eine Art, sie schaffte es immer, mich aufzuheitern.

„Nein, Schnuffelnase, natürlich ist er NICHT orange! Arschloch, einfach weil er sich leider als riesengroßes Arschloch entpuppt hat – das ist ja wohl selbsterklärend. Und Karotte – nun ja, da kannst Du Dir jetzt Deinen Teil denken." Ich grinste süffisant. „Nein, es liegt daran, dass er sich als Gemüse entpuppt hat. Eigentlich ist er ein Lauch, aber Arschloch Lauch klingt seltsam. Arschloch Karotte gefällt mir besser."

„Ich will die ganze Geschichte! Nicht nur einen Brocken hingeworfen bekommen!", schmollte Daisy.

Ich setzte mich auf und nahm bedächtig einen großen Schluck Lillet. Wenn ich noch lange hier wohnte, würde ich zur Alkoholikerin mutieren, so viel war sicher.

„Irgendwann erzähle ich Dir alles über Arschloch Karotte, ok? Aber nicht jetzt. Wir haben eine Kuss-Liste zu bearbeiten."

„Irgendwann aber? Versprochen? Ich glaube, dass da richtig was dahintersteckt!" Daisy musterte mich prüfend.

„Versprochen!" bekräftigte ich. „Aber jetzt zurück zu den nicht nachahmenswerten Küssern."

Ich hatte sehr viel nachgedacht in den letzten Tagen, über Männer im Allgemeinen und das Küssen im Besonderen. Außer Gunnar hatte ich eigentlich keinen Mann geküsst, der es wirklich gar nicht drauf gehabt hatte. Ok, wenn man bedachte, dass ich einen absoluten Zahn-Fetisch hatte und abartig penibel war, was Zahnhygiene betraf, war es vielleicht eher suboptimal, dass ich irgendwann feststellen musste, dass der Mann, der gerade leidenschaftlich seinen Mund auf meinen gepresst hatte, ab dem linken oberen Eckzahn nach hinten ungefähr genau gar keinen einzigen Zahn mehr hatte. („Da ist mir mal einer mit dem Fußballschuh draufgestanden, dann sind die alle abgebrochen und ich hab´ doch so Angst vorm Zahnarzt!" Uah, Junge, sicher nicht so viel Angst wie Du vor mir hättest haben müssen, wenn ich das ein bisschen früher bemerkt hätte).

Klar, man erwischte immer mal einen, der dachte, es sei die Erfüllung aller weiblichen Träume, wenn er einem die Zunge nur möglichst weit in den Rachen steckte. Aber im Großen und Ganzen hatten die Jungs ihr Handwerk doch immer so einigermaßen verstanden. Ein ausgewogenes Lippen-Zunge-Verhältnis, eine ordentliche Mischung aus leidenschaftlich und zärtlich, ein bisschen knabbern und saugen...

„Ich hatte mal einen, der so an meinem Mund gesaugt hat, dass ich am nächsten Tag einen Knutschfleck auf der Oberlippe hatte", fiel mir plötzlich ein.

„Nee, oder?", quiekte Daisy, die sich mittlerweile wieder auf den Bauch gedreht hatte.

„Oh doch. Das sah aus, kann ich Dir sagen! Voll der blaue Fleck!"

Sie kicherte ihr typisches Daisy-Kichern – halb niedliches Eichhörnchen, halb irrer Gartengnom.

„Tat das denn nicht weh?"

„Nö, eigentlich nicht. Ich bin nur zu Tode erschrocken, als ich am nächsten Morgen in den Spiegel geschaut hab! Trotzdem war das eines meiner besseren Kuss-Erlebnisse."

„Ich unterbreche Dich ja nur ungern", Daisy stand auf und reckte sich ausgiebig, „aber dieses ganze Knutsch-Gerede hat mich irgendwie wuschig gemacht. Ich glaube, ich ruf Malte mal an und frag ihn, ob er Zeit hat."

Ich verdrehte die Augen.

„Alles klar. Ich mach mir so lange ne Pizza und schau irgendeinen Müll in der Glotze. Und wehe Du hast morgen keine neuen Geschichten für unser Meisterwerk!"

„Ich hoffe doch, dass ich keine haben werde! Es geht um schlechten Sex, schon vergessen!"

„Ja ja!", winkte ich ab, „nun sieh schon zu, dass Du Land gewinnst!"

-3-

Zwei Wochen später, Mitte Mai

„Ihr macht WAS?" Suse war bekanntermaßen schon von Natur aus nicht der leiseste Mensch, aber wenn sie ihrer Entrüstung Luft machen wollte, stellte sie eine echte Herausforderung für das menschliche Hörorgan dar.
„Wir schreiben ein Buch!", wiederholte ich geduldig.
„Ihr schreibt ein Buch."
„Genau das hab ich gesagt. Bist Du jetzt zu allem Elend auch noch ein Papagei oder was?"
Ich war gerade unterwegs nach Hause – oder zumindest in das kleine, gar nicht mehr so pinkfarbene Hexenhäuschen, das ich in den letzten Jahren mein Zuhause genannt hatte. Ich wollte meine Hunde besuchen, die ich fürchterlich vermisste und ich wollte natürlich mutwillig vor dem Haus unserer dämlichen Nachbarn parken, auf dass Ilonka sich wahnsinnig aufregen musste und mir den Stinkfinger zeigte, so wie sie es kurz vor meinem Auszug bei Nils getan hatte. Ich hatte seit einer ganzen Weile nicht mehr mit meiner ehemals besten Freundin Suse gesprochen – ich hatte mich über eine Lappalie so geärgert, dass ich den Kontakt ziemlich eingeschränkt hatte.
Aber Suse war nun einmal Suse. Wie ein Hai, der ein Blutströpfchen gewittert hat, entkam man ihr einfach nicht. Übrigens war sie entgegen meiner Vermutung nicht wieder mit „Du wärst meine Traumfrau, wenn Du 20 kg weniger

37

wiegen würdest"-Jakob zusammengekommen, sondern noch immer Single, dafür war Jakob in einer wahren Märchenhochzeit mit einer natürlich ranken und schlanken Dame in den Hafen der Ehe geschippert. Ich hatte Bilder gesehen – ihr Kleid war ein Traum aus weißer Spitze, dazu hatte sie auffällige metallicfarbene Schuhe kombiniert und beide hatten gestrahlt wie die Honigkuchenpferde. Alles gut also.

„Aha – und um was geht es in diesem ominösen Buch? Um die zwanzig schlimmsten Grammatikfehler der Deutschen?"

Wider Willen musste ich lachen. Ob beabsichtigt oder nicht, manchmal war Suse in der Tat ganz witzig.

„Auch `ne gute Idee. Nee, um die zehn schlimmsten Sexfehler der Deutschen."

„Bitte WAS?" Ihr Kreisch-Level hatte ungeahnte Höhen erreicht. „Woher willst Du das denn überhaupt wissen, Du hast doch noch nicht mit jedem deutschen Mann geschlafen?!"

„Natürlich nicht, Dussel, Gott bewahre. Aber es gibt da gewisse Regeln, verstehst Du, fast wie eine mathematische Wahrscheinlichkeitsrechnung."

„Äh – nee, versteh ich nicht, wenn ich ehrlich sein soll. Du vergleichst Männer mit Mathe?"

„Klar", schnaufte ich entnervt, „alles Nullen."

„Also jetzt nochmal, was wird das genau?"

„Wie ich es gesagt habe – ein Handbuch, das Frauen helfen soll, schon vor dem eigentlichen Geschlechtsakt zu erkennen, ob dieser gut sein wird oder nicht. Damit die Frau keine Zeit und Energie an den falschen Mann verschwendet."

„Aaaaaahaaaa", sagte Suse gedehnt. „Da bin ich ja mal gespannt."

„Kannst Du auch sein. Du, Suse, ich unterbrech´ Dich ja nur ungern, aber ich bin jetzt daheim. Lass uns die Tage mal telefonieren, ok?"

Ohne auf eine Antwort zu warten, legte ich auf (wobei man bei den heutigen Smartphones ja eigentlich gar nicht mehr auflegen sagen kann. Man legt ja nicht auf, man drückt weg. Oder so. Nachdrücklich den Hörer auf die Gabel schmettern is nich. Leider) und holte tief Luft. Zum ersten Mal seit mehr als zwei Wochen stand ich wieder vor dem Haus, das ich immer so geliebt hatte und mit dem ich so viele gute Erinnerungen verband. Nils war nicht zu Hause – hoffte ich zumindest –, dafür war es noch zu früh. Ich wollte nur meine beiden Räuber sehen. Von meinen Hunden getrennt zu sein, brach mir beinahe das Herz.

Ich kramte meinen Schlüssel aus den Tiefen meiner Handtasche und öffnete das Hoftor, als die Stinkstiefel schon auf mich zugestürmt kamen als seien Alibabas wilde Horden hinter ihnen her.

Muppet grinste mich an – ja, ich schwöre, er konnte grinsen. Lefzen hoch und funkelnde Augen, ich liebte dieses Hundegesicht mit der ergrauenden Schnauze einfach – und sprang an mir hoch, wobei er mich natürlich traditionell beinahe ins Blumenbeet beförderte und Mielchen ließ mir ein Zeichen größtmöglicher Liebe und Wiedersehensfreude zuteil werden: Sie pinkelte haarscharf an meinem linken Schuh vorbei.

Meine Güte, was hatte ich die beiden Bestien vermisst. Meinen beinahe-60-Kilo-Afrikaner und den blonden Wischmopp, die mich schon so lange und durch solch gute und solche schlechten Zeiten begleiteten.

Mir traten die Tränen in die Augen. Natürlich vermisste ich mein Zuhause, natürlich vermisste ich irgendwie auch Nils, aber was sind ein schnödes Haus und ein Mann gegen zwei liebevolle, treue, ehrliche und stets gut gelaunte Hunde? Ich hatte meinen Entschluss, auszuziehen, ziemlich impulsiv gefasst und das war auch gut so – hätte ich eine Sekunde länger darüber nachgedacht, hätte ich es niemals übers Herz gebracht, die Stinkstiefel zu verlassen.

Ich setzte mich zu den beiden auf den Boden und ließ mich erst einmal ausgiebig abschlecken und ansabbern. Nach einer ausgesprochen intensiven Schmuseeinheit spielten wir Fangen und tobten dabei so wild über unser Grundstück, dass ich nicht einmal Zeit hatte, mich allzu gründlich umzusehen. Wir waren so in unser Spiel vertieft, dass ich gar nicht bemerkte, wie sich hinter mir das Hoftor öffnete, bis ein unverkennbar männliches Individuum hinter mir sich vernehmlich räusperte.

Nicht einmal die Hunde hatten bemerkt, dass Herrchen nach Hause gekommen war – die Verräter-Schweine. Verdammt, Nils war tatsächlich schon zu Hause? Man soll den Tag nicht nach dem Morgen loben, wie Daisy sagen würde.

„Kate", sagte er höflich, konnte mir dabei aber nicht in die Augen sehen. (Komisch, wie fremd einem Menschen manchmal nach einer Woche schon sein können.)

Nils trug seine Idiotenmütze. Ich hasste diese Mütze leidenschaftlich. Es handelte sich um eine Basecap, also eigentlich eine meiner geheimen Leidenschaften, aber einem mit geradem Schild. Ich meine: GERADES Schild? Wie alt bist Du, Junge? 16? Hip Hopper? Was stimmt mit Dir bitte nicht?

„Nils", erwiderte ich so würdevoll wie möglich, was nicht ganz so einfach war, wenn man Hundeschlonze im ungeschminkten und sicherlich hochroten Gesicht, Erde an den Knien und vermutlich Vogelexkremente im Haar hatte.

„Was machst Du hier?", fragte er seine Fußspitzen.

„Ich wollte die zwei Stinker sehen", erwiderte ich, während ich notdürftig versuchte, mir die schlimmste Sauerei von der Jeans zu klopfen.

„Oh...ok!"

Er war doch wohl nicht ernsthaft davon ausgegangen, dass ich gekommen war, um mit ihm zu sprechen?

„Ja, ich geh dann auch mal wieder. Mach`s gut."

„Du auch." Damit drehte er sich um und schlurfte mit hängenden Schultern ins Haus.

Ich verabschiedete mich ausgiebig und unter Tränen von meinen Hunden und kehrte dann schweren Herzens in Daisys dachschrägiges Refugium zurück.

Am nächsten Tag, noch immer Mitte Mai

Regel Nummer zwei: Wenn ein Mann länger im Bad braucht als die Frau, kann der Sex nicht gut sein. Ein gesundes Maß an Eitelkeit sei gestattet, Narzissmus ist verboten. Und nein, männliche Geschlechtsorgane sind weder schön noch ästhetisch.

„Wie wars denn mit Malte?", fragte ich Daisy und tauchte meinen Löffel tief in den gehörigen Sahnebatzen auf meinem Eisbecher. Hatte ich schon erwähnt, dass ich die meiste Zeit meines Arbeitsalltags im Home Office verbrachte, das sich aktuell in Daisys Esszimmer befand, und für das ihr Tisch sich einem ausgiebigen Sortier- und Wegwerfritual hatte beugen müssen? Daisy hatte so viele verloren geglaubte Dinge wiedergefunden, die Einrichtung meines Not-Büros war für sie fast wie Weihnachten gewesen. Da ich nun nicht mehr oder zumindest nicht ausschließlich für die Hunde verantwortlich war, hatte ich plötzlich nach Feierabend erstaunlich viel freie Zeit, die sich selbstredend hervorragend mit einem Eis ausfüllen ließ.

„Och Du weißt schon..."

Ich sah sie aus den Augenwinkeln fragend an.

„Äh nö, weiß ich nicht?!"

„Na ja, der Sex ist toll." Sie grinste.

„Aber?"

„Nichts aber, mehr ist da ja nicht zwischen uns. Wie Du sicher schon bemerkt hast, bleibe ich ja nicht mal über Nacht, sondern geh heim, wenn ich mich befriedigt genug fühle."

„Ja, hab ich schon bemerkt. Aber warum, in Gottes Namen? Wohnt der noch bei Mutti oder was?"

„Nee, Du Dackel, natürlich nicht. Aber ich denke immer, bevor da irgendwelche Kuschel-Aktionen starten oder ich womöglich einschlafe und dann die ganze Nacht angeschmust werde und er mir womöglich am nächsten Morgen noch Kaffee machen will..."

Ich konnte nicht anders, ich musste schon wieder die Augen verdrehen.

„Ja, das wäre in der Tat widerwärtig. Ganz ekelhaft und abartig. Sieh nur zu, dass das niemals passiert!"

„Uuuuuh, Du kommst aus Ironien und sprichst fließend sarkasmisch!" Jetzt war es an Daisy, die Augen zu verdrehen.

„Sarkastisch. Klar, sowieso, das weißt Du ja. Aber jetzt sag mal, warum hast Du denn so Panik davor, dass da was Ernsthaftes entstehen könnte?"

„Hab ich doch gar nicht." Konzentriert kratzte sich Daisy einen Schokosoßen-Fleck von dem regenbogenbunten Pailletten-Einhorn, das über ihr ausladendes Dekolleté galoppierte.

„Na ja, bisschen schon, oder?" Ich musterte sie ernst.

„Nee, echt nicht. Aber so ist das nicht bei uns. Das ist wirklich nur Spaß, eine lockere Bettgeschichte ohne Gefühle, ohne Verpflichtungen, ohne Stress."

„Mhm", brummte ich, nicht überzeugt. „Also los, dann mal wieder an die Arbeit. Sonst wird unser Buch nie fertig, wir werden nie reich und berühmt, ich kann mir nie eine Fettabsaugung an Bauch, Beinen, Arsch, Hals, Kinn und hinter den Ohren leisten, wir wohnen nie in einem Schloss und haben nie Diener, die uns kohlehydratfreies Frühstück–"

„Jaja, schon gut!", unterbrach Daisy mich hastig. „Nächstes Kapitel. Männer, die sich selber mega geil finden."

„Tun das nicht alle?", fragte ich und schlug meinen immer voller werdenden Notizblock auf.

In diesem Moment wurden wir von der Türklingel unterbrochen, die bei Daisy natürlich keine gewöhnliche Türklingel war, sondern die Titelmelodie von Tom und Jerry. Einer der vielen kleinen Vorzüge, wenn man mit dem weltgrößten Disney-Fan zusammenlebte.

„Bin gleich wieder da!" Daisy sprang auf und kehrte wenige Minuten später mit Tati zurück.

Tati hieß tatsächlich Tati oder vielmehr Tatjana, war Daisys andere beste Freundin und eine umwerfende, gertenschlanke, wunderhübsche und ausgesprochen durchtrainierte Blondine, die ich (oder quasi jede andere Frau auf dem Planeten) leider nicht hassen konnte, weil sie dazu einfach noch so verdammt nett war.

„Puh!", stöhnte Tati und ließ sich undamenhaft auf einen der freien Korbsessel auf Daisys kuscheliger Dachterrasse fallen. Sie schleuderte ihre eleganten Schuhe – ich glaube, in der Fachsprache heißen diese Teile „Mules mit Kittenheels, nicht dass ich da ein Experte wäre (bei der Arbeit tat ich immer nur so) – von ihren Füßen und krallte sich ganz ungeniert den Rest von Daisys Eisbecher.

„Was für ein Tag!" Tati war Rechtsanwaltsfachangestellte, der Beruf mit dem wahrscheinlich längsten Namen der Welt, und in einer konstanten On-Off-Beziehung mit einem ziemlichen Loser namens Marvin. Wenn ich mir ihr unbegeistertes Gesicht so anschaute, sah es aktuell akut nach off aus.

„Du kommst genau richtig."

Ich grinste sie an.

„Wir machen uns gerade Notizen zum Thema `Männer, die sich selbst geil finden`."

„Tun sie das nicht alle?", gab Tati augenrollend zurück und ich konnte nicht anders – ich musste ihr die Hand zum High Five entgegenstrecken.

„Meine Rede!", lachte ich. „Also, was hast Du zu diesem spannenden Thema beizusteuern?"

„Hm, lass mal überlegen. Es geht doch um euer Buch, oder?" Sie sah mich fragend an.

„Na klar!", antwortete Daisy nachdrücklich, „Wir sitzen doch sonst nicht an einem herrlichen Freitagabend mit nem Block auf der Terrasse, statt uns jesusmäßig volllaufen zu lassen!"

„Das kommt noch", sagte ich würdevoll und sah Tati erwartungsvoll und mit gezücktem Bleistift an.

„Also ich finde es ja voll doof, wenn ein Mann länger im Bad braucht als ich. Augenbrauen zupfen geht gar nicht!"

„BEINE rasieren geht gar nicht!", warf ich leidenschaftlich ein.

„Brust rasieren ist ok", sinnierte Daisy.

„Nee, Brust rasieren ist nicht ok!", entgegnete ich leidenschaftlich. „Meistens nehmen die Kerle es damit nämlich nicht so genau und dann stoppeln sie schlimmer als ein frisch gedroschener Weizenacker!"

„Ach doch, Brust rasieren ist kein Thema", sagte Tati und schob zufrieden seufzend Daisys leeren Eisbecher von sich weg. „Und Rücken rasieren ist ein Must."

„Rücken rasieren", wiederholte ich langsam. „Darüber will ich, ehrlich gesagt, überhaupt gar nicht nachdenken!"

Ich wandte mich Daisy zu.

„Ok, vergiss das mit dem `Kommt noch´, ich brauche mindestens einen Lillet oder besser was Stärkeres, wenn ich diese Diskussion und die Bilder in meinem Kopf überstehen soll. Rücken rasieren!" Schaudernd drehte ich mich wieder zu Tati.

„Ja klar! Ich hatte mal einen, der hatte so `nen Pelz auf dem Rücken, dass ich mich bei den abenteuerlicheren Stellungen erstklassig daran festkrallen konnte. Und einmal, nachts, hatte ich vergessen, dass der neben mir liegt und ihn die ganze Zeit gekrault und mich gewundert, dass meine Kitty nicht schnurrt. Und–"

„Nein! Stop!", schrie ich. „Aufhören, ich will das gar nicht wissen! Daisy! Beeilung! Wenn Du keine Cola findest, trinke ich den Ballantines pur, aber ich kann mir das keine Sekunde länger anhören ohne Alkohol!"

„Ist ja gut, Mama ist ja da", sagte Daisy und stellte eine Flasche Ballantines, ein Glas und eine halbvolle Colaflasche vor mich hin."

Interessiert wandte sie sich wieder Tati zu.

„Aber wenn Du Dich so gut an dem festkrallen konntest, dann war der Sex ja bestimmt gar nicht so schlecht!"

„Nee, war er tatsächlich nicht. Aber der war ja auch kein bisschen eitel! Es war ihm völlig egal wie er aussieht und er wollte nur, dass es mir gut geht. Null selbstverliebt, dafür komplett selbstlos. Und das ist doch der springende Punkt hier, oder?"

„Stimmt eigentlich." Eifrig machte ich mir Notizen.

„Ich hatte ja mal einen, der mir ständig Pimmelbilder geschickt hat", bemerkte Daisy hinter dem Dunst ihrer frisch angezündeten Zigarette hervor.

„Ich auch!", quiekte Tati begeistert.

„Ich auch!", murmelte ich augenrollend. Herrgott, bis dieses Buch fertig war, wären meine Augen wahrscheinlich rückwärts in den Kopf gekippt wie die der Puppe, die meine Mutter als Kind besessen hatte. (Das wusste ich nur, weil sie mir schon so oft die Story erzählt hatte, dass man in den 60er Jahren Puppen hatte, denen man quasi die Augen in den Kopf schubsen konnte. Dumm nur, dass sie es im Alter von zwei Jahren bei ihrem neugeborenen Bruder versucht hatte. Stieß auf relativ wenig Begeisterung seitens meiner Oma, hinterließ bei ihrem Bruder aber keinen bleibenden Schaden.)

„Ich versteh das gar nicht", überlegte Tati laut. „Denken Männer wirklich, dass Penisse schön sind?"

„Offensichtlich", sagte Daisy schulterzuckend. „Irgendwie müssen sie ja wahnsinnig stolz auf die Teile sein."

„Also ich find da jetzt nichts Ästhetisches dabei. Ein Penis ist jetzt nichts Hässliches, aber wenn mir einer ein Bild von seinem besten Stück schickt, bevorzugt auch noch parat zur Tat, dann turnt mich das überhaupt nicht an, ehrlich gesagt! Und ich kann mir auch nicht vorstellen, dass ein Mann heiß wird, wenn er ein Mumu-Foto geschickt bekommt. Bei Brüsten glaub ich das noch eher, Brüste sind ja irgendwie hübsch–"

„Und teuer!", warf Tati ein, die seit jeher offen und ehrlich zu ihrer Brust-OP stand und lachte kehlig.

„Meine nicht", brummte ich (schon wieder augenrollend). „Jedenfalls musste ich bisher immer lachen, wenn mir ein Typ ein Pimmelbild geschickt hat. Ich glaub, das war nicht im Sinne des Erfinders."

„Der, den ich meine, schickt mir Bilder von sich in der Badewanne und sein Teil schwimmt dann da auf einer riesigen Wolke aus Seifenschaum!" grinste Daisy und nahm einen großen Schluck von meinem Whisky.

„Oh Gott!" Ich prustete laut los und Tati fiel ein.

„Das sieht aus, Freunde! Das könnt ihr euch nicht vorstellen. Wie ein riesiger, schrumpeliger, übergewichtiger Regenwurm im Schnee!" Nun konnte auch Daisy nicht mehr an sich halten.

Wir lachten, bis uns die Tränen aus den Augen liefen und wir nach Luft japsten. So hatte ich lange nicht gelacht – das letzte Mal vielleicht, als ich im Flugzeug Ragnar kennengelernt hatte und er mir seinen Furzel-Witz erzählt hatte.

„Aber war er denn auch schlecht im Bett, Dein Fuzzi?", fragte ich, als ich mich einigermaßen beruhigt hatte. Irgendwer musste ja hier einen auf back to business machen.

„Keine Ahnung, ich hab ihn noch nie persönlich kennengelernt. Ich kenn den nur von Tinder."

Dank einer denkwürdigen Geschäftsreise nach Neapel wusste auch ich mittlerweile, wie Tinder funktionierte. Nicht dass ich vorhatte, es in absehbarer Zeit zu benutzen, aber es war eine riesige Gaudi. Meine italienische Kollegin Maria und ich hatten uns einen Abend in einer kleinen Kaschemme damit vertrieben, heißblütige Latino Lover in der virtuellen Umgebung aufzuspüren und zu liken, entliken oder superliken. Man wischt ja nach links, wenn man den gut findet und nach rechts, wenn nicht (oder umgekehrt, keine Ahnung, grad egal) und mein Highlight war, neben Francesco, der sich nach fünf Minuten mit uns treffen wollte (war bestimmt auf der Suche nach der ganz großen, einzig wahren Liebe, der Gute) ein kleiner Zwischenfall beim Essen, als Marias Gabel ihr entglitt, inmitten einer dicken Carabonara-Soßenspur über ihr Handy flutschte – und dabei einen Italian Stallion superlikte, der sich dann auch prompt meldete und sich nicht einmal durch die Aussicht auf Marias fiktiven Ehemann vertreiben ließ. Ich musste so lachen, dass es nahezu mein Untergang gewesen wäre.

„Wie jetzt, Du kennst den nicht mal richtig und der schickt Dir Fotos von seinem besten Stück?? Das Du also quasi noch nicht mal persönlich getroffen hast?"

„Exakt. Dabei wäre der gar nicht schlecht, der Robert. Der hat richtig Schotter, arbeitet irgendwie im Management beim Motorsport, kommt auf der ganzen Welt rum und sieht wirklich gut aus."

„Er jetzt oder sein Penis?", wollte Tati wissen, die gerade einen gewaltigen Brocken von einem hellrosa verzierten Cupcake abbiss, den Daisy gestern Abend gebacken hatte. Wie um alles in der Welt konnte man so viel fressen und trotzdem so eine Wahnsinns-Figur haben?

„Haha, er natürlich. Sein Penis ist, wie gesagt, halt ein Penis. Nicht mehr und nicht weniger. Ein Penis."

„Streckt er ihn denn wenigstens vor den Eiffelturm und den Big Ben und das Empire State Building, wenn er ihn fotografiert", fragte ich sie grinsend.

„Nee, der Mann von heute braucht doch einen Spiegel, um Selfies zu machen, damit man das Prachtstück auch zweifelsfrei indoktrinieren kann."

„Identifizieren?" Ich sah sie zweifelnd an und bekam als Antwort eine zusammengeknüllte Zigarettenschachtel an den Kopf. Also eindeutig identifizieren. Hach, ich liebte meine Daisy.

Eine Woche später, schon fast Ende Mai

Regel Nummer drei: Aufs Alter kommt es nicht an. Es gibt Junge, die es drauf haben und Alte, die es nicht drauf haben. **Und wenn ihre Beine dünner sind als die eigenen, ist das auch kein Hindernis.**

Nun wohnte ich bereits seit mehr als drei Wochen bei Daisy und allmählich begann sich eine gewisse Routine bei uns einzuspielen. Ich arbeitete, wie gesagt, meist von zu Hause aus, in meinem Job als Chefredakteurin eines regionalen Lifestyle-Magazins ging das hervorragend und ich musste nur ein- bis zweimal pro Woche nach München in den Verlag fahren. Daisy verließ immer schon zu nachtschlafender Zeit das Haus, um in ihr Büro im Nachbarort zu fahren – was sie dort machte, außer Feenstaub und Glitzerwolken auf das vornehmlich männliche Kollegium zu streuen und die Herren trotz ihrer quietschbunten, süßen Art mit eiserner Hand zu regieren, würde ich wohl in hundert kalten Wintern nicht verstehen – und wenn sie schon recht früh am Nachmittag zurückkam, arbeiteten wir entweder hochkonzentriert an unserem Bestseller weiter oder wir machten Sport. Ja. Sport.

Ich arbeitete nämlich wie seit ungefähr 20 Jahren noch immer an meiner Model-Figur. Gab ja jetzt zum Glück auch Curvy-Models. Und da ich es eh nie zu Heidi und ihren fünf Klonen (10 Millionen hat die dafür ausgegeben an Halloween.

ZEHN Millionen!. Hatte die keine anderen Probleme? Ihren komischen Toyboy zum Beispiel? Oder warum spendete sie die Kohle nicht an Sarah und Pietro, damit die ne gescheite Paartherapie machen konnten?) schaffen würde, hatte ich mir vorgenommen, in diesem Segment Fuß zu fassen. Ich war zwar nicht ganz so korpulent wie die meisten Curvy Models, dafür hatte ich kürzere Beine.

Nee, Spaß beiseite, ich war eindeutig zu alt zum modeln, also setzte ich meine Energie dafür ein, eine halbwegs ansehnliche Bikini-Figur zu bekommen. Falls der Prinz ausnahmsweise mal nicht auf seinem ollen Schimmel, sondern einem Surfbrett angebrettert kommen sollte. Auf Hawaii oder so. All meine Freunde wussten ja, dass ich es immer wieder mal mit Joggen versucht hatte (was den Erfolg hatte, dass mein Ridgeback ein Windhund war und ich noch genauso fett wie vorher. Ich traute diesen Leuten nicht, die immer sagten „Es wird von Tag zu Tag leichter. Am Anfang sind zwei Kilometer VOLL anstrengend und irgendwann hüpfst Du die auf einem Bein." NEIN. Alles Verarsche. Am Anfang waren zwei Kilometer anstrengend und am nächsten Tag auch und am 477. Tag auch und zehn Jahre später auch. Ich hatte offensichtlich eine Fehlfunktion, es wurde NICHT leichter. Und es machte auch NICHT mehr Spaß. Punkt), aber ich hatte über Winter umgesattelt. Metaphorisch gesprochen.

Ich war jetzt Arielle. Ok, ich hatte keine roten Haare und wahrscheinlich war ich auch eher Ursula, die Meerhexe, aber ich glitt jetzt durchs Wasser als hätte ich Flossen statt zu kurzer Beine. Leute, wer im Hallenbad einen Pfeil durch die Bahnen zischen sah – das war nicht Flipper, das war ich. Ich nutzte den Schnellschwimmertarif. Jeden Tag. Wobei sich das schnell schwimmen nicht aufs schnelle Schwimmen bezog, man konnte auch langsam schwimmen, aber man hatte eben genau eine Stunde Zeit von Betreten bis Verlassen des Bades. Es sollte also Schnellduschertarif heißen. Langsam schwimmen, schnell duschen oder umgekehrt. Ich versuchte, schnell zu schwimmen und schnell zu duschen (und hatte dann meist nur Zeit, eine Hälfte meiner Haare zu föhnen, was gerne mal für verwunderte Blicke in der realen Welt sorgte. Danke, Herr Superdry, für Kapuzenpullis, die tatsächlich so heißen, weil die Haare unter der Kapuze super dry werden), aber so schaffte ich meistens 40 Bahnen in 32 Minuten oder, wenn ich im Michael Phelps-Modus war, auch mal 44 Bahnen in 32 Minuten. Und sonntags sogar 80. Dann natürlich NICHT in 32 Minuten. Sonntags war Cheat Day, da zahlte ich dann vier statt 2,50 Euro und konnte so lange bleiben wie ich wollte.

Nun hatte Daisy aber beschlossen, dass Schwimmen ein so ganz und gar ungeselliger Sport war, vor allem weil man dabei weder Musik hören noch sich unterhalten konnte, also machten wir Freeletics. Das war eine Art modernes Army-Bootcamp in einer App. Da machte man Burpees und so. Und auch wenn ich fand, dass sich das anhörte wie die höflich-dezente Umschreibung eines kindlichen Über-die-Schulter-Erbrechens, so war es in Wirklichkeit so ziemlich das Härteste, was ich je in meinem Leben getan hatte. Aus der Liegestütze (Hallo, ich meine: Liegestütze!) in die Hocke in den Strecksprung und wieder in die Liegestütze. Am Anfang schaffte ich nicht mal zwei am Stück und konnte mich danach zum Pieseln nicht auf die Kloschüssel setzen, weil meine

Oberschenkelmuskulatur vernehmlich streikte. Mittlerweile waren wir beide bei 150 angekommen.

Nein, natürlich nicht am Stück. Aber 25 schafften Daisy und ich ohne Pause („Ist ja kein Wunder, ihr zwei müsst ja bei den Liegestützen nicht so weit runter...wegen eurer großen Möpse. Hahaha!", pflegte Piet zu sagen, mein Lieblingskomiker) und 150 in einer Trainingssession insgesamt. So fit war ich vermutlich noch nie in meinem Leben gewesen, nicht mal als ich 12 gewesen war und noch nicht fett, was ich übrigens erst kürzlich festgestellt hatte, als meine Oma alte Kinderbilder von mir herausgekramt hatte. Mit 14 hatte ich Beine, für die ich heute töten würde – ich fragte mich, was wohl geschehen war – und noch die unangefochtene Weitsprung- und Sprint- und vor allem Kugelstoß-Königin.

Äh...ok. Mal wieder ganz leicht vom Thema abgekommen. Eigentlich wollte ich damit nur sagen, dass sich in unseren Tagesablauf eine gewisse Regelmäßigkeit eingeschlichen hatte. Heute jedoch war ich mit den Hunden unterwegs, weil Nils keine Zeit hatte, und freute mich wahnsinnig, die zwei Dussel mal wieder zu sehen.

Wir gingen also unseren altbewährten Weg am Kanal entlang, das Wetter war wie schon seit Wochen erstaunlich gut, meine Oberschenkel waren in Topform (muskelkater-technisch, natürlich, ansonsten waren die noch immer nicht oder vielmehr nicht mehr besonders ansehnlich. Ich wünschte, es wäre wieder 1997) und ich betete innerlich, dass unsere heutige Gassirunde eine wolfshundfreie Zone bleiben würde (die mochte Muppet nämlich noch immer nicht), als ein neongelber Punkt am Horizont auftauchte.

Natürlich hatte sich auch meine Sicht in den letzten Jahren nicht verbessert und ebenfalls natürlich hatte ich wie immer keine Brille auf. Ich konnte nicht mal erkennen, ob es sich um ein Auto, einen Menschen oder einen Storch in fluoreszierender Sicherheitsweste handelte. Vorsichtshalber rief ich Muppi zu mir, der dank eines unglaublichen Zaubertricks meiner Mum auch prompt reagierte: Leckerlies in der Hosentasche. Bestechung, fand ich. Aber es wirkte. Und wenn man der gute Cop im Guter-Cop-böser-Cop-Spiel sein wollte, musste man einfach auch mal mit unlauteren Methoden arbeiten.

Die Sonnenblume kam näher und als sie sich ungefähr unmittelbar vor meiner Nasenspitze befand, stellte ich fest, dass es sich um Dorothea handelte, eine gute Freundin, die ich wirklich mochte, aber viel zu selten sah und die wie ein leuchtender Meteorit auf mich zugesaust kam.

„Kate", rief sie erfreut aus, ohne ihr Joggen zu unterbrechen und hüpfte mit fröhlich springendem dunklem Locken-Pferdeschwanz eifrig vor mir auf und ab. „Dich hab ich ja ewig nicht gesehen!"

„Stimmt", entgegnete ich. „Total blöd eigentlich. Wie geht es Dir, was machst Du?"

Wir waren zwar regelmäßig per WhatsApp in Kontakt, aber ein richtiges Gespräch hatten wir seit Wochen nicht geführt.

„Alles gut, alles gut. Viel Arbeit, wenig Lohn, kennst Du ja. Und was hab ich da gehört? Du hast Nils verlassen?"

„Na da haben die Buschtrommeln mal wieder ganze Arbeit geleistet", grinste ich. „Stimmt leider."

Dorothea joggte emsig weiter auf der Stelle, schaffte es aber trotzdem, mich mit schiefgelegtem Kopf kritisch zu mustern.

„Gefällt mir nicht. Aber gar nicht. Ihr zwei gehört zusammen und basta. Was war los?"

„Lange Geschichte", seufzte ich und bückte mich, um Mielchen eine Klette aus dem Bart zu zupfen.

„Ah, ich liebe lange Geschichten. Das sind die besten. Ich hab Dir auch was zu erzählen. Wir müssen uns unbedingt mal wieder auf ne Lillet-Session treffen." Hüpf-hüpf-hüpf.

„Au ja! Wann kannst Du denn?"

„Weißt doch, immer wenn der kleine Stinker im Bett ist. Also falls Du zu mir kommen willst?"

Der kleine Stinker war ihr Sohn Moritz, der – im Gegensatz zu anderen Kindern, die ich so kannte und bei denen ich mich äußerst beherrschen musste, sie nur dann mit „Satan" zu titulieren, wenn ich mit anderen Menschen als den eigenen Eltern über sie sprach – ein ausgesprochen reizendes junges Wesen. Höflich, lustig, klug – Moritz gab mir wirklich den Glauben in die Menschheit wieder, den das Nachbarsmonster und diverse andere kleine Bratzen mir schon beinahe genommen hatten.

„Klar, ich hab ja grad nicht wirklich viel anderes zu tun. Wie wär's mit morgen?"

„Wie wär's mit nachher? Ich muss es Dir wirklich, wirklich dringend erzählen." Bildete ich es mir nur ein, oder hüpfte sie schneller? Ein bisschen wie ihr Sohnemann, wenn er schnellstens aufs Klo musste?

„Wenn wir uns nicht getroffen hätten, hätt ich Dich heut noch angerufen, so unbedingt muss ich Dir das erzählen!"

„Also hopp", sagte ich. „Ich komm heut Abend zu Dir. Wann soll ich da sein und hast Du noch gefrorene Himbeeren zu Hause?"

„Ach, wann's Dir passt. Neun? Himbeeren hab ich, Lillet musst Du mitbringen!"

„Gebongt!" Lächelnd sah ich ihr nach, wie sie leuchtend gelb von dannen sprintete und sah dann auffordernd meine Hunde an.

„Na, wie sieht's aus, Jungs – gehen wir weiter?"

Zwei Stunden später saß ich in Doros gemütlicher Wohnküche, hatte ein Glas Lillet vor mir stehen und streckte zufrieden die Beine unter den Tisch.

„Na dann leg mal los!", forderte ich sie auf.

„Also, pass auf. Ich hab da seit einiger Zeit eine Sache laufen."

Oha, das war neu. Ich kannte den großen, dicken und notorisch untreuen Garry, mit dem Doro vor gefühlten 100 Jahren zusammen gewesen war und da sie den zauberhaften Moritz auch nicht bei Ebay ersteigert hatte (Klar hatte ich gefragt! Beim nächsten hätte ich doch glatt mitgeboten!), vermutete ich, dass ihm auch irgendeine Liaison mit einem männlichen Wesen vorausgegangen war, aber ich hatte sie seit Ewigkeiten nicht mehr mit einem Mann gesehen oder auch nur von einem gehört.

„Und", tastete ich mich vorsichtig voran. „Was Ernstes?"

„Jesses liewe Leid! Natürlich nicht!" Entsetzt riss Dorothea ihre großen, dunklen Augen auf.

Und ich konnte spüren, wie meine förmlich ohne mein Zutun schon wieder zu rollen begannen.

Sakrafix, gab es denn nur noch Weiber, die die armen Kerle ausnutzten? Was war nur aus den großen Gefühlen und happy ever after geworden? Hallo? Romantik? Blümchen? LIEBE? Und da dachte ich, aus MIR sei ein zynischer Sarkast geworden! Gegen die beiden Damen mit D war ich ja eine Figur aus einem verdammten Jane-Austen-Roman!

„Ok, der Reihe nach – wenn es nix Ernstes ist, was ist es dann? Und vor allem: WER ist es dann?" Ich musterte Doro streng und beobachtete ihre Reaktion genauestens.

Sie wurde rot. Oh Gott – sie wurde tatsächlich rot. Und sie mied meinen Blick. Da ich keine Person kannte, die geradliniger und offener war als Doro, hatte das nichts Gutes zu verheißen.

„Die Sache ist die..", Doro konzentrierte sich akribisch auf das Muster der Holzmaserung auf ihrem Tisch , „Du kennst ihn."

„Mach Sachen. DER ist das also!" Meine Augen bewegten sich mittlerweile komplett losgelöst vom Rest meines Körpers. Synapsen? Pah – brauchen wir nicht.

Halbherzig schlug sie nach mir, aber sie sah mich wenigstens endlich an.

„Und ich glaube, Du magst ihn nicht."

Nee, oder? Ich überlegte, wer mir spontan einfiel, den ich nicht mochte. Und komischerweise fielen mir nur Frauen ein. Abgesehen vom meinem Nachbarn, aber Dorothea wusste genau, dass ich ihr mitten in ihre frisch und mintgrün gestrichene Küche gespien hätte, wenn sie sich auch nur in dessen Nähe gewagt hätte. Abgesehen davon, dass die liebreizende Ilonka ihr dann wohl schon die Russenmafia auf den Hals gehetzt hätte.

„Hä?" Nicht besonders kreativ, aber im Prinzip der einzige passende Ausdruck.

Doro holte tief Luft.

„Also, ok. Es ist Clemens."

Meine Augen waren wirklich ausgesprochene Akrobaten. Nachdem sie grade eben noch herumgerollt waren wie Bowlingbälle nach einem misslungenen Wurf, so konnte ich nun förmlich spüren, wie sie aus meinem Schädel traten.

„Clemens? DER Clemens? Der „Wenn Deine Nymphomanie wieder schlimm wird, ruf mich an"-Clemens?" Ich konnte es tatsächlich nicht fassen. Hätte sie mir gesagt, dass sie wirklich eine Affäre mit meinem Nachbarn hatte, wäre ich wahrscheinlich weniger überrascht gewesen.

„Genau der", murmelte sie hinter den Händen hervor, die sie vors Gesicht geschlagen hatte.

„Wie, um Himmels Willen, konnte das denn passieren? Der ist doch mega jung!"

„Ja, weiß ich doch!" Sie nahm ihre Hände nach wie vor nicht weg.

„Boah, Doro, jetzt schau mich halt an!", sagte ich entnervt und zerrte ihre Hände von ihrem Gesicht weg.

„Oh Kate, ich weiß doch auch nicht. Wir haben uns auf der Après-Ski-Party getroffen–"

„Moment!", unterbrach ich sie schnell und merkte selbst, wie schrill meine Stimme klang. „Das geht schon seit MÄRZ? Seit, keine Ahnung, sechs Wochen? Und Du erzählst es mir JETZT?" Konnte dieser Abend eigentlich noch abstruser werden?

„Ja, ich kenn den ja schon lange vom Sehen. Und dann waren wir beide auf dieser Party und Du weißt ja, wie das läuft. Wir hatten beide ordentlich gebechert, da brannte ein schönes Lagerfeuer – und irgendwie haben wir uns dann geküsst."

„Und das war alles?" Ich kam mir vor wie mein Mathelehrer bei der mündlichen Abiprüfung, auch genannt (von mir. Ich fühlte mich ja wie ein Verurteilter auf seinem Gang zum Schafott) die spanische Inquisition.

„Hm, nee. Wir haben dann Telefonnummern ausgetauscht und irgendwann hat er mich dann mal besucht."

„Um Dir was zu kochen, ne?" Sarkastisch kann ich.

„Natürlich nicht. Was Du Dir sehr genau denken kannst, Mrs Ironisch."

Doro füllte mit nur leicht zitternder Hand meinen Lillet wieder auf, den ich irgendwie gedankenverloren leergepumpt hatte.

„Und jetzt? Habt ihr ne Affäre? Oder was genau ist das jetzt? Kann man das überhaupt definieren?"

„Na ja, schon irgendwie. Das erste Mal in meinem Leben mache ich was richtig Unanständiges. Und irgendwie fühlt es sich verdammt gut an." Puh, ich wollte lieber nicht so genau wissen, was sich daran so verdammt gut anfühlte.

„Doro, der ist doch mindestens 20 Jahre jünger als Du! Du könntest seine Mutter sein! Du kommst ins Gefängnis! Unzucht mit Minderjährigen! Du bist seine Mrs Robinson! Du führst ihn in die Geheimnisse der körperlichen–"

„Stopp!", schrie Doro entschieden und für eine Sekunde hatte ich Angst, der zuckersüße Moritz könnte aufgewacht sein.

„Kate, der ist 31! Der ist keine 13! Er ist nur 12 Jahre jünger als ich und nein, ich könnte nicht seine Mutter sein, vielen Dank auch! Und was die Geheimnisse der körperlichen Liebe angeht, weiht eher er mich in irgendwas ein als ich ihn, das kannst Du mir glauben."

Uff. Das saß. Kopfkino auf Hochtouren, oh bitte nicht.

„Aber – der sieht doch aus wie so ein Milchbubi! Und der hat auch noch so dünne Beinchen! Also nichts gegen Deine Beine, Doro, ehrlich nicht, ich würde meinen rechten Unterarm opfern, um so Beine zu haben wie Du – aber die Schenkel von Clemens sind höchstens so dick wie Deine Waden! Das ist doch voll die Gottesanbeterin! Ist das nicht...irgendwie...komisch?"

Doro lachte. Nicht nur so ein bisschen, sondern aus voller Kehle und Seele.

„Gottesanbeterin, ich kann nicht mehr. Kate, manchmal bist Du einfach zu geil. Nee, es ist überhaupt nicht komisch. Der weiß wirklich genau, was er tut. Ist ja auch kein Wunder, Übung hatte er vermutlich mehr als genug in seinem Leben."

Ich konnte nicht anders, meine journalistische Neugier war geweckt. Nur gut, dass sich in der Tasche meines Naketano-Hoodies (Da fiel mir ein, Jojo würde mich umbringen. Jojo war eine Kollegin von mir und wir hatten einmal einen äußerst vergnüglichen Abend auf der Messe in Leipzig zugebracht, uns wegen Naketano-Pullovern zu besaufen. Leipzig ist die Welthauptstadt der Naketano-Sweater und dass trotz dass oder gerade weil die so kreative Namen tragen wie „Mutti will bumsen" oder „Riesenpimmel". Die Pullis natürlich, nicht die Leipziger. Da fragt man sich doch, wie es in Naketano-Meetings zugeht, wenn die eine neue Kollektion entwickeln? „Ich dachte, wir nennen ihn `Die Alte will blasen`, was meinen Sie, Herr Geschäftsführer?" Jedenfalls war auf dieser Messe ungelogen jeder Zweite in einem Naketano-Pulli herumgerannt und wir hatten bei jedem, der bei uns vorbeikam, einen Hugo aus der Dose gezischt. Irgendwann konnte keiner von uns mehr „Naketano" sagen, aber am nächsten Tag schworen wir uns eigentlich hoch und heilig, uns niemals einen zu kaufen. Hatte bei mir irgendwann dann doch nicht mehr so ganz funktioniert. Sorry, Jojo!) wie meist ein klitzekleiner Notizblock befand, den ich jetzt begeistert zückte.

„Erzähl!", forderte ich Doro auf, die jetzt irgendwie nicht mehr so unentspannt aussah.

„Was gibt`s da zu erzählen? Der ist zwar jung, und er ist auch ein Milchbubi, aber das merkt man gar nicht mehr, sobald das Licht aus ist. Vor allem ist er keiner, der nur nach und auf sich schaut – verstehst Du, was ich meine?"

„Klar", nickte ich, ohne von meinen Notizen aufzusehen. „Hätte ich bei so nem Jungspund irgendwie schon gedacht."

„Ja, ich eigentlich auch. Aber ihm ist es wirklich wichtig, dass ich meinen Spaß habe und dass es mir gefällt."

„Erstaunlich, eigentlich.", sinnierte ich. „Bei mir waren es bisher eher die Älteren, die selbstloser unterwegs waren. Wobei ich ja ehrlich sagen muss – ich hatte ja noch gar nie etwas mit einem Jüngeren, also kann ich es tatsächlich nicht beurteilen."

„Ach weißt Du – ich denke, im Endeeffekt ist es auch gar keine Frage des Alters, sondern der Chemie. Mir ist vollkommen klar, und das war auch von Anfang an so, dass ich mich mit Clemens nicht über molekulare Nuklearbiologie unterhalten kann. Aber das will ich auch gar nicht. Und dass er nicht die Liebe meines Lebens ist und ich mit ihm auf einen Bauernhof ziehe und organische Himbeermarmelade anbaue und zehn kleine blonde Kinder bekomme, ist mir auch vollkommen bewusst."

Ich kicherte. Ich hatte Doro einfach gern.

„Das war doch das perfekte Wort zum Sonntag. Ich glaub, ich düse mal. Daisy trifft sich mit ihrem Malte, das ist genauso ein gewissenloses und sexgeiles Luder wie Du!"

Ich zwinkerte ihr zu, als ich mich ein wenig mühsam von Doros Küchenstuhl erhob.

Ich schwang mich auf mein Rad und während ich durch die samtig-dunkle Sommernacht zu Daisys Haus eierte, fiel mir auf, dass ich den ganzen Abend nicht ein einziges Mal an Nils gedacht oder über ihn geredet hatte. Vielleicht war ich tatsächlich auf dem Weg der Besserung.

-6-

Zwei Wochen später, Mitte Juni

Ich war in München und ich war bei meinem Chef. Obwohl ich wirklich viel von zu Hause aus arbeiten konnte, musste ich doch hin und wieder einen Abstecher in den Verlag machen, um mein kleines, aber feines Magazin zu besprechen.

Ich schätzte meinen Chef sehr. Er war freundlich, er hatte einen guten Sinn für Humor, er war fair, er sah (was Chefs anbelangte und da war ich nach der Erfahrung mit dem Dambedei nun wirklich ein gebranntes Kind) gut aus und vor allem, er sprach deutsch. Also konnte ich ihn verstehen, im Gegensatz zu meinem ausgesprochen französischen Ex-Boss Jean-Pierre damals, der konsequent an mir vorbeigeredet hatte und ich an ihm. Was irgendwie auch wieder witzig war.

Alle zwei Wochen hatten wir ein Meeting in seinem beeindruckenden Chefbüro in der siebten Etage (das einzige mit Klimaanlage, deshalb sahen seine weißen Hemden wahrscheinlich auch immer aus wie frisch gebügelt), das im Normalfall sehr harmonisch ablief, und besprachen Dinge wie den Inhalt der nächsten paar Ausgaben, Aboentwicklung, Anzeigen – also alles ganz harmlos und selten wirklich spannend. Bis jetzt.

„Frau Müller, wie Sie wissen, bin ich mit ihrer Arbeit außerordentlich zufrieden. Ihre Mitarbeiter mögen Ihren Führungsstil und Sie als Person, die Zahlen des Hefts sind sehr ordentlich und auch unsere Anzeigenkunden sind von der

Ausrichtung des Magazins begeistert. Leider kann ich Ihnen momentan keine Gehaltserhöhung anbieten–" (Hm ‚schade eigentlich. Dabei konnte ich mich nun wirklich nicht beschweren. Mein Gehalt war nämlich deutlich höher als das, was der Dambedei so zu zahlen pflegte und als Thorsten, mein geliebter Nachbar und allwissender Ingenieur, so geschätzt hatte. Aber das brauchte ich ihm ja nicht auf die Nase zu binden.) , „weil das die aktuelle Gesamtsituation in der Verlagsbranche nicht zulässt. Aber ich habe das für Sie."

Mit diesen Worten schob er einen unschuldigen weißen Umschlag über seinen hypermodernen Besprechungstisch aus Chrom und Glas.

Ich öffnete ihn (den Umschlag natürlich, nicht den Tisch) und dankte meinen Freunden dafür, dass meine Augen in letzter Zeit so viele Strapazen gewohnt waren. Sonst wären sie vermutlich explodiert.

„Ähm, das sind zwei Flugtickets. Nach Berlin. Und ähm–", ich zog auch das dritte Blatt Papier heraus , „eine Hotelreservierung für ein Hotel in Berlin."

„Genau", grinste Herr Schott. „Ich möchte, dass Sie zur Fashion Week fliegen, ein paar interessante Themen fürs Heft aufschnappen, vielleicht eine kurzweilige Reportage schreiben und ansonsten einfach eine gute Zeit haben und es sich gut gehen lassen. Das haben Sie sich wirklich verdient nach dem Stress der letzten paar Monate. Nehmen Sie Frau Dettighofen mit, die freut sich auch."

Fashion Week. Ich. Die sich schon vorkam wie top durchgestylt, wenn sie mal ein paar halbwegs hochhackiger Schuhe trug statt der üblichen Nikes. Die schon dachte, sie hätte den Gipfel des Modeolymps erreicht, wenn sie ihre Jeans so hochrollte, dass ihre Knöchel zu sehen waren. Die Chanel nur in Form sündhaft teuren Makeups und eines anbetungswürdigen Dufts an ihren Körper ließ.

Aber trotzdem: Berlin! Wie abgefahren war das? Und dann auch noch mit Jojo! Sie würde ausrasten! Und das Beste – ich würde Ragnar wiedersehen, das erste Mal seit drei Jahren. Schon der bloße Gedanke daran ließ ein paar verirrte kleine Schmetterlinge in meinem Magen flattern.

„Oh, wow. Das ist ja wirklich eine sensationelle Überraschung, Herr Schott. Vielen, vielen Dank!", strahlte ich und konnte mich nur mit Mühe davon abhalten, ihm um den Hals zu springen.

„Das passt schon", lächelte er , „und jetzt raus mit Ihnen. Überbringen Sie Frau Dettighofen die freudige Nachricht und kommen Sie mir heil wieder!"

Ich schüttelte ihm hastig die Hand und musste mich dann wirklich beherrschen, gemessenen Schrittes das Büro zu verlassen und nicht vor Freude zu quietschen. Ich hatte viel zu viel Adrenalin im Körper, um auf den Aufzug zu warten und rannte leider komplett undamenhaft und wahrscheinlich auch ziemlich unelegant die fünf Stockwerke bis zu meinem Büro hinunter als seien die Höllenhunde hinter mir her. Ich schaffte es gerade noch, die Tür hinter mir zuzumachen, bevor ich japsend vor Jojos Schreibtisch kollabierte.

„Huch!" Sie sah mich aus ihren hübschen mandelförmigen Augen entsetzt an und beugte sich über mich. „Kate, was ist passiert? Oh Gott, hat er Dich gefeuert?"

Mit letzter Kraft zog ich ihr den Umschlag über die blonde Rübe.

„Spinnst Du?", keuchte ich und zog mich am Rand ihres Schreibtischs hoch. „Im Gegenteil, Du Dussel!" Mit auf die Knie gestützten Hände wie ein Sprinter nach Zieldurchlauf stand ich vor meiner Lieblingskollegin und wartete, dass meine Atmung sich soweit normalisiert hatte, dass ich einen vernünftigen Ton herausbrachte.

„Was hast Du denn da?", sagte sie schließlich ungeduldig und riss mir den Umschlag aus der Hand. Ungläubiges Staunen malte sich auf ihrem Gesicht.

„Nee, oder? Das glaube ich jetzt nicht! Du darfst nach Berlin, Du Sau?"

Endlich gelangen wieder mehr als zwei Milliliter Sauerstoff an mein Gehirn und in meine Lungen, so dass ich Jojo den Umschlag entwenden und mich entkräftet auf meinen Schreibtischstuhl fallen lassen konnte.

„Wir Säue!", grinste ich. „Sind doch zwei Tickets. Du kommst mit!"

„Nein!"

„Wohl!"

Jojo, die eigentlich ziemlich zierlich war, stieß einen Jubelschrei aus, der einen ausgewachsenen brünftigen Rothirschbullen (Heißen die überhaupt Bullen? Hm. Hengste sind es nicht, Eber auch nicht, eigentlich bleibt ja fast nur Bulle?) in die Flucht geschlagen hätte. Ok, es war ein Jubelschrei, der eigentlich jedes lebende Wesen in die Flucht geschlagen hätte oder es vermutlich gerade tat.

Sie sprang von ihrem Stuhl auf und führte einen irren Freudentanz auf, der darin gipfelte, dass sie mir ungestüm auf den Schoß sprang und mich in ihrer wilden Umarmung nahezu zerquetschte.

„Berlin, Berlin, wir fahren nach Berlin! Moment mal, was machen wir eigentlich in Berlin?"

Ich bugsierte sie so sanft wie möglich von meinen Schenkeln – Jojo war schwerer als sie aussah – und strich meine zerknitterte Hose glatt.

„Wir gehen zur Fashion Week, was denkst Du denn?"

Jojos blaue Augen wurden so groß wie Murmeln.

„Zur Fashion Week? Wir beide? In Jeans und Hoodies und Turnschuhen?"

„Exakt." Ich grinste, bis mir etwas Fürchterliches bewusst wurde und ich mich selbst streng ermahnen musste, keine Hyperventilations-Attacke zu bekommen.

„Jeans! Oh Gott, Jojo, ich habe keine halbwegs präsentablen Jeans mehr! Dicke Schenkel plus Reibung plus Jeansnähte, das geht immer nicht sehr lange gut! Bei den meisten meiner Hosen kann man an den Schenkeln entweder Zeitung lesen oder sie sehen schon aus wie ein Schweizer Käse!"

Ich sah hektisch auf die Uhr. Noch anderthalb Stunden bis Ladenschluss. Ich musste shoppen gehen. Sofort.

„Jojo, ich geh in die Stadt. Kommst Du mit?"

„Klar, ich fahr grad noch meinen Rechner runter, dann können wir los."

Zwanzig Minuten später betraten wir eine kleine, etwas versteckt gelegene Boutique in Münchens Innenstadt, die zumindest von außen nicht so aussah, als würde mich eine einzige Jeans ein komplettes Monatsgehalt kosten.

Zielstrebig machte ich mich auf der Suche nach allem, was nach Denim aussah und hatte wenige Augenblicke später eine vielversprechende jeansblaue Auswahl über dem rechten Arm hängen, zum Glück ohne dass eine übereifrige Verkäuferin sich mir in irgend einer Form aufgedrängt hätte.

„Ich geh mal probieren", rief ich in Jojos Richtung und steuerte den schwarzledernen Vorhang der Umkleidekabine an.

Natürlich hasste ich es, Hosen jeglicher Art anzuprobieren. Vor allem im Sommer. In den Umkleidekabinen war es grundsätzlich zu eng und stickig, so dass mir nach drei Minuten die Brühe herunterlief, als hätte ich gerade einen Halbmarathon bestritten. Was dann wiederum nicht besonders kompatibel mit dem enganliegenden und noch dazu leicht starren Stoff war, in den ich mich eigentlich zwängen wollte. Kaum zehn Minuten später fühlte ich mich, als hätte ich mit bloßen Händen einen Grizzlybären niedergerungen und dank des riesigen Spiegels und der neonartigen, dellenunfreundlichen Beleuchtung konnte ich sehen, dass ich auch exakt so aussah.

Jojo war klug genug, sich irgendwo am anderen Ende des Ladens zu verstecken und erstaunlicherweise war auch noch immer keine Verkäuferin aufgetaucht. Vermutlich hielten alle meine entnervten Keuch- und Stöhnlaute für pure Ekstase und wollten mich in meiner Begeisterung nicht stören. Die erste Jeans war nichts, viel zu karottig für meine kurvige Form. Die zweite hatte meines Erachtens zu viele modische Löcher, die dritte war für meinen Geschmack zu hüftig geschnitten, die vierte schlicht und einfach zu eng.

„So, Du kleines Biest", murmelte ich der fünften und letzten zu, die noch nichtsahnend auf ihrem Bügel hin und von außen betrachtet gar nicht mal so schlecht aussah. „Wehe Du passt auch nicht, dann kapituliere ich jetzt."

Ich zwängte meine nassgeschwitzten Waden in die unschuldigen blauen Hosenbeine, wand mich wie eine Mischung aus übergewichtiger Kobra und untalentierter Hoola-Hoop-Tänzerin, zerrte die Baumwoll-Elasthan-Mischung über meine transpirierenden Oberschenkel und schaffte es nach einigem Ruckeln und Ziehen auch, die letzten Zentimeter über meine Hüften. Hurra, sogar der Knopf ging zu! Und das Teil passte halbwegs! Und sah gar nicht mal so übel aus! Nicht zu eng, nicht zu tief geschnitten, nicht zu löchrig – perfekt, eigentlich! Es schien kein Problem zu geben. Dachte ich. Ungefähr zehn Sekunden lang. Dann musste ich feststellen, dass leider meine neue Errungenschaft eine sehr unglückliche Symbiose mit meiner alten Errungenschaft eingegangen war.

Im Klartext: Vor einigen Jahren hatte ich mir neben meinem ersten Luxus-Laster, der teuren Kosmetik mit dem C, noch ein weiteres Luxus-Laster angeeignet. An meinen Körper schmiegte sich nur noch Unterwäsche, die eigentlich

Victoria`s Geheimnis war. Und da Victoria nicht nur geheimnisvoll, sondern ein ausgebufftes Luder war, waren das nicht etwa normale Micky Maus-Schlüpper – weit gefehlt! An jeder Unterbuchse (an den BHs sowieso) versteckte sich irgendein neckisches Detail. Ich hatte mich heute für ein Ensemble in schwarz entschieden, mit viel Spitze und hauchdünnem Stoff und, weil Vicky nun mal Vicky war, einer Art Schnürchen , das sich quer über den Hintern spannte (im wahrsten Sinne des Wortes) und mittig von einem kecken kleinen Schleifchen geziert wurde. Soweit zumindest die Theorie.

In der Praxis nämlich hatte sich ebendieses Schnürchen, das keinen weiteren Zweck verfolgte, als vermutlich irgendwie verführerisch auszusehen, sich geradezu expertös um den runden Sicherheitsmageneten gewickelt, den irgendein cleverer Marketingexperte genau über die linke Arschbacke getackert hatte.

„Ruhig bleiben", dachte ich und versuchte, einfach nicht mehr weiter zu schwitzen und mich so zu verrenken, dass ich das Schnürchen befreien konnte. Ich drehte ein bisschen nach links. Hm. Also drehte ich ein bisschen nach rechts. Hm. Ich versuchte, beide Hände nach hinten zu führen und das vermaledeite Schnürchen kreuzförmig erst mit dem, dann gegen den Uhrzeigersinn um den Magneten zu wickeln, wobei natürlich meine Unterbuchse sich so weit zusammenzog, dass es beinahe zu einer Strangulation meines Hinterns gekommen wäre. Oh weia. Keine Chance. Ich saß in der Falle.

Und jetzt? Was sollte ich tun? Mich vorne im Laden auf die Kassentheke werfen, damit die Verkäuferin den Magneten entfernen konnte? Herrliche Vorstellung.

Ich steckte meinen Kopf an dem schwarzen Leder vorbei und versuchte, Jojo diskret auf mich aufmerksam zu machen. Leider war sie nirgends in Sicht.

„Jojo", zischte ich. Keine Spur von der alten Verräterin. Also nochmal lauter. „Jojo, kannst Du mal schnell kommen?"

Noch immer niichts. Ach, war mir doch egal.

„Jojo! Wo steckst Du? Ich brauche ich!", brüllte ich und wenige Sekunden später stand meine Kollegin mit weit aufgerissenen Augen vor mir.

„Kate, was ist los?"

„Keine Zeit für lange Erklärungen", blaffte ich zurück. „Hol bitte eine Verkäuferin."

Eins musste man Jojo lassen, gehorsam war sie. Ohne weitere Fragen zu stellen, drehte sie sich um und begab sich auf der Suche nach Hilfe. Wenige Augenblicke später stand eine hübsche Verkäuferin mit einem adretten kupferroten roten Bubikopf lächelnd vor mir.

„Hallo, ich bin Evelina, was kann ich für Sie tun?"

„Ich...nun ja...ähm...also", stotterte ich. Irgendwie war mir das nun doch ein wenig peinlich. Nur gut, dass ich eh schon aussah wie ein Feuerlöscher und nicht mehr roter werden konnte.

„Ich hänge fest", brachte ich schließlich heraus und versuchte mich an einem gewinnenden Grinsen, das vermutlich eher ein wenig kläglich ausfiel. Dabei drehte ich mich halb zu Evelina und zeigte auf meine Misere.

„Meine Unterhose hängt an dem Security-Tag fest. Aber wie kriegen wir das jetzt ab?"

Man musste es Evelina zugute halten – sie prustete nicht laut los. Im Gegensatz zu Jojo, der ich einen meiner legendärer Laser-Tötungsblicke zuwarf, was aber leider so gar nichts brachte.

„Das ist gar kein Problem!" Ich mochte Evelina. Sie war nicht nur hübsch und nett und hatte eine coole Frisur, sondern auch noch schöne Zähne. Und dieser Satz war außerdem genau das, was ich hatte hören wollen.

„Wir haben ein tragbares Gerät, um diese Magneten abzumachen. Ich hole es nur schnell, einen Moment. Laufen Sie nicht weg."

Ha ha. Wohin denn bitte, mit dem Anti-Klau-Anhänger am Schlüpper? Sinn für Humor hatte sie also auch noch, die süße Evelina.

Dafür stand sie keine Minute später vor beziehungsweise ganz schnell hinter mir und binnen weniger Sekunden hatte sie mich aus meiner misslichen Lage befreit.

„Vielen herzlichen Dank!", schnaufte ich erleichtert und warf meinen Schuh nach Jojo, die noch immer kichernd vor der Umkleidekabine stand.

Schnell schlüpfte ich in meine alte, nicht mehr ganz so tolle Jeans und verließ den Laden, ohne das neue Scheißding zu kaufen. Evelina war zwar unfassbar freundlich gewesen, aber diese Hose war mein Feind. Ganz eindeutig.

Am selben Tag abends

Regel Nummer vier: Wenn man sich selbst abartig geil findet, ist man es meistens nicht. Isso.

Daisy und ich lagen rücklings auf ihrer gigantischen Couch, sie bis zu den Ellenbogen in einer Tüte Pistazien versenkt, ich knabberte elegant an ein paar Mandeln herum (last minute Diät vor Berlin), und meine Freundin lachte, bis ihr die Tränen über die Wangen liefen.

„Ah, herrlich. Diese Unterhosen-Geschichte ist das Beste, was ich seit langem gehört habe. Das kriegst auch nur Du fertig."

„Mhm", murmelte ich und starrte an die Decke.

„Was ist denn mit Dir?" Sie stützte sich auf einen Ellenbogen und musterte mich scharf. „Sind das jetzt verspätete Nils-Depressionen?"

„Nö", Ich drehte mich langsam zur Seite. „Verfrühte Ragnar-Depressionen vielleicht."

„Oha. Triffst Du Dich mit ihm? Wenn Du in Berlin bist?" Sie klang geradezu begeistert. Daisy hatte Ragnar zwar nie getroffen, war aber aufgrund meiner Beschreibungen selbst ein bisschen in ihn verknallt.

„Ich weiß auch nicht. Ich würde so wahnsinnig gerne, aber es ist doch nicht in Ordnung. Ich meine – der Mann ist verheiratet!"

„Das war er in Miami auch schon!" Der obligatorische Griff zum Nasenpiercing. Oh oh.

„Ja, aber da wusste ich es ja noch nicht", verteidigte ich mich und zupfte eine Pistazie aus Daisys Zopf.

„Ok, das ist ein Argument. Aber, wie sagt man so schön, es gehören immer zwei dazu. Und wenn Ragnar es mit seinem Gewissen vereinbaren kann, dann soll es nicht Dein Problem sein, oder? Außerdem ist ja gar nicht gesagt, dass ihr übereinander herfallt wie rollige Katzen, Du kannst Dich doch einfach so mit ihm treffen und was trinken gehen?"

„Ach Daisy", frustriert drehte ich mich wieder auf den Rücken und zählte die kleinen Spinnweben um Daisys riesige Wohnzimmerlampe. „Ich hab ihn einfach so furchtbar gern. Er ist so ein herzensguter Mensch. So freundlich, so warmherzig und so normal einfach. Er findet sich selbst kein bisschen toll und gerade deshalb ist er es."

Neben mir setzte Daisy sich auf wie von der Tarantel gestochen. Alarmiert sah ich sie an. Was war jetzt los?

„Wo ist Dein Notizblock, Frollein? Sich selbst toll finden war genau das richtige Stichwort. Wir müssen an unserem Buch weitermachen, sonst wird das nie was!"

Unsanft rammte sie mir einen langen Fingernagel – aktuell gelb und mit kleinen blauen Latzhosen im Minion-Design – zwischen die Rippen. Ächzend versuchte ich, in eine sitzende Position zu kommen.

„Eine Sekunde, eine Sekunde", brummte ich und schlurfte ich Daisys winziges Gästezimmer, das nun seit einigen Wochen mein Zuhause war.

Von der alten Weinkiste, die als mein Nachttisch diente, schnappte ich meinen Block und nahm aus der Küche gleich noch zwei Flaschen Bier mit. Scheiß auf die Diät, brachte sowieso nichts.

„Also", gehorsam setzte ich mich im Schneidersitz neben Daisy, „schieß los. Ich bin bereit."

„Ich denke da gerade an Gero, das war so ein Spezialfall. Er hat mir im Vorfeld wer weiß wie tolle Nachrichten geschrieben, dass ich mich freuen kann, dass es eine unvergessliche Nacht wird und Wunder weiß, was er alles mit mir anstellt. Und dann war es das langweiligste Erlebnis meines ganzen Lebens. Er hat ungefähr zwei Stunden lang dieselbe Bewegung gemacht, ich wäre fast eingeschlafen dabei."

Ich sah sie ungläubig an.

„Und warum hast Du nichts getan? Ich meine, Du bist doch sonst weder auf den Mund gefallen noch sonst in irgendeiner Form ein hilfloses Mäuschen! Warum hast Du nicht wenigstens mal die Stellung gewechselt, damit Du auch auf Deine Kosten kommst?"

Sie kicherte, was erstaunlich mädchenhaft klang, für jemanden, der eine Schachtel Lucky Strikes am Tag rauchte.

„Ich konnte nicht." Sie schlug die Hände vors Gesicht und ich konnte weiterhin ein fast schon hysterisches Gegacker hören.

„Wie, Du konntest nicht?" Verständnislosigkeit machte sich in mir breit.

„Er hatte ein Wasserbett, das nicht beruhigt war. Das bedeutet, wenn da irgendwo zwei Körper aufeinander liegen –

oder besser klatschen – wird ungefähr das komplette Wasser nach außen verdrängt, man liegt in einer tiefen Kuhle in der Mitte und rechts und links türmen sich Wassermassen auf."

„Aha, verstehe. Du warst also quasi festgenagelt."

„Im wahrsten Sinne des Satzes", brachte sie gerade noch heraus, bevor sie in einem weiteren Lachanfall versank. Augenblicklich schwante mir, dass in der letzten Zigarette, die sie vor meiner Heimkehr aus München auf dem Balkon geraucht hatte, wohl eventuell etwas mehr gewesen sein könnte als bloßer Tabak.

„Wortes", japste ich, bevor ich in ihr Gelächter mit einstimmte. Daisys Lache war einfach zu ansteckend.

Als wir uns wieder halbwegs beruhigt hatten, sagte Daisy: „Und das Schlimmste ist – ich habe hinterher erfahren, dass der Typ auch noch Viagra einwirft. Mit Anfang 30! Deshalb ging dieses Martyrium auch so lang."

„Und was hast Du dann gemacht?", wollte ich wissen.

„Na ja, zum einen hab ich im Geiste meine komplette Inventur im Büro nochmal durchgegangen und überlegt, ob ich auf alle Drucker Inventaraufkleber geklebt hab. Und dann hab ich etwas getan, was ich sonst wirklich nie mache."

„Und das wäre?"

„Ich hab ein bisschen gestöhnt und ein paarmal seinen Namen geschrien und so Sachen wie `Na los, gibs mir richtig´, in der Hoffnung den Leidensprozess ein bisschen abzukürzen. Und was hatte ich davon?"

Ich merkte, wie eine erneute Lachblase aus den Tiefen meines Bauches hochzublubbern drohte und presste mir schnell eines von Daisys blumenförmigen Glitzer-

Kuschelkissen (Ein Oxymoron in sich selbst. Glitzer war niemals kuschelig. Das wusste ich jetzt, nachdem ich einmal auf der Pailetten-Seite des Kissens eingeschlafen war und das Muster noch den halben nächsten Tag auf meiner Wange spazierengetragen hatte) vor den Mund. Hilflos zuckte ich mit den Achseln.

„Außer einem blauen Arsch, weil der Gute mich im Zwei-Sekunden-Takt auf den Lattenrost geknallt hat? Ich sag's Dir: Am nächsten Tag kam eine SMS, das war der beste Sex seines Lebens, ich sei so eine Rakete und wann wir uns wieder treffen könnten."

Erneut brauchten wir mehrere Minuten, bis wir uns wieder einigermaßen im Griff hatten. Wer brauchte schon Situps, wenn er dank Daisy ein kostenloses und wesentlich spaßigeres Bauchmuskeltraining bekommen konnte?

„Und hast Du?", fragte ich, nur halb im Scherz.

„Bist Du wahnsinnig?"

Daisys Augen hinter ihren Brillengläsern waren so groß wie Untertassen. „Weißt Du, wenn der vorher nicht so eine große Fresse gehabt hätte, hätte ich wahrscheinlich gedacht, der kann es einfach nicht besser und hätte mich vielleicht großzügig noch einmal zu einer Übungsstunde bereiterklärt. In meinem Bett aber. Auf einer normalen Matratze. Aber der fand sich selber ja so unwiderstehlich und seine Performance so geil, das darf er gerne an jemand anderem austesten. Tja, man erntet eben, was man pflanzt."

„Sät", ergänzte ich im Geiste, hielt es aber für vergebene Liebesmüh, Daisy darauf hinzuweisen.

„Hattest Du noch keinen, der sich für Gottes Geschenk an die Menschheit hielt?", wollte meine Freundin nun wissen und nahm einen gewaltigen Schluck aus der inzwischen bestimmt schon gar nicht mehr so kalten Bierflasche.

„Oh doch", erinnerte ich mich mit Grausen. „Benedikt der Beharrliche."

„Klingt wie ein Ritter aus dem Mittelalter – oder ein Hausgeist bei Harry Potter", grinste sie.

„Weder noch. Das ist einfach ein Typ, der mich seit Jahren dazu überreden will, mit ihm in die Kiste zu steigen."

„Moment mal – aber nicht der Rettungsschwimmer oder was der ist?"

„Doch, genau der. Er ist zwar Rettungssanitäter und kein Rettungsschwimmer, aber das ist auch egal. Er schreibt mir immer SMS, dass ich es auf keinen Fall bereuen würde, dass es so toll werden würde und er wolle doch nur eine einzige Nacht und so was."

„Und?"

„Was, und?"

„Na, war es toll?"

„Keine Ahnung, ich habe es nie ausprobiert. Zum einen weiß ich, dass er schon hinter dem halben Bundesland her war und ungefähr jedem weiblichen Wesen zwischen 16 und 76 schreibt, ob sie denn keine Lust auf ein unverbindliches Geplänkel hätten. Zum anderen finde ich es schon extrem abturnend, wenn jemand so was sagt wie `Du wirst es ganz sicher nicht bereuen´. Woher will der denn das wissen?"

„So ein Selbstbewusstsein hätte ich auch mal gerne", sagte Daisy kopfschüttelnd.

„Das haben Frauen nicht. Ist ne Männersache", bemerkte ich, als mir siedend heiß etwas einfiel.

„Arschloch Karotte hat auch mal so eine Bemerkung gemacht!", platzte ich heraus.

„Ooooh", Daisys Augen wurden noch größer, „vom geheimnisvollen Arschloch Karotte wolltest Du mir eh noch die ganze Geschichte erzählen!"

„Ja, ich weiß." Ich wollte sie nicht ansehen und zupfte stattdessen an einem losen Faden am Saum meiner Jeans herum. Noch so ein Nachteil, wenn man so Stumpen-Beinchen hatte wie ich – man latschte ständig auf der eigenen Hose herum.

„Ey", Daisy stumpte mich an, „was war jetzt mit dem?"

„Na ja, er hat mal zu mir gesagt, ich könne mich geehrt fühlen, dass er mit mir ins Bett geht. Schließlich sei er sich zu gut, um einfach mit jeder in die Kiste zu steigen."

„Waaas?" Entrüstet war Daisy aufgesprungen. Nur gut, dass sie so klein war. Ich hätte mir bei der gleichen Aktion die Schädeldecke an ihrer Dachschräge zertrümmert.

„Was ist das denn für ein Arschloch? Spinnt der? Der kann vielleicht froh sein, dass DU Dich dazu herabgelassen hast, mit ihm ins Bett zu gehen, aber nicht umgekehrt! Was bildet der sich eigentlich ein, der blöde Pisser?"

Sanft zog ich sie zurück auf die Couch und reichte ihr wortlos ihre Bierflasche, die sie energisch auf ex abpumpte.

„Das Schlimme ist – ich glaube, der hat das nicht mal böse gemeint", sagte ich leise und ignorierte Daisys sich verdrehende Augen.

„Nee, damit wollte er Dir nur sagen, wie toll er Dich findet!", antwortete sie mit vor Sarkasmus triefender Stimme.

„Im Ernst jetzt – ich glaube schon. Arschloch Karotte ist irgendwie ein bisschen speziell."

„Ein bisschen, das kann man wohl sagen", schnaubte sie. Daisy wurde nicht oft wütend, aber wenn sie es war, war es grausam. Man sollte sich in acht nehmen.

„Ich glaube, er wollte damit zum einen zum Ausdruck bringen, dass er kein notgeiler Sack ist, der alles vögelt, was nicht bei drei auf dem Baum ist, sondern eher mal auf eine wartet, die es wert ist – und zum anderen wollte er auf seine komische, verdrehte Art wohl auch sagen, DASS ich es wert bin."

„Kein Kommentar." Daisy hatte sich eine Zigarette angezündet und sich Kevin und Schakkeline zugewandt, die ihren Hirsekolben abgenagt hatten.

„Ich geh dann mal ins Bett, war ein langer Tag."

Ich erhob mich von der Couch. „Und ich muss Ragnar noch schreiben, dass ich nach Berlin komme." Mit einem Augenzwinkern zu dem zornigen kleinen Igel vorm Wellensittichkäfig verließ ich den Raum.

82

-8-

Zwei Wochen später, Ende Juni

Sonntag am frühen Nachmittag, noch zwei Tage bis zu meinem Berlin-Trip. Ausnahmsweise lagen wir tatsächlich einmal nicht auf der Couch, sondern keuchend auf dem Rasen hinter dem Dreifamilienhaus, in dem Daisy die Dachgeschosswohnung bewohnte und deren Garten sie benutzen durfte, und versuchten, uns von Aphrodite zu erholen, oder uns besser gleich in eine zu verwandeln (Aphrodite war der ganz und gar harmlose Name einer nahezu todbringenden Sportübung, die unter anderem 150 Burpees, 150 Situps und 150 Kniebeugen beinhaltete und uns immer wieder aufs Neue zeigte, dass wir keine 17 mehr waren), als etwas Erstaunliches geschah. Ein attraktives, gebräuntes Männergesicht mit fröhlichen braunen Augen lugte über das Gartentor.

„Ah, hier bist Du", bemerkte er treffend und ich registrierte, wie Daisy neben mir scharf die Luft einzog.

„Scheiße", murmelte sie und ich war völlig verwirrt. Was ging hier vor sich?

So aphroditenhaft wie möglich (wenn man bedachte, dass sie komplett schweißgebadet war, ein bisschen roch wie ein Iltis, ihre Haare in alle Richtungen abstanden und sie ihr ältestes, ausgewaschenstes Wonderwoman-Top trug) stand Daisy auf und stolzierte mit wiegenden Hüften zu dem

83

stattlichen Mannsbild – enges schwarzes T-Shirt, gestylte dunkle Haar, seröse schwarze Nerd-Brille – hinüber, das mittlerweile in den Garten gekommen war.

„Malte", strahlte Daisy ihn mit ihrem schönsten 1000-Watt-Grinsen an und ging tatsächlich zu ihm, um sich auf die Wange küssen zu lassen. Man musste es ihm lassen – er wich nicht zurück.

DAS war Malte? Bettgeschichten-Malte? Nix-Ernstes-Malte? Keine-Gefühle-Malte?

Ich lag noch immer japsend auf meiner Matte und versuchte, mit dem Hintergrund zu verschmelzen.

„Was machst Du denn hier?", säuselte Daisy und wischte sich eine schweißtriefende Haarsträhne aus dem make-up freien Gesicht.

„Ich wollte Dich sehen", erklärte er freimütig. Aha. Untervögelt. „Ich habe einen Leihwagen übers Wochenende, ein Cabrio. Und weil das Wetter so herrlich ist und Du mir mal erzählt hast, dass Du noch nie Cabrio gefahren bist, dachte ich, wir fahren gemütlich in den Schwarzwald oder so, hüpfen dort ein bisschen in den See, essen ein Eis, dann lade ich Dich zum Abendessen ein und bring Dich dann wieder heim. Was meinst Du?"

Äh, Moment mal...Sex war in Nur-Sex-Maltes kleiner Ansprache aber nicht vorgekommen?! Ich wagte kaum zu atmen. Er hatte sich GEMERKT, dass sie noch nie Cabrio gefahren war und holte sie jetzt für eine Spritztour in den Schwarzwald ab? Oh oh, wenn das mal nicht ganz eindeutig nach Gefühlen roch.

„Oh, wie süß von Dir", flötete Daisy in ihrer „Ich pupse Smarties"-Stimme und klapperte tatsächlich mit den Augendeckeln. „Ich gehe nur schnell duschen und zieh mir was anderes an, dauert auch nicht lang. Unterhalte Du Dich doch so lange mit Kate."

Boah. Arschloch. Ich sah ganz sicher auch nicht besser aus als Stinkstiefel und war weder in der Puste, noch in der Stimmung, amüsante Anekdoten mit dem Mann auszutauschen, den meine beste Freundin nur wegen seiner Fähigkeiten in der Horizontalen mochte.

Ich richtete mich auf beide Ellenbogen auf und warf Malte ein nonchalantes kleines Winken zu und im nächsten Moment waren wir beide auch schon alleine.

Also quälte ich meine geschundenen Knochen in die Höhe und setzte mich an den kleinen Tisch, der auf der großen Terrasse im Garten stand. Malte nahm neben mir Platz und grinste mich an.

„Kate, hm?"

Ich nickte langsam.

Er streckte die Hand aus.

„Malte. Aber das weißt Du ja inzwischen. Ich hab schon viel von Dir gehört!"

„Dito", erwiderte ich und musste an den blöden Witz vom Sachsen Dieter denken, der sich immer mit „Dito" vorstellte, so dass alle Leute dachten, er hätte den gleichen Vornamen wie sie. Natürlich musste ich grinsen, was Malte als Aufforderung auffasste, mich in ein richtiges Gespräch zu verwickeln.

Logischerweise dauerte es ewig, bis Daisy frisch geduscht, mit wolkig-duftigem und auf ungestylt gestyltem Haar, perfekt geschwungenem Eyeliner und in einem süßen kleinen Daisy-Outfit aus Ringelshirt, hochgekrempelten Jeans und Lederjacke wieder auftauchte. Ihre grauen Augen leuchteten und sie strahlte wie ein Honigkuchenpferd.

„Fertig! Habt ihr euch gut unterhalten?", posaunte sie und ich konnte nicht anders, als sie anzugrinsen. Ihre offenkundige Freude war einfach zu ansteckend.

„Haben wir", lächelte ich und sah Malte Bestätigung suchend an.

Das hatten wir nämlich tatsächlich.

Malte war richtig süß, auch wenn ich irgendwie den Eindruck hatte, dass er ziemlich nervös war. Bestimmt hatte Daisy ihm schon so viele Schauergeschichten über ihre verrückte Freundin erzählt, dass der arme Strumpf komplett eingeschüchtert war. Trotzdem war immer wieder ein erstaunlich guter Sinn für Humor aufgeblitzt und eins war sowieso klar: Dieser Kerl war völlig verrückt nach Daisy.

Das hatte mit gutem, alt- (oder neumodischem, so genau wollte ich das bei Daisy manchmal wirklich nicht wissen) Sex allein absolut nichts zu tun, Malte war bis über beide, aktuell knallroten, Ohren verliebt in meine Regina Regenbogen. In einem fort hatte er von ihr geschwärmt, wie niedlich sie sei, wie lustig und wie toll und überhaupt.

Fast hätte ich neidisch werden können, wenn ich es ihr nicht so sehr gegönnt hätte.

Strahlend erhob Malte sich und ging zu Daisy hinüber, um ihr zärtlich die Hand auf die Schulter zu legen.

„Wollen wir los?"

Jesus Christus, er sah aus als wolle er sie fressen. Und Daisy sah ganz so als wolle sie dringend gefressen werden. Ich konnte ein breites Grinsen nicht unterdrücken.

„Also, Kate, wir gehen mal los!", flötete sie und warf mir im Gehen eine Kusshand zu.

„Viel Spaß", rief ich vernehmlich und schüttelte den Kopf. Daisy konnte mir erzählen, was sie wollte – wenn sie nicht in diesen Kerl verknallt war, fraß ich einen Besen.

9

Am nächsten Tag, der letzte im Juni

Am Tag vor unserer garantiert legendären Berlin-Reise saß ich in meinem beringten schwarzen Liebling und fuhr gerade von einem geschäftlichen Termin nach Hause – sprich: zu Daisy – als mein Handy klingelte und eben jene Person in mein Ohr jammerte.

„Skittles, Kate, ich brauch Skittles!"

„Hä? Alles gut bei Dir?" Eigentlich hatte ich immer gedacht, Daisy hätte in ihrem Kleiderschrank ein flauschiges, fluffiges Zwergeinhorn, das Skittles kackte.

„Ja, alles top, aber ich habe gerade eine enorme Unterzuckerung und alles was jetzt noch hilft, sind Skittles. Und ich hab meinen Jogging schon an und kann auf keinen Fall aus dem Haus, also musst Du das jetzt für mich erledigen. Bitte, bitte!"

„Klar, ich wollte eh noch was einkaufen. Bin schon kurz vor der Abfahrt, ich brauch nicht mehr lang. Halt durch!", lachte ich.

Ein paar Minuten später stand ich gerade vor dem Kühlregal und suchte nach Schafsjoghurt, der wahnsinnig widerlich schmeckte, mir aber beim Abnehmen helfen sollte, als ich mich irgendwie beobachtet fühlte.

Ich sah auf und merkte, dass jemand ziemlich genau neben mir stand, den ich schon lange nicht mehr gesehen hatte, worüber ich bis heute nicht wusste, ob ich froh oder traurig sein sollte.

„Kate", sagte Arschloch Karotte in einem Tonfall, den ich nicht einordnen konnte und ich war eigentlich eine diplomierte Tonfall-Einordnerin. War das Freude? Bedauern? Traurigkeit? Erleichterung? Keine Ahnung.

Mein erster Gedanke war jedenfalls: Oh Gottseidank komme ich von einem Geschäftstermin! Ich habe vernünftige Kleider an, ich bin ordentlich geschminkt, meine Haare sehen nicht aus, als hätte ich vor, damit hartnäckige Verkrustungen an einer Topfunterseite zu entfernen, ich rieche gut und ich fühle mich mächtig.

Na gut, eigentlich fühlte ich mich eher ein wenig ohnmächtig gerade, aber ich war schließlich Profi genug, um mir das nicht anmerken zu lassen.

„Hi", erwiderte ich würdevoll und deutete ein Kopfnicken an, bevor ich mich zum Gehen wandte. Der Appetit auf Schafsjoghurt war mir definitiv vergangen.

„Warte doch mal", bat Arschloch Karotte und hatte tatsächlich die Chuzpe, mich am Arm festzuhalten. Jetzt stand er eindeutig zu nahe vor mir, so nahe, dass ich die goldenen Sprenkel in seinen grünen Augen sehen und sein Aftershave riechen konnte, was mich als sehr nasenfixierten Menschen schon immer ein bisschen schwach gemacht hatte. Wieso benutzte der Kerl überhaupt Aftershave, der rasierte sich ja nicht mal, was die dunklen Stoppel auf seinem markanten Kinn deutlich bewiesen.

Ich zwang mich, nicht zurückzuweichen und sagte nichts, sah nur vielsagend auf seine gebräunte Hand hinab, die mir ein Loch in den Ärmel meiner liebsten Garnelen-Bluse (ok, es war auch meine einzige Garnelen-Bluse, aber das hieß nicht, dass ich sie nicht trotzdem mögen konnte) zu brennen drohte.

Man konnte vieles über Arschloch Karotte sagen, aber nicht, dass er irgendwie begriffsstutzig gewesen wäre. Sofort ließ er mich los.

„Wie geht es Dir, Kate?", fragte er und ich merkte, dass er mich verstohlen von oben bis unten musterte. „Lange her. Gut siehst Du aus."

„Danke", gab ich kühl zurück und hoffte, dass er mir nicht ansah, wie sehr diese Begegnung mich aufwühlte.

„Was treibst Du so? Immer noch im Hundefutterhandel? Ach nein, Du arbeitest jetzt wieder als Journalistin, nicht wahr? In München, hat mir jemand erzählt?!" Wie grüne Laserstrahlen hafteten seine Augen an meinen und ich war unfähig, wegzusehen.

„Das stimmt." Herrgott, konnte er sich nicht einfach in Luft auflösen. „Und Du?", setzte ich unwillig hinzu. Die Grundregeln der Höflichkeit beherrschte ich immerhin noch.

„Nichts Neues bei mir. Ich arbeite noch bei der gleichen Firma und –"

„Wohnst Du auch noch immer bei Mami in der Einliegerwohnung?", unterbrach ich ihn und merkte, wie ätzend mein Ton klang. Verdammt, ich hatte mich doch nicht provozieren lassen wollen.

Nur am kurzen Zusammenziehen seiner Pupillen merkte ich, dass ich ihn getroffen hatte.

„Uh, Touchee", murmelte er und sagte dann bestimmt, „Ja, genau, das mache ich. Du bist wieder glücklich mit Deinem liebenden Gatten vereint und ihr wohnt in eurem pinken Häuschen und seid glücklich bis ans Ende eurer Tage?"

Bevor ich etwas erwidern konnte, hob er die Hand und endlich verließen diese irischen Meeraugen meine, um auf den Boden zu blicken.

„Sag nichts. Ich will es gar nicht wissen."

Er seufzte, dann sah er auf und dieses Mal gab es keinen Zweifel. Unendliche Traurigkeit sprach aus seinem Blick.

Langsam hob er eine Hand, um mir eine blonde Strähne, die sich aus meinem Pferdeschwänzchen gelöst hatte, hinters Ohr zu streichen. Meine Wange brannte wie Feuer, wo er sie gestreift hatte und ich brauchte meine ganze Willenskraft, um mein Gesicht nicht in seine Handfläche zu schmiegen.

„Ach Kate", flüsterte er leise. „Wie konnte es nur so weit kommen?"

Der Bann war gebrochen. Ich trat einen Schritt zurück und funkelte ihn wütend an.

„Das solltest Du vielleicht in einer ruhigen Minute mal Dich selbst fragen", fauchte ich zornig und eilte davon, ohne mich noch einmal umzudrehen.

Ich verließ fluchtartig den Laden, ohne etwas gekauft zu haben und erst als mein wild klopfendes Herz sich soweit beruhigt hatte, dass ich wieder halbwegs normal Luft bekam – also ziemlich genau vor Daisys Haustür – fiel mir auf, dass ich auch ihre Skittles vergessen hatte.

Sie erwartete mich in einem regenbogenfarben gestreiften Einteiler und riss die Haustüre auf, noch bevor ich sie erreicht hatte.

„Skittles! Skittles!", skandierte sie begeistert, hielt aber sofort inne, als sie mein Gesicht sah.

„Oha, was ist passiert?"

Ich schüttelte nur stumm den Kopf und biss mir auf die Unterlippe, um nicht in Tränen auszubrechen.

„Couch. Whisky. Erzählen", kommandierte meine Freundin und schob mich mit sanftem Druck die Treppe vor sich hoch.

Bis wir ihre Wohnung erreicht hatten, hatte ich mich wieder so weit im Griff, dass ich sprechen konnte. Ich schleuderte die vernünftigen „guten" Schuhe von meinen Füßen, zerrte mir die Garnelenbluse vom Leib und ließ mich in meiner blauen Geschäftshose (hier ging das, weil es keine Mielchen- oder Muppet-Haare gab, die sich auf ewig darin festkrallen würden) und BH auf die Couch fallen.

Daisy folgte wenige Augenblicke später und reichte mir wortlos einen doppelten Whisky auf Eis und setzte sich mir gegenüber.

„Also", sagte sie in fragendem Unterton.

Ich beugte mich vor, ergriff ihre Hand und sagte: „Daisy, ich glaube, es wird Zeit, dass ich Dir von Arschloch Karotte erzähle."

Ich holte tief Luft. Das würde alles andere als einfach werden. „Ich habe das noch keinem erzählt und eigentlich wollte ich nie von ihm sprechen. Aber ich habe ihn gerade gesehen, das erste Mal seit fast vier Jahren, und ich merke, dass das einfach raus muss. Du kennst Arschloch Karotte, genau wie ich, von früher aus der Schulzeit. Ich habe ihn dann aber ewig nicht gesehen, bestimmt 15 Jahre nicht. Dann war ja Nils weg von mir, ich wusste, dass die Sache mit Ragnar keine Zukunft hat und mir ging es ganz schön dreckig. Irgendwann habe ich ihn dann getroffen auf einem Straßenfest im Nachbarort. Wir haben uns super unterhalten, ich habe ihm von Nils erzählt und er hat mir gesagt, dass er aktuell Single ist. Irgendwann später am Abend haben wir uns geküsst in einer Seitenstraße, im strömenden Regen, alles ganz romantisch. Ich habe ihm aber klipp und klar gesagt, dass ich kein Interesse an einer Bettgeschichte habe und mich auf etwas Festes nach Nils vielleicht noch nicht einlassen könnte. Er meinte, wir lassen es langsam angehen und er wolle mich erstmal richtig kennenlernen."

Ich sah Daisy an, die jedoch nur nickte und mir mit einer kreisförmigen Handbewegung zu verstehen gab, dass ich fortfahren solle.

„Wir haben uns ein paar Mal getroffen, es war immer lustig und nett und wir haben uns einfach super gut verstanden. Irgendwann wurde daraus natürlich mehr. Ich merkte schon, dass ich Gefühle für ihn entwickelte, aber ich merkte auch, dass es ihm genau so ging. Er wollte mich seiner Mutter vorstellen, Herrgott noch mal!"

Unbemerkt hatte ich mich in Rage geredet und musste erst einen Schluck Whisky trinken, um mich wieder abzuregen.

„Das ging ein paar Wochen, er hat angefangen, vom Heiraten und von Kindern zu reden, vom Seßhaft werden, all so Zeug. Gleichzeitig war es ja aber so, dass Nils und ich uns auch wieder angenähert hatten und obwohl Arschloch Karotte mir sagte, dass er Gefühle für mich hätte, gab es doch einen Teil von ihm, den er vor mir zurückhielt. Ich hatte immer das Gefühl, dass ich nicht 100 Prozent von ihm bekam, sondern nur 90. Verstehst Du, was ich meine?"

Daisy sah mich mit riesigen Augen entsetzt an.

„Sag jetzt aber bitte nicht, dass der geheimnisvolle Arschloch Karotte eine Frau und drei Kinder hat!"

„Nein", da musste sogar ich in meiner momentanen Verfassung grinsen, „das nicht. Aber er war einfach immer der Coole. Das war er früher schon."

„Ich will jetzt wissen, wer dieser blöde Arschloch Karotte ist!", rief Daisy vehement.

„Ich sag es Dir gleich, aber erst musst Du noch fertig zuhören. Wenn ich es Dir vorher verrate, konzentrierst Du Dich nicht mehr. Okay?"

Sie verdrehte gekonnt die Augen und nickte.

„Also", setzte ich meine Erzählung fort, „er hat zum Beispiel bei WhatsApp die blauen Häkchen deaktiviert, so dass man nicht sehen kann, ob er eine Nachricht gelesen hat oder nicht. Klar, ich weiß, dass das nicht schlimm ist, aber es hat mich trotzdem genervt. Ich habe ihm relativ schnell gesagt, dass ich nicht auf die typischen Weiber-Spielchen stehe und mich rar mache, um ihn verrückt zu machen oder so Zeug. Er hat von mir genau das bekommen, was ich bin – ohne Verstellen, ohne Geheimnisse, einfach mich. Er hingegen war nicht ganz ehrlich, hatte ich das Gefühl. Er hat zwar auf der einen Seite schon Emotionen gezeigt, aber ich glaube, sein Image als harter, unnahbarer Kerl war ihm trotzdem immer wichtiger. Na ja, wie dem auch sei, wir hatten eine schöne Zeit und ein paar nette Wochen miteinander. Nils hat sich ja dann aber doch um mich bemüht und weil ich das Katz- und Maus-Spielchen mit Arschloch Karotte irgendwie satt hatte, hab ich ihm auch gesagt, dass Nils wieder vermehrt in meinem Leben war – einfach, weil ich ehrlich sein wollte, aber auch, weil ich insgeheim gehofft hatte, dass er sich ein wenig mehr anstrengt oder aus sich herauskommt."

„Ja und? Hat er ein bisschen um Dich gekämpft? Oder hat er den Schwanz eingezogen?"

„Na ja – wenn er gekämpft hätte, wären wir jetzt vermutlich verheiratet und hätten schon einen oder zwei Krambolen rumrennen, oder? Nein, er hat sich komplett zurückgezogen. Er hat sich einfach gar nicht mehr gemeldet. Auf meine Nachrichten oder Anrufe hat er nicht reagiert. Wochen später kam dann ein Anruf von ihm, fast eine Stunde lang, und er hat gesagt, dass er mich so gerne sehen und mit mir über alles reden würde und dass es für ihn keine einfache Situation sei, zu wissen, dass es noch jemand anderen gäbe. Ich hab genau gemerkt, dass er nicht aufhören wollte, mit mir zu sprechen. Hallo, er hat übers verdammte Wetter geredet und dass er Fenster putzen müsse und so einen Schwachsinn, nur damit ich nicht auflege. Ich solle mir überlegen, ob wir uns treffen wollten und ihn anrufen. Das habe ich zwei Tage später gemacht, er hat mich weggedrückt. Ich habe ihm dann noch einmal geschrieben, dass er sich bitte entscheiden solle, ob er IN einem Leben sein wolle – in welcher Funktion auch immer – oder AUS meinem Leben, dann aber unwiederbringlich und mit allen Konsequenzen. Er solle mir Bescheid sagen, ich bräuchte diese Gewissheit, um mit meinem Leben weitermachen zu können. Tja, und heute war dann das erste Mal, dass ich wieder ein Lebenszeichen bekommen habe beziehungsweise ihn zufällig getroffen habe. Nach fast vier Jahren."

Ich merkte, wie tief in meinem Inneren eine altbekannte Wut und Bitterkeit aufflammte.

Wie zu erwarten, war mein quietschbunter kleiner Minion-Freund komplett auf meiner Seite.

„Moment mal – Du willst mir allen Ernstes sagen, er hat mit Dir telefoniert, um Dir zu sagen, dass er sich mit Dir treffen will und Dich dann weggedrückt? Und als Du ihm geschrieben hast, dass Du Klarheit brauchst, hat er sich einfach nie wieder gemeldet?"

Langsam nickte ich.

„Ehrlich gesagt – ja, genau so war das. Und ich bin bis heute fassungslos, dass er nicht einmal den Anstand besessen hat, mir zu erklären, was plötzlich los war. Hätte er gesagt, `ok, Kate, ich habe mich getäuscht – ich habe doch keine Gefühle für Dich, es war ne nette Bettgeschichte, aber jetzt reicht es mir`, das wäre vollkommen in Ordnung und vielleicht hart, aber wenigstens ehrlich gewesen."

„Was für ein Feigling", schnaubte Daisy und zündete sich entrüstet eine Zigarette an. „Und ein Arschloch noch dazu."

„Eben", bestätigte ich achselzuckend. „Das ist er wohl. Und trotzdem hat es mich total durcheinandergebracht, ihn heute wieder zu sehen. Ich hab ja auch in den letzten Jahren immer wieder an ihn gedacht, aber ihn so vor mir stehen zu sehen, das war nochmal was anderes."

„Butter bei die Fische, Kate – ich will einen Namen."

Oh Jemine, das würde nicht einfach werden.

Ich mied Daisys Blick, holte tief Luft und sagte ihr seinen Namen.

Daisy schoss in die Höhe wie eine Silvesterrakete beim Frühstart. Oha, ich hatte es geahnt. Ich nahm meinen Mut zusammen und sah sie an.

„Das ist nicht Dein fucking Ernst, Kate! Bist Du bescheuert? Dieses dämliche Arschloch?", schrie sie und sie sah tatsächlich wütend aus. So wütend, wie ein rothaariges Gummibärchen in einem Regenbogenanzug nun mal aussehen konnte.

„Hast Du den Verstand verloren? Das war schon immer ein Wichser, ist ein Wichser und wird auch immer ein Wichser bleiben. Das ist ein egoistischer, ich-bezogener, arroganter, eingebildeter, alle Leute nur ausnutzender Wurm, der keinen Charakter hat und auch keine Freunde und sich trotzdem für den coolsten und tollsten Typen der Welt hält. Oh Kate, was hast Du Dir dabei nur gedacht?" Sie schüttelte den

Kopf und begann, wieder durch den Raum zu tigern. Oh nein, so schlimm war es also.

„Ausgerechnet der, von allen Männern im Universum! Hättest Du mich mal gefragt, hätte ich Dir gleich sagen können, dass es so endet mit dem. Der hat null Verantwortungsbewusstsein, pisst sich irgendwie durchs Leben, hält sich für nen tollen Hecht und wohnt mit über 30 noch bei Mama. Na ja", mit einem vernehmlichen Seufzer ließ sie sich wieder auf die Couch fallen. „Für irgendwas war es bestimmt gut. Aus Schaden wird man schließlich schlau." Und damit streckte sie mir die Zunge heraus. Freches Biest.

10

Am nächsten Tag, 1.Juli

„Gleich sind wir da, gleich sind wir da!", quiekte Jojo und beugte sich über mich, um aus der kleinen Scheibe des sich im Landeanflug befindlichen Flugzeugs spähen zu können.

„Jahaa", brummte ich bestätigend und schob sie von mir, damit ich wenigstens ein bisschen Luft bekam.

Ich war ein wenig nervös. Ich hatte Ragnar eine Nachricht geschickt, dass ich drei Tage in Berlin verbringen würde und er hatte sich ganz offensichtlich gefreut – aber kein konkretes Treffen mit mir ausgemacht. Würde ich ihn sehen? Und würde es mir meine Zeit in der Hauptstadt vermiesen, wenn nicht?

Die Durchsage des Captains, dass die Cabin Crew sich zur Landung bereitmachen sollte, unterbrach meine Gedanken und ich begann, mich auf die kommenden Tage zu freuen.

Die Landung ging glatt, keiner applaudierte nervtötend und sogar unsere Koffer kamen relativ schnell übers Gepäckband geschlingert.

„So", Jojo hatte die Ausstrahlung eines ADHS-Kinds, das vergessen hatte, sein Ritalin zu nehmen und steppte mit wippendem blondem Pferdeschwanz aufgeregt neben mir her. „Was machen wir jetzt? Fahren wir direkt in die Stadt?"

„Wir fahren erstmal ins Hotel", murmelte ich, während ich in meiner geräumigen braunen Mulberry-Tasche (die ich auf der Portobello-Road in Notting Hill einmal von einem stockschwulen Verkäufer, der aussah wie Harald Glööckler vor seinen Operationen, Second Hand erstanden hatte und die ich heiß und innig liebte) nach den Unterlagen krustelte, während ich mit der anderen Hand versuchte, den Gepäckwagen durch die Menge zu steuern, ohne einem Mitreisenden versehentlich die Achilles-Sehne zu durchtrennen.

„Achtung", rief Jojo und griff beherzt ein, als mein Gefährt ins Schlingern geriet, weil ich auf der Suche nach dem Ausdruck mit dem Hotelnamen beinahe die elektrisch öffnenden Glastüren gerammt hätte.

Erschrocken sah ich auf und blickte mitten in ein paar blaue Augen, die von sehr hellen Wimpern umrahmt waren und aus denen der Schalk und eine große Wärme gleichzeitig sprachen.

„Ich glaub´s ja nicht", flüsterte ich ungläubig, überließ den Gepäckwagen Jojos Obhut und warf mich dem kleinen blonden Mann vor mir in die ausgebreiteten Arme.

„Ragnar!", lachte und schluchzte ich zu gleichen Teilen und drückte ihn so fest, dass seine Rippen protestierend knackten.

„Na na, willst Du mich zerquetschen?", lachte mein Däne und hielt mich auf Armeslänge von sich weg. „Kate, es ist so sön, Dich zu sehen! Du siehst fantastis aus!"

„Oh Ragnar, Du glaubst gar nicht, wie sehr ich mich freue, Dich zu sehen!"

Und das war die Wahrheit. Mein Herz klopfte wie eine Herde galoppierender Wasserbüffel, die von einem hungrigen

Löwenrudel gejagt wird. Mein Wikinger hatte sich kein bisschen verändert, abgesehen davon, dass die Lachfältchen um diese herrlichen blauen Augen sich vielleicht noch ein bisschen vermehrt hatten. Er war tief gebräunt, was einen wunderbaren Kontrast zu seinem hellblonden Haar darstellte und sah in weißem Hemd mit hochgekrempelten Ärmeln, enger blauer Jeans und modischen Sneakern in den dänischen Nationalfarben einfach zum Anbeißen aus.

„Woher wusstest Du, wann ich ankomme?", fragte ich, den Mund vor Staunen noch immer offenstehend.

„Also so swer war das ja nicht." Er lächelte sein typisches Ragnar-Lächeln und mir blieb für einen Moment fast das Herz stehen. „Es gibt ja nur zwei Masinen am Tag aus München und Du hast gesagt, Du kommst heute Nachmittag. Da muss man kein Detektiv sein, um das herauszufinden. Apropos, Kate: Welchen Fall kann nicht einmal der beste Detektiv lösen?"

Ich schüttelte grinsend den Kopf. Ragnar und seine Flachwitze – sie waren damals der Grund gewesen, dass wir uns überhaupt kennengelernt hatten.

„Den Wasserfall! Aber willst Du mir nicht mal Deine hübse Freundin vors-tellen?"

Ach Du liebe Güte – Jojo hatte ich ganz vergessen! Sie stand etwa drei Meter hinter mir und sah aus, wie ich mich fühlte. Vom Donner gerührt.

„Oh, aber natürlich!" Er fand Jojo hübsch. Musste ich eifersüchtig sein? Klar, Jojo WAR hübsch, sie hatte eine tolle Figur und ein interessantes Gesicht mit ihren exotisch anmutenden Mandelaugen. Aber fand er sie hübscher als mich? Immerhin war ich trotz eifriger Freeletics-Bemühungen noch immer nicht das, was der Durchschnittsmensch als schlank ansehen würde. Ich hatte keine endlose blonde Wallemähne, sondern aktuell einen Bob, der mir bis knapp unters Kinn reichte und meine Augen waren weder von der Form noch von der Farbe besonders, sondern einfach braun und man konnte sie bestenfalls in günstigem Licht als bernsteinfarben bezeichnen.

Ich holte tief Luft.

„Ragnar, das ist meine Kollegin und Freundin Jojo. Jojo, das ist Ragnar, der netteste Mann der Welt."

Jojo hatte natürlich Dutzende Male vom legendären Ragnar gehört und musterte ihn mit unverhohlener Neugier.

Er enttäuschte mich nicht. Statt ihre dargebotene Hand zu schütteln, zog er sie formvollendet an seine Lippen und hauchte einen bezaubernd altmodischen Handkuss darauf.

„Es ist mir eine Freude, Dich kennenzulernen, Jojo. Wenn Du eine Freundin meines Lieblingsmensen Kate bist, musst Du ein guter Mens sein."

Ooooh! Hätte ich ihn nicht vorher schon für den tollsten Typen auf dem Planeten gehalten, so wäre es spätestens jetzt der Fall gewesen.

„So, ihr beiden. Wo geht es hin? Ins Hotel, nehme ich an? Wo seid ihr denn untergebracht?"

Schwungvoll schnappte er sich den Gepäckwagen und wandte sich dann strahlend zu mir um.

Ich war in meinen Adresse-Herauskram-Bemühungen noch nicht sonderlich weit fortgeschritten und holte dies nun umgehend nach. Das Hotel war ziemlich zentral in der Nähe des Brandenburger Tor gelegen – nicht dass mir das etwas sagen würde, ich hatte Berlin noch nie verstanden und bei meinem ersten Besuch mit der Schule in der elften Klasse auch nicht sonderlich gemocht. Aber mittlerweile war ich mehr als doppelt so alt (waaaaah!), es regnete nicht und die Chancen standen auch gut, dass wir nicht in einem ehemaligen Stasi-Bunker mit meterdicken Feuerschutztüren untergebracht waren, in dem das Kondenswasser von der Decke tropfte.

Ich nannte Ragnar die Adresse und er nickte bedächtig.

„Ja, ich weiß, wo das ist. Wenn die Ladies mir folgen würden – ich fahre euch selbs-tvers-tändlich hin."

Meine Güte, wie konnte ein Mann nur so süß sein!

Ragnar hatte seinen silbernen Geländewagen ganz in der Nähe des Eingangs geparkt und wenige Minuten später rollten wir durch den dichten Berliner Verkehr.

„Mein Hotel ist gar nicht so weit weg von euerem", erklärte er, während er sein großes Vehikel konzentriert durch die Automassen manövrierte.

„Hotel?", fragte ich, etwas perplex. „Aber Du wohnst doch in Berlin?"

„Nicht so zentral. Ich fahre schon eine halbe Stunde für einen Weg und während der Fashion Week ist mir das zu s-tressig. Da nehme ich mir immer ein Zimmer in der Nähe der Schauen, die Firma zahlt." Er warf mir einen Blick von der Seite zu, unter dem es mir ganz warm wurde. Oh weia, wo sollte das nur hinführen?

Dann stellte Jojo Ragnar eine Frage und innerhalb kürzester Zeit waren die beiden in eine lebhafte Unterhaltung vertieft, während ich aus dem Fenster schaute und meinen nicht ganz keuschen Gedanken nachhing.

Eine halbe Stunde später hatten wir unser Domizil erreicht. Ragnar entlud unsere Koffer aus seinem Auto und nahm mich dann fest in den Arm.

„Wir sehen uns heute Abend, ja? Du hast mir so gefehlt!", flüsterte er in mein Ohr und meine Knie waren aus Pudding.

„Ja, sicher", gab ich zurück und dachte, zum Teufel mit der Moral. Was Daisy und Doro konnten, konnte ich schon lange. „Meld Dich einfach, wenn es bei Dir passt."

Er küsste mich sanft auf die Wange, verabschiedete sich freundlich von Jojo und brauste davon.

Wir schafften es gerade noch, an der Rezeption einzuchecken und unsere Koffer in die Zimmer zu bugsieren, bevor Jojo einen Quiekanfall bekam und ich einen ausgelassenen Freudentanz auf dem Bett ausführen musste – ganz wie damals Pippilotta Viktualia in London.

„Oh Gott, Kate, er ist so süß! Ich will, dass Du ihn heiratest! Bitte, bitte, bitte!"

Theatralisch schlug Jojo sich die Hand vor die Brust und ich musste lachen.

„Ich weiß doch, Herzelein, aber Du vergisst, dass Frau Ragnar ihn auch süß findet. Und ich will mich da in nichts reindrängen."

„Aber wie er Dich anschaut! Er ist hin und weg von Dir, Kate, ehrlich!"

„Nix da!", musterte ich sie streng. „Ragnar ist etwas ganz Besonderes für mich und das wird er auch immer bleiben, aber ich will mein Glück nicht auf dem Unglück von jemand anderem aufbauen. Außerdem weiß ich doch gar nicht, ob das funktionieren würde auf Dauer, wir haben uns bisher nur ein paar Tage am Stück gesehen und das ist etwas anderes, als wenn man den Alltag miteinander teilt. So, Stinkstiefel, jetzt genug von diesem Thema. Zieh die Laufschuhe an, wir flitzen durch Berlin!"

11

Natürlich hatten Jojo und ich keine Eintrittskarten zur Fashion Week selbst, aber Cindy, unsere hilfreiche Langzeitpraktikantin, die nicht mitgedurft hatte und jetzt alleine in München mit halbwichtigen Aufgaben im Büro ihr Dasein fristete, hatte uns eine ganze Liste an Hotspots und interessanten Locations ausgedruckt, die wir unbedingt besuchen mussten.

Besagte Cindy war ein Mysterium und zumindest für mich eines der größten Rätsel der Menschheit. Sie besaß nämlich irgendwie eine kleine Jekyll-and-Hyde-Mentalität, was sich zum einen darin widerspiegelte, dass sie konsequent jedem erzählte, sie komme aus Nordrhein-Westfalen (klar, da heißen ja auch fast alle Frauen Mandy, Sandy oder Cindy) und zum anderen darin, dass sie mich inbrünstig hasste und mir das auch immer wieder sehr deutlich zu verstehen gab – während sie zu quasi allen anderen Menschen auf der Welt so überschwänglich nett und zuckersüß war, dass ich vorsichtshalber einen klappbaren Rollstuhl in meiner Schreibtischschublade bereit hielt, falls sie irgendwann einmal auf ihrer Schleimspur ausrutschen und sich ein Bein brechen sollte.

Ehrlich gesagt wusste ich gar nicht, was genau die Gute eigentlich für ein Problem mit mir hatte, aber ich beschloss eines Tages, sie einfach auch nicht mehr zu mögen und danach lebte ich bedeutend leichter. Das ist der Vorteil am

Älterwerden – irgendwann stellt man fest, dass man eindeutig nicht mehr von jedem gemocht werden muss.

Außerdem waren wir in Berlin und sie nicht. Ätsch.

Wir zogen uns um – gerade so fancy, dass es noch bequem war und wir uns wohlfühlten –, schmodderten eine Ladung roten Lippenstifts auf unsere Knutschmünder und zogen los, aufgeregt giggelnd wie zwei Schulmädchen nach dem Kinobesuch von Twilight.

Um es kurz zu machen – wir hatten einen wundervollen Tag. Berlin präsentierte sich von seiner Schokoladenseite, die Sonne lachte, wir lachten auch (was natürlich nichts mit dem Prosecco mit Erdbeeren zu tun hatte, den wir beim Lunch in einem stylischen Loft-Café in der Nähe des Alexanderplatzes zu uns genommen hatten) und es war herrlich, all die Sorgen und den Kummer, der zu Hause auf mich wartete, einfach mal für ein paar Stunden zu vergessen.

Um der Pflicht Genüge zu tun, besuchten wir eine „Influencer- und Blogger"-Veranstaltung im wunderschönen Park von Schloss Charlottenburg.

Ganz offen gesagt: Ich hatte, was Blogger und Influencer betraf, so meine Vorurteile. Entsprechend jammerte ich mir die Seele aus dem Leib, als wir uns zu Fuß zu diesem Meeting aufmachten.

„Jojo, ich hab so was von keine Lust, da hinzugehen. Sind Influencerinnen nicht alle die Ehefrauen von irgendwelchen Fußballern, die den ganzen Tag nichts Besseres zu tun haben, als sich schön anzuziehen und dann Bilder von sich machen zu lassen?"

„Ach Kate, nun sei doch nicht so ein Snob! Erstens sind natürlich NICHT alle Influencerinnen mit einem Fußballer verheiratet und zweitens ist das ganze Instagram-Zeug harte Arbeit!"

„Du willst mir also sagen, es ist harte Arbeit, sich irgendwelche Kleider und Kosmetika schenken zu lassen und dann irgendwo an einem Traumstrand ein paar nette Fotos zu machen?"

Jojo lachte. „Kate, Deine Sicht ist komplett weltfremd. Ok, ich gebe zu, die Grenze zwischen Bloggern und Influencern ist heutzutage schwer zu definieren. Aber ich folge vielen Bloggerinnen seit Jahren und ich kann Dir sagen – die tun wirklich etwas für ihr Geld!"

„Hm. Deiner Ansicht nach sitzen die also tatsächlich acht Stunden am Tag am PC, ja?"

Jojo schüttelte den Kopf.

„Du willst es wirklich nicht verstehen, oder? Natürlich sitzen sie nicht am PC, zumindest nicht durchgehend, aber was glaubst Du, wie viele Fotos notwendig sind, bis das „perfekte" dabei herausspringt? Was denkst Du, wie viel Aufwand es ist, lustige und nette kleine Videos zu drehen, die später innerhalb von Sekunden in der Story angeschaut werden?"

„Hab ich mir noch nie Gedanken drüber gemacht. Du weißt ja, ich bin noch nicht so lange bei Instagram und folge ja auch echt nicht vielen. Ich denke halt immer, das ist doch so eine Scheinwelt, in der alles perfekt und wunderschön dargestellt wird – und was steckt dahinter?"

„Genau deshalb sind wir ja hier. Und ich verspreche Dir, Du wirst sehr schnell merken, dass es tatsächlich zwei

Arten von Bloggern und auch Influencern gibt: Die, die wirklich etwas zu sagen haben, authentisch sind und sich täglich sehr viel Mühe geben. Das sind nämlich auch die, die hauptsächlich einen Blog betreiben auf ihrer eigenen Webseite und Instagram nur als Beiwerk betrachten und als Sprachrohr, um quasi kleine Auszüge aus dem Blog mit einer breiten Öffentlichkeit zu teilen. Und dann gibt es die, die eben Dein Klischee erfüllen, aufs schnelle Geld aus sind und meinen, berühmt werden zu können – die werden auf Dauer aber keinen Erfolg haben."

Sie hakte sich bei mir unter und zog mich in Richtung des blumengeschmückten Eingangs.

„So, Du Stoffel, versprich mir, dass Du all Deine Vorurteile hier an der Eingangstür abgibst. Und nachher rechnen wir ab – wer von uns beiden Recht hatte und wer nicht. Abgemacht?"

„Abgemacht!", brummte ich und machte mich auf das Schlimmste gefasst.

Zu Jojos Ungunsten gehörte dann ausgerechnet die erste der Damen, die es sich nicht nehmen ließ, uns alle persönlich mit Handshake zu begrüßen, meines Erachtens zu letzterer Kategorie.

„Hallo, ich bin die Iana. Mit I", sagte sie zu jedem anwesenden Gast und ich konnte mir gerade noch die Bemerkung verkneifen, dass ich eigentlich nicht vorhatte, ihr eine Geburtstagskarte zu schicken und es mir daher völlig egal war, wie ihr Name geschrieben wurde.

Nun gut, ich hätte auch nichts sagen können, selbst wenn ich gewollt hätte, da sich ein veganes Quinoa-

Gojibeeren-Häppchen an meinen Gaumen gehaftet hatte (das Essen erfüllte jedenfalls schonmal ALLE Klischees, die ich im Kopf gehabt hatte) und ich nach vergeblichen Schluckversuchen erst hinter einem gigantischen Oleander verschwinden musste, um mir undamenhaft den Finger in den Mund zu stecken und es mit einem gigantischen „Plopp" wieder abzulösen.

Die Iana war nicht ganz so mager wie ihre Fußballergattin-Kolleginnen, aber so bemalt, dass es einem Matrosen bei der Handelsmarine zu allen Ehren gereicht hätte. Sie trug...na ja...Sachen. Ein Blümchenkleid und dazu eine pinke Netzstrumpfhose und schwarze Bikerboots und eine Jeansjacke. Vielleicht war das originell und mega-stylo, aber ich fand, dass es sich farblich irgendwie mit ihrem türkisfarbenen Longbob (mit Farbverlauf! Ombre heißt das dann vermutlich – ich betone, wie ich bei einer Frauenzeitschrift landen konnte, wissen die Götter) und dem roten Lippenstift biss. Die Iana hielt uns allen einen Vortrag, wie man zur Influencerin werden konnte und untermalte diese spannende Geschichte mit einem kleinen Power-Point-Vortrag, den sie auf eine Leinwand projizierte und uns damit an ihrem 34.000 Follower zählenden Instagram-Account teilhaben ließ.

Man musste es ihr lassen, die Bilder waren nett. Iana in verschmitzten Schnurkreationen, die wohl einen Bikini darstellen sollten und noch mehr von ihrem Daisy-vor-Neid-erblassen-lassenden tätowierten Körper zur Schau stellten, am Strand, Iana dekorativ verschwitzt im neongelben bauchfreien Outfit beim Sport (#makeuphält), Iana in einem süßen kleinen

Cabrio, wie sie ihre Haare im Wind flattern lässt und einen Schal hinter sich herzieht. Ich schaffte es, an den richtigen Stellen „Wow" und „Cool" zu sagen und es gelang mir sogar, nicht zu lachen, als Iana ein Video von einem Saugroboter („Das ist der Fritz und er ist mein bester Freund!") zeigte, der fünf Minuten lang durch ihre makellos saubere Küche fuhr und für das sie 11.500 Likes bekommen hatte. Ich würde jeden Saugroboter selbst 11.500 mal liken, wenn er es schaffen würde, Mielchens Haare aufzusagen, statt sie zu tennisballgroßen Wollmäusen zu verarbeiten und dann in der kompletten Wohnung zu verteilen.

Kurzum: Ich musste mich und vor allem meine zugegebenermaßen bisweilen als durchaus spitz bekannte Zunge beherrschend um Jojo nicht ein triumphierendes „Ich hab's Dir doch gesagt!" entgegenzuschmettern.

Da ich aber eine faire Gewinnerin sein wollte und eine Schwalbe noch keinen Sommer macht, hörten wir uns noch drei oder vier weitere Vorträge der schwer beschäftigten Damen an, die alle zu komplett unterschiedlichen Themen wie Beauty, Reisen und Food bloggten, machten uns eifrig Notizen und zogen dazu ein paar Gläschen Veuve Cliquot ab und aßen kohlenhydratfreie Avocado-Blinis mit in lauwarmem Granatapfelsaft geschwenkten Pinienkernen. Oder so ähnlich.

„Und?", fragte Jojo mich, als wir im Schatten eines mächtigen Kastanienbaums ein Päuschen einlegten. „Ist es so schlimm wie Du gedacht hast, oder glaubst Du mir langsam, dass das doch ein ganz schön aufwändiger Job ist?"

„Klar, natürlich sehe ich das. Aber es kommt doch auch auf die Intention an – warum machen diese Blogger und

Influencer das? Weil sie mit Leidenschaft dahinterstehen und Spaß an der Sache haben, oder weil sie auf das schnelle Geld aus sind und „ohne großen Aufwand", oder zumindest denken sie wohl so, berühmt werden wollen? Ich finde, den Unterschied merkt man total. Aber ich gebe zu: Ich habe mich wohl die ganze Zeit auf den falschen Seiten herumgetrieben. Die Mädels, die heute hier sind, haben zum Großteil einen wirklich sympathischen und authentischen Eindruck gemacht."

In einvernehmlichem Schweigen leerten wir unsere Sektgläser und betrieben People Watching vom Feinsten. Allein für die Outfits und das Styling mancher Influencerinnen und Gäste hatte sich das Kommen schon gelohnt. Für den Magen jedoch nicht, ich hatte mich jetzt stundenlang am fliegenden Buffet bedient und war noch immer hungrig.

Gerade als ich Jojo ins Ohr flüstern wollte, dass wir jetzt verschwinden könnten, um uns eine extra große Schinkenpizza mit doppelt Käse reinzuziehen – bevor ich noch eines der spindeldürren Weibchen im prächtig angelegten Karpfenteich versenkte –, entdeckte ich tatsächlich ein bekanntes Gesicht in der Menge. Sinah war ebenfalls Bloggerin, stammte aus meinem Heimatort und hatte mit petiteloves2blog einen von nur zwei Instagram-Accounts, denen ich privat folgte. Sie postete regelmäßig goldige Fotos ihres zuckersüßen Töchterchens, das ebenso strohblond war wie sie selbst, gab auf unaufdringliche Weise Tipps für Mamas und stellte gelegentlich mal ein Produkt vor, mit dem man auch im echten Leben etwas anfangen konnte. Sie war echt, bis hin zum nicht ganz perfekten Hochdeutsch, wodurch sie bei mir sowieso schon voll ins Schwarze getroffen hatte, und das konnte man in jedem ihrer Posts spüren.

Unter leichtem Ellenbogeneinsatz bahnte ich mir einen Weg durch die Menge und versuchte, Sinah dabei nicht aus den Augen zu verlieren, was gar nicht so einfach war – immerhin war sie, nun ja, petit. Irgendwann hatte ich es dann aber doch geschafft und stand etwas derangiert und schwitzend vor ihr.

„Sinah! Was für eine nette Überraschung!" sagte ich und umarmte sie herzlich.

„Oh, Kate, wie schön, Dich zu sehen! Mit Dir hätte ich hier überhaupt nicht gerechnet, ich weiß ja was Du eigentlich von den ganzen Insta-„Stars" hältst!"

„Alles rein beruflich! Freiwillig wäre ich wohl nicht hergekommen. Aber ich gebe zu, es war sehr aufschlussreich und ich habe einiges gelernt! Und viele der Mädels sind ja auch tatsächlich ganz sympathisch."

„Oha, eine Läuterung?"

„Na das jetzt vielleicht nicht gerade, aber ich könnte mir durchaus vorstellen, der einen oder anderen zu folgen."

„Siehst Du! Das ist doch schon mal ein Weg in die richtige Richtung!", grinste sie und gab mir einen freundschaftlichen Schubs. „Weißt Du, Kate, Du musst das so sehen – klar ist auf Instagram vieles mehr Schein als Sein und es wird einem überall eine heile Welt vorgegaukelt. Aber dafür gibt es ja zum Beispiel Maren" – damit wies sie auf eine gertenschlanke junge Frau in einem rosa Sommerkleidchen mit einem charakteristischen Dutt mitten auf dem Oberkopf, die einige Meter entfernt in ein angeregtes Gespräch mit einer pummeligen Rothaarigen vertieft war – „mit ihrem Account Kleinliebchen und eben mich. Wir zeigen doch auch mal, wie es im echten Leben abgeht, vor allem mit kleinen Kindern. Dass eben nicht alles rosarot und voller Zuckerwatte ist, sondern auch mal anstrengend und frustrierend."

Nachdenklich nickte ich. Wo sie recht hatte, hatte sie recht.

„Und dann ist es doch so, dass gerade Facebook mittlerweile zu einem Hort der Negativität verkommen ist", redete sich Sinah in Fahrt und fuchtelte dabei gefährlich mit ihrem Lillet-Glas in der Gegend herum. Ich trat zur Sicherheit einen Schritt zurück, nicht dass noch eine gefrorene Himbeere in meinem Ausschnitt landete. „Natürlich ist es wichtig, dass die Leute auf die schlimmen Dinge und das Elend in der Welt aufmerksam gemacht werden. Aber ich hatte das Gefühl, langsam gar nichts Positives mehr auf Facebook zu sehen zu bekommen, sondern nur noch schlimme Bilder! Von den vielen blöden Kommentaren, wenn man etwas ganz Normales postet, mal ganz zu schweigen! Findest Du nicht?" Aufmerksam sah sie mich aus funkelnden blauen Augen an und ich konnte nicht anders, als sie anzugrinsen. Egal was es war, wenn ein Mensch leidenschaftlich für eine Sache einstand, begeisterte mich das.

„Aber klar, das stimmt absolut. Eigentlich habe ich mir da noch nie so wirklich Gedanken darüber gemacht, aber Du hast wirklich recht. Komm, ich hol uns noch ein Gläschen, dann kannst Du mir von Deiner entzückenden Kleinen erzählen."

Eine halbe Stunde später hatte ich alles über den Familienurlaub in Griechenland erfahren und mein vernehmlich knurrender Magen teilte mir mit, dass es nun aber wirklich, wirklich Zeit für etwas Vernünftiges zu essen sei, als eine Nachricht auf meinem Smartphone aufpoppte. Ragnar. Noch ohne sie gelesen zu haben, merkte ich, wie meine Mundwinkel sich nach oben bewegten – eine Tatsache, die natürlich auch Jojo nicht verborgen blieb.

„Oha, bestimmt Dein Wikingerfürst, was? Na, was schreibt er?"

Ich las die Nachricht und grinste noch breiter. Dann drehte ich mein Iphone so, dass Jojo lesen konnte, was da stand.

„Hallo Schönheiten, ich hoffe ihr habt euch gut in meiner Stadt eingelebt. Wenn ihr nicht mehr so beschäftigt seid, würde ich euch gerne zum Essen einladen. Dann bringen wir erst Jojo ins Hotel und dann Dich ins Bett. Sagt mir nur wann und wo und ich bin da. Kuss, Ragnar."

„Ooooh!", gurrte Jojo und hatte genau die Herzchen in den Augen, die ich in Ragnars Gegenwart auch stets in meinen spüren konnte. „Wie unfassbar süß von ihm, dass er auch an mich denkt!"

„Klar", sagte ich und empfand fast so etwas wie Stolz auf diesen tollen Mann, der zumindest irgendwie so ein kleines bisschen meiner war. „So ist er. Er würde nie etwas mit mir unternehmen und Dich alleine rumsitzen lassen. Soll ich ihm antworten, dass wir quasi jetzt schon bereit sind?"

Jojo nickte enthusiastisch. „Ja, lass uns von hier verschwinden. Ich kann dieses Gesäusel nicht mehr lange ertragen. Und Hunger hab ich auch nach dem ganzen biologisch abbaubaren und ethisch-moralisch superkorrekten Scheiß!"

Ich kicherte so leise es ging und schrieb Ragnar zurück, dass wir quasi sofort zur Verfügung stünden. Wir verabschiedeten uns von Sinah und liefen in einer zugegebenermaßen nicht mehr ganz geraden Linie Richtung Treffpunkt.

Kaum zwanzig Minuten später saßen wir wieder in seinem riesigen Vehikel und wurden durchs nächtliche Berlin chauffiert.

Ragnar führte uns in ein sehr spezielles Restaurant in der Nähe des Sommergartens, das mit seinem kühlen, industriellen Stil sehr an die Ost-Vergangenheit der Stadt erinnerte: Fliesen an den Wänden, Linoleum-Boden, viel Stahl und in gutem englischem Pub-Style eine Bar, an der man die Getränke holen und das Essen bestellen musste. Dieses war zum Glück hervorragend. Ragnar hatte uns eine gigantische Tapas-Platte geholt und einen wunderbaren spanischen Wein, so dass wir bereits nach der Vorspeise noch mehr angesäuselt und zum Bersten vollgestopft waren. Als die Kellnerin, eine hippe, ganz in schwarz gekleidete Rothaarige, die im echten Leben bestimmt Bloggerin oder Influencerin war und ihre Mundwinkel wahrscheinlich niemals aus der Waagerechten bewegte, um keine Falten zu bekommen, einen Teller feinsten Rinderfilets vor mich und ein kunstvolles Fisch-Arrangement vor Jojo stellte, sahen wir Ragnar synchron in gespielter Verzweiflung an.

„Ich kann nicht mehr", japste ich zwischen zwei Bissen und mein kleiner Däne lachte, während er elegant seine Meeresfrüchte zerlegte. „Lasse ich nicht gelten. Du bist ganz sön smal geworden. So ein bisschen Fleis sadet Dir nicht!"

Wir schafften es trotz Erreichen der maximalen Ranzenkapazität, fast unsere kompletten Portionen aufzufuttern und protestierten energisch, als Frau Stylo-Milo uns die Dessertkarte bringen wollte, das Dessert des Tages sei Mousse au Chocolat mit kandierten Physalis.

(Und zack musste ich mich an die zwei Tage erinnern, die ich einmal berufsbedingt in einem gar wundervollen Wellnesshotel verbracht hatte, das – wie der Name klugerweise schon sagte- – im bayerischen Wald liegt. Und das so toll war, dass ich mich permanent fragte, ob ich den Chef irgendwie dazu bringen konnte, mich zu adoptieren, so wie die ganzen komischen Prinzen das mit ihren geklauten Adelstiteln machten. Jedenfalls war ich dort bewusst und absichtlich ganz alleine und ohne eine Menschenseele. Die ich kannte, jedenfalls, abgesehen von besagtem Chef. Was den ganzen Tag über nicht schlimm war, weil ich quasi eine Premiere nach der anderen erlebt hatte. Ich hatte die erste Schröpfmassage meines Lebens (Nee, nix mit Aderlass, Blutegeln oder sonstigem. Alles gut, nur ein paar blaue Flecken), den ersten Kaffeewickel meines Lebens (Ist weder schwarz noch heiß, soll aber die Dellen aus dem Hintern ätzen), die erste Pediküre meines Lebens (inklusive Anschiss, dass meine Fußnägel zu kurz waren) und die erste Gesichtsbehandlung meines Lebens. Alles gut also. Beim

Essen allerdings war das Alleinsein ein wenig speziell, weil man immer denselben Tisch hatte und ich ganz genau bemerkte, dass die beiden Paare an den Nebentischen sich fragten, was mit mir wohl nicht stimmen mochte. Keinen Mann dabei, keine Freundin, nix. MoF? Pest? Cholera? Schlechter Charakter? Warum saß die allein da rum? War mir egal. Ich hatte ganz alleine eine Flasche Wein geleert (An zwei Abenden. Also insgesamt eine. Verteilt sozusagen) und das deliziöse Essen genossen. Und dann kam mein Highlight des Monats, als die eine Dame zu ihrer Tochter sagte „Hast Du schon von der Syphilis probiert?" Mei, DA war ich froh, dass ich alleine unterwegs war. Ich konnte ungestört in meine Serviette prusten und lief nicht Gefahr, einen hysterischen Anfall zu bekommen – was garantiert passiert wäre, wenn mich jemand angeschaut hätte. Sie meinte übrigens Physalis, diese kleinen orangenen Bollen in den trockenen, dorzeligen Blättern.)⌐SEP⌐

Es war einfach rundum ein wundervoller Abend. Ich kannte keinen Menschen, in dessen Gegenwart ich mich so wohl fühlte wie in Ragnars – er war aufmerksam, lustig, intelligent und er schaffte es, dass sowohl Jojo als auch ich uns komplett entspannten. Wir lachten, bis uns die Tränen die Gesichter hinunterliefen, während wir uns gegenseitig updateten, was in unseren jeweiligen Leben in den letzten Jahren so passiert war. Natürlich erzählte ich Ragnar ausführlich von meiner erneuten Trennung von Nils und berichtete, wie es mir in meinem Job erging, auf den ich mich ja nur dank seines Insistierens beworben hatte. Jojo steuerte ein paar lustige Anekdoten bei und schien sich ebenfalls sichtlich wohl zu fühlen. Wie abgesprochen mieden wir das Thema Ehefrau – ich hatte mich noch nie mir Ragnar über sie unterhalten, spürte aber, dass er unter all seiner Freundlichkeit und Güte auch kein sehr glücklicher Mensch war. Im Gegensatz zu mir in diesem Moment: Ich merkte, dass es mir lange nicht mehr so gut gegangen war.

„S-paziergang?", fragte Ragnar und zwinkerte mir zu.

Ächzend nickte ich und erhob mich von einem der sehr coolen, aber nun doch recht unbequemen Holzstühle. Wie selbstverständlich ergriff Ragnar meine Hand, als wir das Restaurant verließen und für einen kurzen Moment gestatte ich mir, meinen Kopf an seine Schulter zu lehnen. Jojo blieb vor dem Restaurant stehen und zupfte mich am Ärmel.

„Leute, ich muss in die Koje. Ich bin so müde, mir fallen gleich die Augen zu. Ich ruf mir da vorne ein Taxi, macht ihr euren Spaziergang ohne mich. Ihr werdet ja sicher ein paar Stunden laufen wollen." Sie grinste breit und blinzelte verschwörerisch. Ich hätte sie knutschen können. Auch wenn ich sie von Herzen gern hatte, so freute ich mich doch, nun ein wenig Zeit alleine mit meinem Lieblingsnordlicht zu verbringen. Ich umarmte Jojo fest, Ragnar küsste sie auf beide Wangen und dann schlenderten wir in die warme Abendluft hinein.

Wir liefen gemächlich und einfach die Gesellschaft des anderen genießend hinüber zum Funkturm, der blau beleuchtet war und ein wenig aussah wie der Eiffelturm, und als es etwas frischer wurde, legte mein Däne seine herrlich abgetragene und wunderbar männlich nach ihm duftende braune Lederjacke über meine Schultern. Immer wieder blieben wir stehen, um uns zu küssen, bis Ragnar mir irgendwann ins Ohr flüsterte: „So, genug s-paziert. Ich kann es kaum erwarten, Dich aus dieser Bluse zu sälen. Wir gehen jetzt in mein Zimmer und dann machen wir genau da weiter, wo wir damals in Miami aufgehört haben."

Und genau so machten wir es.

Regel Nummer fünf: Wenn alles, was man für einen Mann empfindet, Mitleid ist, sollte man nicht mit ihm in die Kiste steigen. Es kommt nichts dabei heraus außer im schlimmsten Fall ein anhängliches Hündlein.

So leise wie möglich schlich ich mich in unser Zimmer, was nicht gerade dadurch begünstigt wurde, dass ich mir sakrisch das Schienbein an Jojos offenem Koffer anhaute, als ich versuchte, im Dunkeln durch den Raum zu manövrieren. Stumm fluchte ich vor mich hin und versuchte, lautlos auf einem Bein zu hüpfen, um die schmerzende Stelle zu reiben, als die Nachttischlampe anging und eine ziemlich zerknittert aussehende Jojo ihren blonden Wuschelkopf aus den Kissen hob, um mich mit Argusaugen zu mustern.

„Gute Nacht gehabt?", wollte sie noch mit vom Schlaf derangierter Stimme wissen.

Mitsamt Mantel, Schal und Schuhen ließ ich mich rückwärts neben sie auf das breite Doppelbett fallen und sah zur Decke.

„Was denkst Du denn?", gab ich zurück und merkte, dass ich einfach gar nicht aufhören konnte zu grinsen.

„Ey!" Jojo nahm eines der ungefähr 200 Kissen, die sich über das Bett verteilten und zog es mir nur halb im Scherz über den Schädel. „Könnte ich bitte ein paar Details haben? Wie Du weißt, bin ich gerade akut untervögelt und erlebe ein Liebesleben nur durch die Erzählungen von anderen!"

Jojo hatte einige Jahre in einer Beziehung mit einem relativ bindungsunfähigen Loser gelebt und als er eines Tages beschlossen hatte, dass er sich nicht zwischen ihr und seiner Ex entscheiden konnte, hatte sie das für ihn entschieden und alle seine Kleidungsstücke plus Playstation und all den anderen Kram, den Männer so gerne mögen, aus dem Fenster im dritten Stock auf den Parkplatz geworfen. Ich hatte sie gefeiert, ihr Ex eher weniger. Seit vier oder fünf Monaten war sie nun Single und ziemlich frustriert.

Ich lächelte sie selig an.

„Ach Jojo, natürlich war es wieder der Hammer. Entweder hat Ragnar sich die ganze Zeit über gemerkt, was ich gerne mag oder er ist ein Naturtalent. Wahrscheinlich einfach beides. Ich denke, er ist der letzte verbliebene Gentleman, so einfach ist das."

„So irgendwas in der Art hatte ich schon geahnt", brummte meine Lieblingskollegin und zog sich die verkrumpelte Bettdecke bis zum Hals.

„Oh Manno, ich habe nie Sex, weder tollen noch schlechten, einfach gar keinen. Ich muss mir jetzt jemanden suchen, der wenigstens ein Mitleidsnümmerchen mit mir schieben will."

„Haha, Jojo, Du spinnst", lachte ich. „So einen Quatsch habe ich lange nicht gehört. Außerdem ist Mitleidssex gar nix, ich hab das einmal probiert und beschlossen dass das so überhaupt gar keinen Wert hat."

Interessiert setzte Jojo sich auf.

„Jetzt wo Du es sagst, ich auch. Ich hatte mal einen–"

„Stopp", schrie ich und sprang auf. „Ich muss erst mein Notizbuch holen, das gibt ein wunderbares Kapitel im Buch."

Ich rannte zu meiner Handtasche und ließ mich dann an dem kleinen runden Holztisch nieder. „Schieß los!"

„Als, ich hatte mal einen, mit dem war ich echt gut befreundet. Er war schon ewig mit seiner Trulla zusammen, aber da lief schon lange nichts mehr. Ich hatte ihn echt gern, er hat dauernd gejammert und irgendwann dachte ich dann, der arme Kerl, eine Nacht schadet ja nichts."

Eifrig schrieb ich mit.

„Ja und? Wie war's?"

„Ach, keine Katastrophe. Es war einfach – wie soll ich es sagen – unspektakulär. Ich mochte ihn, wie gesagt, echt ziemlich gerne und für den ausgehungerten Strumpf war ich wahrscheinlich auch die Sexgöttin in Menschengestalt, aber Mitleid ist eben generell keine gute Sache irgendwie und im Bett schon gar nicht. Ich habe gemerkt, dass ich voll performt habe, um ihn irgendwie glücklich zu machen. Dabei war ich dann gar nicht mehr wirklich ich selbst, weißt Du, was ich meine? Er wäre vermutlich schon einfach zufrieden gewesen, wenn ich nur anwesend gewesen wäre, aber ich wollte dann natürlich auch extra toll sein. Ich hatte dann irgendwie auch nicht so besonders viel davon und mich hat es im Nachhinein schon geärgert, dass ich mich überhaupt darauf eingelassen hatte."

Konzentriert machte ich Notizen und nickte dabei.

„Versteh ich. Ich finde auch, nichts macht einen Mann unsexier als wenn er ein Jammerlappen ist. Selbstmitleid ist grausam."

„Eben. Wenn sie sich mit ihren Frauen nicht wohlfühlen, sollen sie sich trennen. Aber nicht überall herumerzählen, wie blöd die Olle ist und dann vor einer Trennung oder Scheidung den Schwanz einziehen, weil sie Angst um ihre Kohle oder ihren Ruf haben oder was weiß ich."

„Das Wort zum Mittwoch", sagte ich und stand auf.

„Und jetzt beweg Deinen faulen Hintern aus dem Bett, wir müssen noch ein wenig arbeiten!"

Nach einem anstrengenden, aber informativen Tag – ich hatte dank der findigen kleinen Cindy (ok, auch wenn ich sie nicht mochte, eines musste man ihr lassen: Sie würde niemals eine gute Schreiberin werden, aber sie perfekt im Organisieren. Also quasi das Gegenteil von meiner Wenigkeit) ein Interview mit einem bekannten deutschen Modemacher ergattert und ein paar interessante Fakten aus ihm herauskitzeln können, außerdem hatten Jojo und ich ein wenig Sightseeing mit einer hoffentlich spannenden Reportage Berlins als neuer Modemetropole verbunden – saßen wir gerade an der Hotelbar, als mein Handy piepste. Nils konnte es nicht sein, er hatte sich vormittags schon gemeldet, um mir mitzuteilen dass Mielchen Durchfall hatte. Sehr nützliche Information, wenn man 600 km weit weg war, ich hatte ihm nun geraten, Reis abzukochen und Hühnchen. Mannometer, der Mann war echt hilflos ohne mich. Mit Daisy hatte ich ausführlichst telefoniert, sie war am Abend zuvor mit Malte essen gewesen und hörte sich so verzückt an, dass es mich nicht gewundert hätte, wenn Zuckerwatte aus meinem Telefon gequollen wäre. Ich spießte eine Olive auf und sah auf mein Handy. Nicht wahr, oder?

„Äh, Kate – Du siehst aus als hättest Du ein Gespenst gesehen", bemerkte Jojo beunruhigt.

Stumm zeigte ich ihr mein Handy, auf dessen Display „Nachricht von Arschloch Karotte stand" – natürlich hatte ich ihn genau so eingespeichert, weil Löschen seiner Nummer zwecklos gewesen wäre, ich wusste sie auswendig.

„Löschen!", kommandierte Jojo, die natürlich die ganze Geschichte kannte und attackierte eine arme Olive aggressiv mit dem Zahnstocher.

„Nein", winselte ich. „Ich will doch wissen, was er jetzt plötzlich von mir will!"

„Also, lesen und dann löschen. Nie wieder antworten und vergessen."

Mit klopfendem Herzen entsperrte ich mein Telefon.

„Hey Kate, ich hoffe es geht Dir gut. Ich muss zugeben – es hat mich ziemlich aufgewühlt, Dich kürzlich wieder zu sehen. Ich hatte es jetzt lange geschafft, Dich aus meinen Gedanken verdrängen, aber Du fehlst mir. Können wir noch einmal über alles reden? Ich würde mich freuen. xxx"

Ich holte tief Luft und spürte, wie eine unattraktive Röte mir den Hals hinaufkroch.

„Unfassbar, diese Dreistigkeit, was bildet dieser Typ sich eigentlich ein, was für ein absoluter Vollidiot, wie frech kann man eigentlich sein", legte ich los, als sich von hinten eine große, warme Hand auf meine Schulter legte.

„Ich hoffe, ich st-öre nicht", sagte ein lächelnder Däne und meine Wut entwich wie die Luft aus einem Luftballon, der an einem spitzen Ast hängengeblieben war.

„Ganz und gar nicht", sagte eine sichtlich erleichterte Jojo und klopfte auf den freien Barhocker zwischen uns.

Ragnar strahlte mich an und legte mir ganz selbstverständlich seine Hand aufs Knie. Jeder Gedanke an Arschloch Karotte war erstmal vergessen. Der Abend wurde im Prinzip eine Wiederholung des Vortags, nur dass wir dieses Mal in ein sehr vornehmes französisches Restaurant geführt wurden und es uns gelang, das Etablissement mit halbwegs normaler Bauchspannweite zu verlassen. Ich verbrachte eine weitere traumhafte Nacht mit Ragnar und schlief ein, während er mir den Nacken küsste.

Am nächsten Morgen verabschiedeten wir uns schon in seinem Zimmer voneinander.

Ragnar hielt mein Gesicht mit seinen warmen Händen umfasst und sah mir tief in die Augen.

„Du bist toll, Kate, vergiss das nie", sagte er, während mich angenehme Schauer durchrieselten. „Ich bin immer wieder fasziniert von Dir, Du bist wirklich eine ganz besondere Frau. Auch wenn es nicht immer leicht ist im Leben, auf Dich wird noch so viel Gutes warten. Ich hoffe, dass Du Dein Glück findest und dass Du Dich immer an mich erinnerst."

Bei seinen letzten Worten schossen mir unerwartet die Tränen in die Augen.

„Ragnar, das klingt wie ein Abschied für immer!", stammelte ich.

„Nein, meine Kleine", entgegnete er sanft und küsste mich zärtlich auf die Stirn. „Aber ich habe es im Gefühl, dass Du sehr bald den richtigen Mann treffen wirst, der Dich so verzaubert, dass Du den alten Dänen nicht mehr brauchst."

Heftig schüttelte ich den Kopf. „Niemals. Du bist der tollste Mann, den ich kenne und es wird nie einen geben, der an Dich rankommt."

Er lächelte ein wenig traurig.

„Das denkst Du vielleicht momentan, aber warte ab. Harry Potter ist näher als Du denkst."

Nach diesem geheimnisvollen Kommentar küsste er mich noch ein letztes Mal ausgiebig und fuhr mich anschließend zurück ins Hotel zu Jojo und zurück in die Realität.

-14-

Ein Tag später

Nach meiner Rückkehr aus Berlin hatte ich einen Tag frei. Ich hatte abends noch eine Erzählsession mit Daisy abgehalten, die anscheinend die drei Tage ohne mich nicht besonders gut verkraftet hatte. Sie war käsebleich und sah aus, als hätte man sie aus einem Gully gezogen.

„Was ist denn mit Dir passiert?", fragte ich sie erschrocken, als sie mich zur Begrüßung kraftlos umarmte.

„Oh, irgend ein fieser Magenvirus, ich kann's Dir sagen. Seit gestern kotze ich mir die Seele aus dem Leib. Ich fühle mich wie damals nach der legendären Beach Party, nur dass ich leider keinen Tropfen Alkohol zu mir genommen habe – oder auch sonst irgendwas. Bei mir bleibt nicht mal Wasser drinnen aktuell."

Wir setzten uns auf die obligatorische Couch und ich erzählte Daisy jedes kleinste Detail meines Berlin-Trips – abgesehen von Arschloch Karottes Nachricht. Sie sah schon elend genug aus, ich wollte sie nicht noch weiter aufregen.

Am nächsten Morgen gönnte ich mir ein ausgiebiges Lie-In und startete dann motiviert in den Tag.

Nachdem ich mich bei Freeletics ausgepowert (und mir, im Gegensatz zu Daisy bei unserer letzten Trainingssession, zum Glück weder die „Adaptoren" gezerrt noch mir sonst irgendwelche Pein zugefügt hatte), mit Doro gebruncht (sie hatte ihren jugendlichen Lover abgeschossen, weil er sich als charakterloses Arschloch entpuppt hatte, wurde dafür aber von einem intelligenzarmen, hartnäckigen und unattraktiven Verehrer mit einem Hang zu Körpergeruch gestalkt) und meine Hunde zwischenfallsfrei besucht hatte, saß ich nun in Jogginghose und ärmellosem Top, bewaffnet mit einer Tasse feinsten Brennnesseltees, an Daisys Esstisch und versuchte, meine teilweise unleserlichen Notizen in ein halbwegs sinnvoll aufgebautes Buch zu übersetzen. Ob es die Brennnesseln waren oder das spannende Thema, ich erreichte jenen Zustand des seligen Schreibflashs, von dem jeder Schreiberling auf der Welt träumt und der sich leider nur allzu selten einstellt. Ich tippte und tippte und merkte nicht einmal bewusst, dass meine Blase die Brühe dringend wieder loswerden wollte, als ein Klingeln meines Telefons mich aus meiner herrlichen Trance riss. Unbekannte Nummer. Hä?

„Hallo", meldete ich mich zögerlich. Vielleicht hatte ich endlich eine Quadrilliarde Euro im Lotto gewonnen (das ich nie spielte, selbstverständlich).

„Oh, hi, Kate", sagte eine männliche Stimme, die mindestens so überrascht klang wie ich mich fühlte. Eine sehr tiefe männliche Stimme, die ich nicht zuordnen konnte.

„Ich bins, Hiasi. Ich weiß nicht, ob Du Dich an mich erinnerst, ich bin der Freund von–"

„Arschloch Karotte. Ich weiß", unterbrach ich ihn hastig.

„Arschloch Karotte?", fragte er verdutzt.

„Ich weiß, wer Du bist", gab ich erschöpft zurück. Hiasi hieß eigentlich Matthias und war seit einigen Jahren Arschloch Karottes bester Freund, wenn man mit diesem überhaupt befreundet sein konnte. Weil es in der Clique so viele Matthiasse gegeben hatte, die alle zu Matze abgekürzt wurden, hatte Hiasi die bayerische Version angenommen, statt der ersten die letzten Buchstaben seines Namens als Spitznamen zu verwenden. Ich hatte nie viel mit ihm zu tun gehabt, ihn ewig nicht gesehen und fragte mich nun, was er von mir wollte. Nee, besserer Plan, ich fragte ihn.

„Was gibt es denn, Hiasi?"

„Na ja, es geht um –"

„Arschloch Karotte"

„Äh ja, Arschloch Karotte. Kann ich ihn bitte bei seinem normalen Namen nennen, das ist irgendwie –"

„Nein!", fiel ich ihm entschlossen ins Wort. „Ich will seinen Namen nicht hören. Ich will eigentlich auch gar nichts VON ihm oder ÜBER ihn hören, wenn ich ehrlich sein soll."

Ich hörte ihn leise seufzen.

„Kate, ich versteh Dich. Äh, „das Gemüse" hat sich damals wirklich wie ein absolutes Riesenarschloch verhalten, das gebe ich zu. Ich habe ihm auch immer wieder ins Gewissen geredet. Aber er leidet. Er hat damals gelitten, er hat die ganze Zeit gelitten und vor allem leidet er jetzt wieder."

„Pah", lachte ich bitter. „Er hat eine komische Art, das zu zeigen."

„Ja, so ist er eben. Er kann nicht aus seiner Haut. Immer der Coole, keine Gefühle zeigen. Aber eins kannst Du mir glauben – er war wirklich extrem verliebt in Dich. Es ging ihm damals schlecht und es geht ihm jetzt wieder schlecht, nachdem er Dich gesehen hat."

„Soso", murmelte ich, nicht überzeugt, und bemerkte, dass ich angefangen hatte, Herzchen auf meine Notizen zu Männern mit unterentwickelten sexuellen Fähigkeiten zu krakeln. „Du weißt schon, dass es ihm – und mir, nebenbei bemerkt – niemals hätte schlecht gehen müssen, wenn er sich einfach normal verhalten hätte? Er hat sich benommen als hätte er eine gespaltene Persönlichkeit. An einem Tag hat er praktisch schon die Namen unserer Kinder ausgesucht, am nächsten hat er mich komplett aus seinem Leben ausgeschlossen und sich einfach gar nicht mehr gemeldet."

„Ich weiß es ja", Hiasis angenehm tiefe, brummelnde Stimme, die mir unter anderen Umständen einen Schauer die Wirbelsäule hinab gesandt hätte, klang entkräftet. „Er hat mir alles erzählt und mich damals praktisch live auf dem Laufenden gehalten. Ich kann dir nur sagen, dass er so etwas wie mit Dir vorher nie erlebt hatte. Er war wirklich nie zuvor verliebt und damit ist er genauso wenig klargekommen wie mit der Tatsache, dass eben irgendwie doch nicht ganz frei warst. Er wusste ja, dass Du noch verheiratet bist und als Dein Mann plötzlich wieder auf der Bildfläche aufgetaucht ist, dachte er, es sei für ihn und Dich besser , wenn er sich zurückzieht."

„Aber warum denn?" Ich merkte selbst, wie meine Stimme sich beinahe überschlug. „Ich war doch genauso verliebt in ihn! Es war furchtbar für mich, dass er von einem Tag auf den anderen aus meinem Leben verschwunden ist. Ich kenne mich so gar nicht, ich dachte mein Herz würde brechen. Nils war damals keine Notlösung, ich hatte verwirrenderweise ja auch immer noch Gefühle für ihn, aber wenn Arschloch Karotte sich klar zu mir bekannt hätte, wäre ich wohl nie wieder mit Nils zusammengekommen." Ich hatte mich echt in Rage geredet und merkte, wie mir die Tränen in die Augen stiegen.

„Hey", sagte Hiasi sanft. „Das wäre wohl jedem so gegangen. Ich kenne ihn ja wirklich ziemlich gut und Du kannst mir glauben, er hat das damals auch nicht auf die leichte Schulter genommen. Es ging ihm wirklich dreckig und er hat die ganzen Jahre immer versucht, Dich komplett aus seinem Kopf zu verbannen, nicht an Dich zu denken und Dir aus dem Weg zu gehen. Er hat eben irgendwie gedacht, es wäre der noble, ritterliche Weg, Dich quasi „freizugeben", damit Du mit Nils wieder glücklich werden kannst. Und ich denke, im tiefsten Innern hatte er auch wahnsinnige Angst vor seinen eigenen Gefühlen. Die immer noch da sind, das kann ich Dir versichern. Nachdem er Dich neulich getroffen hat, war er komplett durch den Wind."

„Hiasi", sagte ich und versuchte krampfhaft, die aufsteigenden Tränen hinunterzuschlucken. „Was genau soll dieses Gespräch bringen? Was willst Du von mir?"

„Kate, ein Vögelchen hat mir gezwitschert (Ich würde Daisy umbringen. Langsam und qualvoll), dass Du von Deinem Mann getrennt bist. Vielleicht ist es ja doch noch nicht zu spät für Dich und äh...das Gemüse. Ich bitte Dich: Triff Dich mit ihm. Redet endlich über die ganze Sache, auch wenn es ein paar Jahre später kommt als es sollte. Ich höre Dir doch an, dass das alles für Dich auch noch nicht erledigt ist. Und wenn es euch beiden schlecht geht, dann kann es ja auch nicht mehr schlimmer werden, wenn ihr euch zusammensetzt und darüber sprecht, oder?"

Unglücklich schüttelte ich den Kopf, bis mir aufging, dass er mich ja gar nicht sehen konnte.

„Ich glaub nicht, dass das noch einen Sinn macht, Hiasi. Dazu ist zu viel in mir kaputt gegangen."

„Pass auf, wir machen es so – Du denkst in aller Ruhe darüber nach. Er weiß gar nicht, dass ich mich bei Dir gemeldet habe. Er hat mir nur erzählt, dass ihr euch getroffen habt und dass er Dir danach geschrieben hat, ohne Erfolg. Du musst Dich nicht bei ihm melden, ich spiele gerne den Vermittler. Ich mag es nicht, wenn es anderen Leuten schlecht geht. Lass Dir Zeit und sag mir dann Bescheid. Ich verstehe es auch, wenn Du ihn nie wieder sehen willst. Aber ich bitte Dich, Kate – gib euch noch eine Chance."

„Alles klar", krächzte ich. „Ich meld mich. Aber erwarte nicht zu viel. Machs gut, Hiasi."

„Du auch, Kate. Pass auf Dich auf."

Ich beendete das Gespräch und wankte hinüber zu Daisys Couch, wo ich so lange weinte, bis ich erschöpft einschlief.

15

*Regel Nummer sechs: Wenn ein Mann ordentlicher ist
als Du, solltest Du die Flucht ergreifen. Natürlich sollte er
auch kein kompletter Chaot sein, aber überpenible Männer
sind nicht gut – schon gar nicht zwischen den Laken.*

Wir hielten Kriegsrat. Daisy hatte mich mit verheultem
Gesicht tief schlafend vorgefunden, als sie von der Arbeit nach
Hause kam – sie sah wesentlich besser aus und hatte ein wenig
Knäckebrot essen können – und alarmierte umgehend Tati.
Jetzt saßen wir alle drei im Garten im Gras, Tati und ich mit
einem Glas Lillet, Daisy hielt sich vorsichtshalber an
Pfefferminztee, und analysierten das Gespräch mit Hiasi.

„Das machst Du natürlich nicht", proklamierte Daisy
und stach mir mit ihrem Teelöffel, den sie nachdrücklich in
meine Richtung schwenkte, beinahe das Auge aus.

„Doch!", widersprach Tati mindestens ebenso
energisch. „Jeder Mensch hat eine zweite Chance verdient.
Und wenn Arschloch Karotte sich wirklich geändert hat und
dazu steht, dann ist es doch okay, wenn er das unter Beweis
stellen kann?"

Ich ließ mich langsam nach hinten sinken und sah
einem Flugzeug zu, das einen weißen Kondensstreifen in den
langsam dunkelblau werdenden Himmel malte. Eigentlich
hatte ich gar keine Kraft, mich an dem Gespräch zu beteiligen.

War auch nicht nötig, dafür hatte ich ja die beiden Kampfhennen.

„Arschloch Karotte wird sich NIEMALS ändern!", sagte Daisy im Brustton der Überzeugung. Für jemanden, der gestern noch hatte sterben wollen, war sie heute schon wieder erstaunlich agil und angriffslustig. „Der ist viel zu cool – und viel zu egoistisch. Irgendwann in vielen, vielen Jahren sitzt der ganz alleine da, ohne Freunde, ohne Familie und ohne jemanden, der ihn liebt und dann merkt er, was für ein Vollidiot er die ganzen Jahre über war."

„Oh, Daisy, Du bist einfach zu streng", warf die stets diplomatische Tati hitzig ein. „Vielleicht hat es ihn jetzt wachgerüttelt, Kate zu verlieren und er hat sich offensichtlich Gedanken gemacht, sonst hätte er Hiasi nicht beauftragt, Kate anzurufen."

„Moment", mischte ich mich nun doch ein, „ich glaube nicht, dass er ihn beauftragt hat. Ich denke, das hat Hiasi von sich aus gemacht, weil anscheinend gesehen hat, dass es Arschloch Karotte angeblich nicht gut damit geht."

„Hach", seufzte Daisy erwartungsgemäß, „Hiasi ist so ein netter Kerl. Solche Freunde braucht man einfach im Leben!"

Zum Glück gab Tati ihr einen Schlag auf den Hinterkopf, so musste ich mich nicht aus meiner bequemen Position bewegen.

„Spinnst Du? Du hast ja wohl die allerbesten Freunde überhaupt! Ich glaube es geht los! Und ja, Hiasi ist ein toller Kerl. Ich mag ihn auch wirklich gern. Er ist vielleicht ein wenig nachlässig mit sich selbst und könnte deutlich mehr aus sich machen–"

„Ha, Du würdest Dich wundern!", rief Daisy begeistert dazwischen. „Ich habe ihn kürzlich auf einer Hochzeit gesehen und so im Anzug sah der richtig umwerfend aus. Außerdem finde ich es mittlerweile echt besser, wenn sie nicht so pingelig sind, was ihr Äußeres betrifft."

„Jaja", sagte Tati ungeduldig, „das hatten wir ja schon. Zu eitel geht gar nicht. Erzähl mir was Neues."

Ich konnte es zwar nicht sehen, aber ich konnte praktisch fühlen, wie sie ihre Augen rollte. Oh Mann, wir waren alle verdammt.

„Ok, mach ich. Ich habe nämlich nicht von eitel gesprochen, Hase, sondern von pingelig. Ich hatte nämlich mal einen–"

„Halt!", schrie ich und sauste so schnell in eine sitzende Position, dass mir ganz schwindelig wurde. „Das schreit nach einem neuen Kapitel im Buch! Wartet hier und bewegt euch nicht, ich hole meinen Block!"

In einem rennfahrerwürdigen Affenzahn raste ich die Treppen hinauf und wieder hinunter und ich wunderte mich selbst, dass ich mir weder einen Knochen brach noch ein Sauerstoffzelt benötigte. Mein Fitnessprogramm schien sich langsam auszuzahlen.

„So", ich ließ mich wieder ins Gras plumpsen, „ weiter geht´s. Zu pingelig. Wer, wie, was, warum?"

„Also. Ich hatte mal was mit einem, der unfassbar pingelig war. Die ganze Wohnung sah aus wie ein Möbelhaus, da stand einfach NICHTS herum. Keine Deko, keine Schuhe, es hingen keine Jacken über den Stühlen, im Bad waren alle Kosmetikprodukte akkurat in einer Reihe aufgestellt, es gab nirgends auch nur ein einziges Staubkörnchen. Aber das Allerschlimmste war – Achtung – dass wir erst essen waren und dann zu ihm in die Wohnung gegangen sind. Wir haben noch was getrunken und dann habe ich den ersten Schritt gemacht und mich zu ihm gebeugt, um ihn zu küssen. Da ist der wie von der Tarantel gestochen ins Bad gerannt und musste erst mal Zähne putzen. Ich meine, ich bin da ja auch schlimm, was Zahnhygiene betrifft", sie warf mir einen vielsagenden Blick zu, schließlich war ich nicht nur als Grammatiknazi, sondern auch als Zahnputzfanatikerin bekannt, „aber das ist doch nicht normal? Und dann kam der tatsächlich und hat mir ne Einweg-Zahnbürste gebracht und mich gebeten, „mich auch frisch zu machen"!"

Von Tati war lediglich ein indigniertes Schnauben zu hören, während ich ein ausgewachsenes Kichern unterdrücken musste.

„Ja und ich bin ja noch gar nicht fertig! Als wir dann endlich so weit waren, zur Sache zu kommen, musste er erst seine Kleider ordentlich falten und auf Bügel hängen!"

Jetzt war es auch um Tati geschehen.

„Wie in der Ikea-Werbung!", quiekte sie und brach dann in haltloses Gelächter aus.

„Schlimmer!", brummte Daisy düster. „Er hatte Kleiderhüllen! Für alles! Jedes Hemd war in einer eigenen verdammten Hülle!"

Und zack nahm es mich. Ich lachte so sehr, dass die Tränen sturzbacharrtig meine Wangen hinabliefen und ich ernsthaft Gefahr lief, in meinem eigenen Salzwasser zu ertrinken. Daisy und ihre Geschichten hatten einfach diese Wirkung auf mich. Ich konnte noch so traurig, deprimiert oder melancholisch sein – eine halbe Stunde in Daisys Gegenwart wirkte wie ein Bad im Glücksbrunnen.

Viel später, als wir uns wieder halbwegs im Griff hatten, fuhr sie fort: „Ach und der Sex war natürlich eine komplette Katastrophe. Ich durfte mich nahezu gar nicht bewegen, um keine Knitterfalten in seine Satinlaken zu drücken. Und nach dem Akt, der nebenbei sehr kurz war, weil er sich das wahrscheinlich so antrainiert hat, um ja nicht ins Schwitzen zu kommen, musste er sofort duschen und ich natürlich auch. Und ich meine – sofort."

„Und wahrscheinlich war das Duschen kein wildes gemeinsames Spiel mit heißem Wasser und Seifenschaum?", vermutete ich grinsend.

„Wo denkst Du hin? Er war zuerst dran. Er duscht in der Hocke, damit die Wände nicht so verspritzt werden. Dann durfte ich, sogar im Stehen, weil ich so klein bin, und noch während ich nackt in der Dusche stand, fing er an, mit so einem Abzieher das Wasser von den Glaswänden zu wischen, damit es keine Kalkflecken gibt."

„Unfassbar", keuchte ich und wischte mir die Lachtränen aus dem Gesicht. „Danke, unbekannter Pingelfatz, Du hast meinen Tag gleich um so vieles besser gemacht!"

„So", sagte Daisy und schlug mir nicht gerade sanft auf den Rücken. „Und wie geht es jetzt weiter? Sagst Du Hiasi und Arschloch Karotte, dass sie sich zum Teufel scheren können oder was?"

Ich zuckte ein wenig hilflos die Schultern.

„Natürlich nicht", warf Tati ein. „Hiasi kann mal gar nichts dafür, außer dass er einen sehr schlechten Geschmack hat, was Freunde betrifft. Aber mal im Ernst, Kate – es kommt einzig und allein darauf an, was Du willst. Wenn Du denkst, es ist gut, Dich wieder mit Arschloch Karotte zu treffen und es macht einen Sinn, dann solltest Du das tun."

Unsicher sah ich zu Daisy hinüber, die erwartungsgemäß die Augen rollte.

„Ich weiß es doch auch nicht", sagte ich leise. „Einerseits wünsche ich mir schon, ihn mal wieder zu sehen und herauszufinden, ob es vielleicht doch noch eine kleine Chance gibt, aber ich habe auch furchtbare Angst davor, wieder von ihm verletzt zu werden."

„Dann mach es doch so", schaltete sich die regenbogenbunte Stimme der Vernunft ein, „benutze Hiasi wirklich als Mittelsmann. Du kannst ihn ja quasi ausquetschen und herausfinden, was Karotte in den letzten Jahren so getrieben hat und ob es überhaupt Sinn macht, weiter Energie und Kraft an ihn zu verschwenden. Hiasi ist wirklich ein Netter und auch wenn er sehr loyal zu seinen Freuden steht, würde er Dich da wohl nicht anlügen. So triffst Du Karotte erstmal nicht persönlich und musst dir keine Sorgen machen, dass du ihm sofort wieder rettungslos verfällst.

„Guter Plan", beschied ich und sah Tati an, die zustimmend nickte. „Ich schreibe ihm in den nächsten Tagen mal und dann werden wir sehen, wie das alles ausgeht."

16

Vier Tage später, Anfang Juli

Daisy und ich saßen gerade beim Abendessen, Pfannkuchen und leckerem Spargel, (den man in unserer Gemeinde bis Ende Juni zum Glück an jeder Ecke kaufen konnte und von dem ich eine letzte wertvolle Portion eingefroren hatte), weil Daisys Magen sich auch nach drei Tagen noch nicht richtig erholt hatte, als eine Nachricht von dem Mann eintrudelte, den ich am Wenigsten erwartet hatte. „Hey Kate, Nils hier. Ich denke, es ist an der Zeit, ein paar Dinge zu besprechen. Hättest Du mal Zeit und Lust, mit mir mit den Hunden spazieren zu gehen?"

„Oha", murmelte ich, den Mund voller Pfannkuchen und drehte das Handy wortlos herum, damit Daisy lesen konnte, was da stand.

„Hm", gab sie ebenso aussagekräftig zurück und fing an, an ihrem Nasenpiercing herumzufummeln. Auweia. „Und was hast Du vor? Triffst Du Dich mit ihm?"

„Ach ja, ich denke schon", erwiderte ich nach einem kurzen Moment des Nachdenkens und kontrollierte kurz, ob mein hellblaues Sternchen-Hoodie bisher von der weißen Spargelsoße verschont geblieben war. „Ich bin ja nicht sauer auf ihn oder so. Er wird nach wie vor immer einen Platz in meinem Herzen haben und immer ein besonderer Mensch für mich bleiben, wir sind nur einfach nicht kompatibel. Und er hat ja Recht, wir müssen das mit dem Haus mal regeln und auch mit den Hunden. Sie fehlen mir so sehr, dass es kaum auszuhalten ist."

„ Na dann, schreib ihm! Und hast Du Dich schon bei Hiasi gemeldet?"

Nachdrücklich schüttelte ich den Kopf. Ich hatte jeden Gedanken an Arschloch Karotte oder auch Hiasi vehement aus meinem Schädel verbannt.

„Dann mach das. Hopphopp", befahl mir das Minion und nicht ohne eine gewisse Befriedigung sah ich, dass eine dick mit Soße bedeckte Spargel quer auf ihren ausladenden Möpsen lag.

„Mach ich. Und Du geh mal Dein T-Shirt waschen, Du hast Dich verkleckert", grinste ich.

Während eine fluchende Daisy versuchte, die recht, nun ja, „interessant" aussehende weiße Pampe von ihrem pinken Möwen-Shirt herunterzukratzen, machte ich mich ans Tippen.

„Hey Nils, alles klar! Ja, sollten wir wirklich dringend machen. Ich bin morgen in München, aber übermorgen würde es passen. 18.30 Uhr bei Dir? LG, Kate." Das war einfach. Die zweite Nachricht erforderte etwas mehr Hirnschmalz.

„Hi Hiasi, wenn Du es noch immer möchtest, können wir gerne versuchen, dass Du den Vermittler zwischen mir und dem Gemüseheini spielst. Ich kann Dir nichts versprechen, aber wir können es probieren. Wie stellst Du Dir das vor? Liebe Grüße, Kate."

Daisy hatte sich gerade wieder gesetzt – ihre Brust war jetzt nicht nur nass, sondern hatte einen lieblichen Roséton angenommen – als mein Handy piepste. Hiasi. Ich merkte, dass sich meine Mundwinkel ohne mein Zutun hoben und das war natürlich auch Daisy nicht entgangen.

„Ach Du meine Güte, damit hatte ich nicht gerechnet. Ich hatte schon gedacht, Du hättest die Karotte in einem imaginären Thermomix entsorgt. Aber gut, gut – ich werde mir die größte Mühe geben, endlich das zusammenzubringen, was zusammengehört. Wie, wann und wo legen wir los? H."

Ich grinste. Hiasi war ein netter Kerl und witzig noch dazu – witzig war immer gut. Ich hatte noch keine Zeit gehabt, eine ausgesprochen eulenhaft aussehende Daisy über die neuesten Entwicklungen aufzuklären, als eine weitere Nachricht aus meinem Handy einging.

„Diese Woche krieg ich es nicht mehr hin, hab ein paar Termine und Fußball ;) Aber nächste Woche hab ich noch nichts vor, da ist es mir dann egal. Meld Dich einfach, wie es bei Dir passt. Bis dann, Nils."

Fußball, klar. Ich musste mich mit aller Willenskraft davon abhalten, mit den Augen zu rollen.

„Also?" Daisy sah mich durch ihre riesigen Brillengläser erwartungsvoll an, während ich mich konzentrieren musste, um ihr nicht auf den pinken Busen zu starren.

„Hiasi ist lustig und Nils ist Nils", fasste ich den Inhalt der Nachrichten lapidar zusammen.

„Aber was mich viel mehr interessiert – Malte? Wie sieht´s aus? Wir hatten in letzter Zeit so wenig Gelegenheit zum Plaudern, ich weiß noch nicht mal, wie kürzlich Dein spontanes Cabrio-Date lief."

Daisy errötete tatsächlich, was sich zwar ein bisschen mit ihrem knallroten Rapunzelzopf biss, aber dennoch ganz entzückend aussah.

„Ach…es war…einfach schön."

Sie grinste grenzdebil und ich musste mich schwer beherrschen, um nicht über den Tisch zu greifen und sie ein wenig zu schütteln.

„Geht das vielleicht noch ein bisschen genauer?", fragte ich geduldig.

„Es war einfach so…normal. es ging gar nicht in erster Linie um den Sex, es war – nett. Lustig. Wir haben viel gelacht. Und uns unterhalten über Gott und die Welt. Über Wünsche, Träume. Wichtiges und Propanes"

„Äh, Moment", unterbrach ich sie. „Propangas? Wieso das denn?"

„Boah ey", nun war es an Daisy, die Augen zu verdrehen. „Wieso denn Propangas? Propanes eben. Unwichtiges. Alltägliches."

Ich lachte laut heraus.

„ProFanes, Du Dussel. Oh Daisy, ich liebe Dich so!"

„Ja ja, dann eben Profanes. Ist doch auch egal. Auf jeden Fall war es toll. Wir waren schön essen, sind Hand in Hand herumgeschlendert, haben uns immer wieder geküsst- als wären wir ein normales Paar!"

„Ihr SEID ein normales Paar!", brummte ich entnervt und schüttelte den Kopf. „Ihr seid nur beide zu stur oder doof oder was weiß ich, um es einzusehen! Und jetzt komm mir nicht wieder damit, dass es nur eine Bettgeschichte ist."

„Hier", resolut stand ich auf und packte sie am Arm, dann zerrte ich sie die wenigen Meter bis ins Badezimmer hinter mir her und positionierte sie genau vor dem Spiegel, „was siehst Du? Sag mir, was Du siehst!"

„Äh, mich?"

„Korrekt. Und wie siehst Du aus?"

„Rosa?"

„Auch das. Aber schau Dir Dein Gesicht an und denk dabei an Malte. Was fällt Dir auf?"

Unwillkürlich verzogen sich Daisys hübsche Lippen zu einem breiten Lächeln.

„Na? Also. Noch Fragen?", schnaubte ich.

„Ok, ok, Du hast ja recht!" Daisy kehrte ins Wohnzimmer zurück und ließ sich ächzend auf die Couch sinken.

Ich räumte schnell die leeren Teller in die Spülmaschine – Ordnung muss schließlich sein – und hüpfte dann neben sie auf das plüschige rosa Ungetüm.

„So, jetzt Klartext, Dussel. Hast Du eingesehen, dass Du verliebt bist?"

Daisy wagte nicht, mich anzuschauen, nickte aber langsam, den Blick stur auf den Boden gerichtet.

„Sag es", forderte ich sie auf und zog an ihrem einhornbestrumpften großen Zeh.

„Ja."

„Was, ja?"

„Alter, Kate, Du alte Nervensäge", schrie Daisy und schlug mit einem riesigen Kissen in Form eines

Gänseblümchens relativ unsanft nach meinem Kopf. „Ja, verdammte Scheiße, ich BIN verliebt. Zufrieden jetzt?"

„Jap", keuchte ich unter dem flauschigen Monsterkissen hervor. „Das wollte ich hören!"

17

Drei Tage später, fast schon Mitte Juli

Ich war aufgeregt. Warum war ich aufgeregt? Ich traf schließlich nicht Arschloch Karotte selbst, sondern „nur" Hiasi und eigentlich war ich ja auch ein diplomiert unaufgeregter Mensch. Ich sah ordentlich aus, aber nicht übertrieben – Jeans, ein nettes T-Shirt, das dank der unseligen Burpees irgendwie immer besser zu passen schien, und meine obligatorischen Nikes. Dazu Pferdeschwanz, ein wenig Mascara und einen Hauch Lipgloss, schließlich wollte ich ja nicht den Eindruck erwecken, ich hätte mich für Hiasi aufgebrezelt.

Wieso also flatterten meine Nerven wie eine Horde aufgeregter Hühner, wenn der Fuchs im Stall herumgeht? Als ich das einzige Etablissement in unserem Ort betrat, in dem man abends halbwegs gemütlich etwas trinken konnte, fiel mir auf, dass die Atmosphäre ganz schön „Date-ig" war. Gedimmtes Licht, das hauptsächlich von unzähligen schlanken weißen Kerzen in riesigen Kandelabern stammte, flauschige Sitzmöbel, viel helles Holz, das für Behaglichkeit sorgte. Ich hatte Hiasi mindestens so ewig nicht gesehen wie ich hier gewesen war, dennoch erkannte ich ihn auf Anhieb, schon alleine weil er selbst im Sitzen die meisten anderen Anwesenden um eine halbe Haupteslänge überragte. Als ich mir im Halbdunkel meinen Weg durch die niedrigen Tische und die darum gruppierten dunkelroten Samtsessel bahnte, möglichst ohne einer der freitagabendlich zurechtgemachten jungen Damen mit ihrem eigenen Sektglas die Vorderzähne auszuknocken, entdeckte er mich und stand auf, um mich mit einem schiefen Lächeln in Empfang zu nehmen.

„Kate", sagte er – oooh, diese Stimme – und legte mir leicht die Hand auf den Oberarm, um mich auf beide Wangen zu küssen. Er roch gut. Ich mochte es, wenn Männer gut rochen. „Ich war mir ja nicht sicher, ob Du tatsächlich auftauchen würdest."

„Ich auch nicht", gab ich zu und merkte, wie ich mich entspannte. Vielleicht würde es ja gar nicht so schlimm werden.

Hiasi faltete seine langen Gliedmaßen auf dem Sessel zusammen und grinste mich an.

„Wow, Kate, Du siehst gut aus. Das ist jetzt vielleicht taktlos – aber die Trennung scheint Dir gut zu tun. Du wirkst so...strahlend."

Wider Willen musste ich lachen.

„Oh, Danke! Na ja, ich fühle mich nicht immer strahlend, aber es ist trotzdem lieb von Dir, das zu sagen."

„Wie geht es Dir? Wirklich?", fragte er und beugte sich mit auf die Knie gelegten und locker zwischen den Beinen gefalteten Händen vor.

„Ich weiß es nicht, Hiasi", gestand ich und mir fiel zum ersten Mal auf, dass seine Augen ebenso grün waren wie die seines verdammten Freundes, nur in einem anderen Ton. Es war kein Meeresgrün, eher ein ganz helles Grün mit einem goldenen Schimmer. Hübsch auf jeden Fall, irgendwie.

„Ich bin echt verwirrt. Ich hatte mich mit meinem Leben gut arrangiert. Es hat ja auch anfangs wieder echt super geklappt mit mir und Nils, ich war wieder glücklich und ich habe es die erste Zeit geschafft, überhaupt nicht an Arschloch Karotte zu denken. Aber natürlich hat er sich immer wieder in meine Gedanken geschlichen – vor allem als es dann mit mir und Nils endgültig aus war. Und wir schreiben ja auch gerade dieses Buch, Daisy und ich, da kam die Sprache eben schon immer wieder auf ihn. Und jetzt, als ich ihn wieder gesehen habe..“

Ich brach ab und schüttelte traurig den Kopf.

„Hey", sagte Hiasi fast liebevoll und legte mir den Finger unters Kinn, um mir in die Augen sehen zu können. „Kopf hoch, Kate. Ich hol uns jetzt erstmal was zu trinken. Whisky, oder?"

Langsam nickte ich. Einen konnte ich schon trinken, ich hatte vorhin noch ein Steak mit Gemüse verdrückt und war ja auch mit dem Rad da. Hiasi stand auf und schlängelte sich durch das vornehmlich weibliche Publikum, wobei mir auffiel, dass nicht wenige Mädels sich anerkennend zu ihm umdrehten. Er sah ja auch echt gut aus, fiel mir da mit leichtem Erstaunen auf. Ich hatte ihn, wie gesagt, lange nicht gesehen und davor immer nur als „Freund von" wahrgenommen. Jetzt bemerkte ich, dass er auf eine jungenhafte, irgendwie leicht tollpatschige Art attraktiv war mit seinem etwas zu langen, zerzausten dunkelblonden Haar, dem aus der Jeans hängenden karierten Hemd mit den ungleichmäßig hochgekrempelten Ärmeln und den breiten Schultern, die sich darunter abzeichneten. Und vor allem hatte er eine Eigenschaft, die seinem Kumpel eindeutig fehlte: Hiasi war richtig nett. Er dachte nicht nur an sich – was die Tatsache bewies, dass er mir nun ein paar Momente gegeben hatte, um mich wieder zu fangen – und er zeigte Empathie, ein Wort, das Arschloch Karotte wahrscheinlich nicht einmal richtig buchstabieren konnte.

Ich hatte gar nicht bemerkt, dass Hiasi wieder zurückgekommen war und ein Glas mit herrlich goldbrauner Flüssigkeit vor meinem Gesicht hin- und herschwenkte. Mit einem dankbaren Lächeln nahm ich es ihm ab und prostete ihm dann zu.

„Danke, Hiasi!"

„Bitte, Kate. Auf Dich!" Das schiefe Lächeln huschte wieder über sein Gesicht, dann nahm er einen großen Schluck und musterte mich intensiv.

„Er liebt Dich, Kate", sagte er ernst. „Noch immer. Er weiß auch, dass er ein riesiger Idiot war, Dich damals gehen zu lassen, aber Du kannst mir glauben, dass er sich geändert hat. Er würde alles dafür tun, dass es zwischen euch funktioniert. Du kennst A-"

„-rschloch Karotte", warf ich so schnell ein, dass ich mich fast an meinem Whisky verschluckt hätte und ich sah, wie ein Grinsen um seine Mundwinkel spielte.

„Arschloch Karotte", fuhr er ungerührt fort, „und Du weißt, wie er anfangs damit umgegangen ist. Er hat sich von einer Bettgeschichte in die nächste gestürzt (Ich versuchte zu ignorieren, was für einen Stich das in meinem Herzen gab) und so getan als würde ihn das alles nicht berühren. Und dann, eines Abends, saßen wir bei mir im Wohnzimmer bei einer

Flasche Wein und es brach alles aus ihm heraus. Er hat geheult wie ein Baby, Kate. Er hat gesagt, es war der größte Fehler seines Lebens, Dich so von sich wegzustoßen und er würde alles dafür geben, wenn er das wieder rückgängig machen könnte. Er hat sogar ernsthaft darüber nachgedacht, von hier wegzugehen, weil er den Gedanken nicht ertragen konnte, Dich mit Nils irgendwo zu sehen oder womöglich noch mit einem Kind. Allein die Tatsache, dass seine Mutter dann ganz alleine wäre, hat ihn davon abgehalten."

Ich hatte einen riesigen Kloß im Hals. Als ich sprechen begann, merkte ich selbst, wie belegt meine Stimme klang.

„Hiasi, er hat mir so wehgetan. Ich war so furchtbar ehrlich zu ihm, von Anfang an. Ich habe keinerlei Spielchen mit ihm gespielt, nicht einmal das frauentypische `Ich habe seine Nachricht gelesen, aber ich antworte ihm nicht und lasse ihn noch ein wenig zappeln.` Ich habe ihm mein ohnehin frisch vernarbtes Herz und meine Seele auf dem Silbertablett serviert und das wusste er auch. Ich habe mich ihm völlig schutzlos ausgeliefert und zugelassen, dass er mir wichtig wird und mich berührt. Und alles was er getan hat, war, mit dem Dolch in meine schwachste Stelle zu stoßen."

Ich hatte gar nicht bemerkt, dass ich zu weinen begonnen hatte, bis Hiasi mit einem besorgten Gesichtsausdruck näher rutschte und mir mit seinen großen schwieligen Daumen die Tränen von der Wange wischte.

„Ich stehe das nicht nochmal durch. Die Trennung von Nils ist noch zu frisch, mein Herz ist eh rohes Hackfleisch. Wenn ich mich jetzt wieder in irgendeiner Form auf das

Gemüse einlasse, wird er mich wieder zerstören und das überlebe ich nicht."

Ich las die Emotionen in Hiasis Gesicht: Mitleid – aber auch Wut, wenn ich das richtig interpretierte.

„Komm, Kate", sagte er leise, „trink in Ruhe aus und dann bringe ich Dich nach Hause. Ich werde Arschloch Karotte genau das erzählen, was Du gesagt hast und ich werde ihm auch sagen, wenn er Dir noch einmal wehtut, bekommt er es mit mir zu tun."

In drei großen Schlucken leerte ich den Whisky, der in meiner Kehle brannte wie Feuer, aber durch den willkommenen Schmerz den dicken Klumpen hinunterspülte, der in meinem Hals gesessen hatte. Hiasi war bereits aufgestanden und streckte mir die Hand hin. Ich ließ mich von ihm auf die etwas wackeligen Beine ziehen und folgte ihm aus der Bar, wobei er meine Hand nicht losließ. Als wir draußen angekommen waren, sagte er:

„Hast Du Dein Rad da? Ich bin gelaufen. Ich bringe Dich noch zu Daisy, wenn Du Dein Rad schiebst."

Ich wollte protestieren und ihm sagen, dass ich die paar hundert Meter auch alleine schaffen würde, aber dann dachte ich, warum denn eigentlich nicht? Der Spaziergang durch die milde Spätsommerluft würde mir gut tun und meinen Kopf vielleicht ein wenig klären, außerdem war Hiasi alles andere als schlechte Gesellschaft. Ich schloss mein Fahrrad vom Laternenpfosten weg, an den ich es angekettet hatte und wortlos nahm Hiasi mir den Lenker aus der Hand. In kameradschaftlichem Schweigen marschierten wir die nächste Viertelstunde durch die menschenleeren Straßen unseres

Örtchens, jeder hing seinen eigenen Gedanken nach. Als wir vor Daisys Haus angekommen waren, lehnte Hiasi mein Rad gegen den Gartenzaun und überraschte mich, indem er mich in eine warme, feste und teddybärenartige Umarmung zog. Ich war schon so lange von niemandem mehr umarmt worden, der größer war als ich – Ragnar zählte daher nicht –, dass mir bewusst wurde, wie sehr mir dieses Gefühl der Sicherheit und Geborgenheit gefehlt hatte.

„Pass auf Dich auf, Kate", murmelte Hiasi in mein Haar. „Ich wünsche mir, dass alles gut ausgeht für Dich und dass Du glücklich wirst. Du hast es verdient."

Langsam löste ich mich aus der willkommenen Umarmung und lächelte ihn an.

„Danke, Hiasi. Für alles. Du bist ein Guter."

Ich öffnete das Hoftor, schob mein Rad hindurch und wandte mich dann nochmal zu ihm um.

„Komm gut nach Hause. Wir hören voneinander, ja?"

„Ja, ganz bestimmt. Gute Nacht, Kate."

„Gute Nacht, schlaf gut." Ich winkte ihm zu und stellte mein Rad unter das Schuppendach. Bis ich wieder Richtung Straße kam, war Hiasi verschwunden.

-18-

Zwei Tage später, jetzt wirklich Mitte Juli

Regel Nummer sieben: Wer too cool for school ist, ist auch für alles andere zu cool. Gefühle zeigen ist nicht out und man darf miteinander reden. Sogar in der Kiste.

Es war Sonntagnachmittag und wir hatten eine außergewöhnliche Konstellation. Daisy, die in der letzten Woche mindestens drei Kilo verloren hatte (Ich hatte nachts versucht, sie intensiv zu küssen, um mir den wunderbaren Virus auch einzufangen, aber bisher hatte es nicht funktioniert und ich hatte mich durch ein höllenmäßiges Sportprogramm gequält, um wenigstens annähernd das gleiche Resultat zu erzielen) war bereits am Freitag mit Malte in ein romantisches Liebeswochenende entschwunden, was sie natürlich nicht hatte zugeben wollen und mir deshalb von einem „wilden Vögeltrip" vorgeschwärmt hatte.

Deshalb nutzten Tati und ich den heißen Tag und lagen faul am kleinsten der unzähligen Seen herum, die unsere Ortschaft umgaben, wobei ich unauffällig versuchte, mit dem sandigen Hintergrund zu verschmelzen, weil ich meinen Körper nicht mit Tatis vergleichen wollte und schon gar nicht, dass jemand anders dies tat.

Ich knabberte an einem Butterkeks – Butterkekse und Pfirsich-Eistee gehörten ebenso zu Baggersee wie Pommes mit Currypulver zu Schwimmbad – und ließ mir die Sonne auf die Plauze brennen. Tati war ganz in ihrer Liebesschnulze versunken und wir hatten in den letzten zwei Stunden kaum ein Wort miteinander gesprochen, sondern hatten einfach den Augenblick genossen.

Trotzdem brannte mir eine Frage auf der Seele.

„Tati", wagte ich einen vorsichtigen Vorstoß.

„Hmmm", kam hinter dem Buchrücken hervor.

„Du sagt mal, das mit Marvin und Dir – irgendwie ist das ja schon eher so ein on-off-Ding…"

Tati klappte das Buch zu und wandte sich mir zu, die Augen hinter riesigen Fünfziger-Jahre-Shades verborgen.

„Jap", sagte sie knapp.

„Und ich vermute, jetzt gerade ist es wieder off?", taste ich mich weiter voran.

„Jap. Aber dieses Mal ist es offer als off. Und es wird auch nie wieder on."

„Okay – und darf ich fragen, warum? Ich meine, ich hab ihn ja nur einmal gesehen, aber da hat er nen ganz vernünftigen Eindruck gemacht…"

„Oh, Marvin kann sehr vernünftig wirken." Tati drehte sich auf den Bauch und stützte sich auf den Ellenbogen ab. „Das war ja auch das, was mich so lange davon abgehalten hat, wirklich Schluss mit ihm zu machen. In der Öffentlichkeit war er immer wahnsinnig freundlich und lustig und fürsorglich. Wenn wir allein daheim waren, sah das oft ganz anders aus. Er kann sehr jähzornig werden und hat mich oft beschimpft und angeschrien. Und das Schlimmste ist – man beginnt, an sich selbst zu zweifeln, gerade weil eben immer jeder denkt, dass Marvin so nett und ausgeglichen ist."

Tati schluckte schwer und ich überlegte einen Moment, ob ich weiter bohren oder sie in Ruhe lassen sollte.

„Ich muss zugeben, ich hatte mich tatsächlich gewundert, wieso bei euch so oft Schluss war und ihr doch wieder zusammengekommen seid und euch doch wieder getrennt habt. Ich meine, Nils und ich hatten auch unsere Probleme und wir haben es auch ein zweites Mal probiert – aber bei euch zieht sich das ja auch schon ne ganze Weile hin und ich bin nie richtig durchgestiegen, was da eigentlich los ist."

Durch die dunklen Gläser konnte ich Tatis Augen nicht richtig sehen, aber ich hätte schwören können, dass Tränen darin schimmerten.

„Ich kann's Dir ja selber nicht sagen. Er ist wie Jekyll und Hyde. Im einen Moment wahnsinnig liebevoll und warmherzig, im nächsten Moment eiskalt und grausam. Ich komme damit einfach nicht klar, ich halte das nicht aus."

„Oha ja", nickte ich zustimmend und schob einen Trostkeks über die Decke zu Tati, was sie mit einem schiefen Grinsen quittierte. „Das könnte ich auch nicht. Erstens wäre es mir zu anstrengend, zweitens hätte ich immer Angst, irgendwas falsch zu machen und den „Vulkan" zum Ausbruch zu bringen. Man will ja nicht sein ganzes Leben auf Zehenspitzen über rohe Eier gehen, nur weil man Angst hat, was Falsches zu sagen oder zu machen. Und wenn einer kalt zu mir ist, komme ich damit sowieso überhaupt nicht klar."

Tati knabberte, wie es sich gehörte, ordentlich und akribisch die 52 Zähne des Butterkekses ab und antwortete dann bedächtig: „Ja, ich auch nicht. Zumal er nicht der erste ist. Ich hatte mal einen –"

„Moment", unterbrach ich sie mit erhobener Hand und kramte in meiner riesigen Basttasche nach meinem mittlerweile schon ganz schön zerfledderten Notizbuch und hoffte, dass mein einziger Kugelschreiber die allzu enge Bekanntschaft mit der Flasche Sonnenöl halbwegs heil überstanden hatte. Ein paar prüfende hellblaue Kringel später konnte es losgehen.

„Also", sagte ich und sah Tati erwartungsvoll an. „Was für einen hattest Du? Einen kalten Typen?"

„Ja, so einen obercoolen, der keine Gefühle gezeigt hat. Er konnte nie sagen, dass er mich gern hat oder dass er mich hübsch oder toll findet. Und er hat mich in der Öffentlichkeit auch gar nicht berührt."

„Mhm", murmelte ich zustimmend und versuchte, auf dem Bauch liegend Notizen in Steno zu verfassen, die zumindest halbwegs leserlich sein würden. „Das kenne ich. Und ich bin ja jemand, der ganz viel Körperkontakt braucht und ständig fummeln will und angefasst werden will. Ich hasse es, wenn der Mann das überhaupt nicht tut."

„Ja, eben", bestätigte Tati, „und der war halt noch extremer. Der hat mir auch im Bett nie gezeigt, was ihm gefallen hat. Er hat einfach überhaupt keine Miene verzogen."

„Huch", sagte ich erschrocken. „Das ist ganz schön schlimm. Ich erinnere mich an einen Typen, von dem Suse mir mal erzählt hat, der einfach komplett still war. Er hat beim Sex kein einziges Geräusch von sich gegeben. Sie hat nicht mal gemerkt, als er gekommen ist."

„Nein!" Tatis blaue Augen wurden zu Untertassen und sie schlug sich in einer putzigen Geste die Hand vor den Mund. „Doch, ehrlich. Der hat einfach gar keinen Pieps von sich gegeben. Nicht geredet, nicht gestöhnt, gar nichts. Sie musste zwischendurch immer mal wieder nachsehen, ob er überhaupt noch lebt, vor allem wenn sie auf ihm war."

Hinter Tatis perfekt manikürter Hand drang ein mädchenhaftes Kichern hervor und auch ich konnte ein Grinsen nicht unterdrücken.

„So schlimm war der bei mir nicht. Er hat zumindest ein bisschen schneller geatmet. Aber es war nie so, dass ich mir wirklich sicher sein konnte, ob er es gerade gut findet oder furchtbar. Und es ist ja auch nicht so, dass man als Frau hinterher fragt `Wie war ich?` Also weiß ich eigentlich bis heute nicht, ob er es toll fand oder scheiße."

„Tja, ich würde mal sagen, dann ist der einfach selber schuld, wenn die Performance nicht zu seiner Zufriedenheit war", sagte ich und klappte mein Notizbuch zu. „Ne Runde schwimmen?"

„Aber klar doch, ich krieg gleich schon nen Sonnenbrand!"

„Also dann, wer zuletzt im Wasser ist, zahlt ne Runde Eis!", grinste ich und flitzte los.

19

Am nächsten Tag

Ich war in München gewesen für ein Meeting und hatte mich furchtbar geärgert über eine Leserin, die mich am Telefon eine halbe Stunde lang völlig unverhältnismäßig angezickt und beschimpft hatte. Um Dampf abzulassen war ich nach meiner Rückkehr – es war ja zum Glück lange hell und auch noch schön warm – eine riesige Runde joggen gewesen, hatte mich dann in Daisys Garten durch 50 Burpees gequält und saß gerade mit einem großen Glas Eistee in der beginnenden Dämmerung, als Daisys türkisfarbener Kleinwagen mit quietschenden Reifen in der Einfahrt hielt. Ich winkte ihr mit einem leeren Glas, das ich in weiser Voraussicht mit in den Garten genommen hatte und mit einem breiten Grinsen kam sie auf mich zugestiefelt.

„Ahoi, Seemann", sagte ich in Anspielung auf ihr maritimes Outfit aus dunkelblauem Tanktop mit weißen Ankern, weißen Jeansshorts und blau-weiß gestreiften Segelschuhen.

„Depp", erwiderte Daisy lachend und drückte mich kurz, aber fest an ihr ausladendes Dekolleté. Ächzend ließ sie sich auf den Stuhl neben mir sinken und ich sah ihr an, dass sie förmlich brannte, mir von ihrem Liebeswochenende in einem bayerischen Wellnesshotel zu erzählen.

Ich erlöste sie.

„Na, Hase, wie wars?", fragte ich folgsam – sie war am gestrigen Abend spät heimgekommen, als ich längst geschlummert hatte und heute Morgen hatte ich das Haus bereits verlassen, als sie aufgestanden war.

„Ach Kate", quiekte Daisy und sah mit ihren rosa Wangen und dem strahlenden Grinsen aus einem Werbespot für besonders saftige Äpfel entsprungen, „es war ein Traum. Wir waren in einem Wellnesshotel im Bayerischen Wald, da war es so schön! Das ist ein Familienbetrieb und alle sind so herzlich und freundlich und das Essen war so gut!"

„Ah", bemerkte ich, „Ich weiß doch, ich war ja auch schon ein paarmal dort. Ich kann es mir vorstellen. Dann ist der Virus also verschwunden!"

„Ja, zum Glück – das wäre eine echte Schande gewesen! Wir waren nur am Futtern, alleine für das Frühstücksbüffet hätte die Reise sich schon gelohnt! Aber dann haben die auch noch so einen tollen Wellnessbereich mit zwei Schwimmbädern und einer sensationellen Saunalandschaft und wir haben uns massieren lassen und–"

„Daisy", unterbrach ich sie ungeduldig, „das ist ja alles ganz toll und klingt paradiesisch und alles, aber ich will eigentlich wissen, wie es mit Malte und Dir lief!"

Wenn es überhaupt möglich war, wurden Daisys Bäckchen noch ein wenig pinker und ihr Grinsen noch breiter. Sie versenkte ihr Gesicht in einem randvollen Glas Eistee und als sie aufsah bemerkte ich, dass ihre Augen funkelten als hätte sie Fieber.

„Ja, Klugscheißer, ich weiß", sagte sie hastig, bevor ich auch nur die geringste Bemerkung machen konnte. „Du hattest

160

von Anfang an Recht. Ich bin verliebt und zwar so verliebt, wie ich es vielleicht noch nie war. Malte ist ein Traummann. Wir haben uns so gut verstanden, es war einfach perfekt. Wir haben die ganze Zeit geschmust und gelacht und geredet und gekuschelt, es war so harmonisch und die Zeit ist vergangen wie im Flug. Ich war einfach jede einzelne Sekunde glücklich."

Ich musterte meine Freundin aufmerksam. Ja, genau das war es. Sie sah so strahlend glücklich aus, wie man es nur kann, wenn man frisch verliebt ist. Wäre es nicht Daisy gewesen, hätte ich sie fast ein wenig beneidet. Aber nach den ganzen Idioten, die sie im Laufe der letzten Jahre hatte ertragen müssen, gönnte ich ihr dieses Glück von Herzen. Ich beugte mich vor und nahm sie kurz, aber fest in den Arm.

„Ich freue mich so für Dich. Das klingt so unfassbar toll und Malte ist wirklich ein wahnsinnig netter Kerl und total verrückt nach Dir."

„Ja, das ist er, nicht wahr? Als es mir am ersten Tag nicht gut ging, war es so um mich besorgt. Ich meine, bei jedem anderen Typen wäre ich lieber im Mutterboden versunken" (Erdboden, korrigierte ich sie im Geiste. Ich hatte es mittlerweile aufgegeben, Daisy noch irgendetwas zum Thema deutsche Sprache beibringen zu wollen), „als dass er mir beim Kotzen hätte zusehen dürfen und Malte hat mir sogar die Haare aus der Stirn gehalten, ohne dass es mir etwas ausgemacht hätte."

„Wie jetzt, ich dachte es ging Dir gut? Hast Du nicht gesagt, Du hättest diesen komischen Virus endlich überstanden?" Ich musterte meine Freundin forschend über den Rand meines Eisteeglases hinweg.

„Ach doch, im Großen und Ganzen war ich fit. Nur am ersten und zweiten Morgen hab ich noch ein bisschen gebrochen, glaub ich."

„Hm", murmelte ich, während sich ein Gedanke in meinem Hinterkopf manifestierte.

„Was heißt denn hier ,Hm'", fragte Daisy stirnrunzelnd, „es geht mir schon viel besser!"

„Also ich weiß ja nicht, Schnucki, aber wie sah es denn in letzter Zeit bei euch so mit Verhütung aus?"

Daisy zog eine Augenbraue hoch.

„Also wenn Du jetzt wissen willst, ob wir Gummis benutzen, dann muss ich Dich leider enttäuschen, Frau Moralapostel. Malte und ich haben schon lange geklärt, dass wir nebenbei keinen anderen haben und irgendwie ruinieren die Dinger doch den Spaß, das musst Du schon zugeben. Und da ich die Pille seit 100 Jahren nehme–"

„Und sie natürlich nie vergisst", warf ich fragend ein.

„Und sie in all den Jahren vielleicht erst drei oder viermal vergessen habe, haben wir beschlossen, auf Gummis zu verzichten." Trotzig verschränkte sie die Arme unter der Brust und sah mich herausfordernd an.

„Daisy…ganz ehrlich – kann es zufällig sein, dass Du schwanger bist?"

„Schwanger? Ich?", quiekte sie und schüttelte energisch den Kopf. „So ein Quatsch. Ich hab doch grad gesagt, dass ich die Pille nehme und außerdem hatte ich gerade erst meine Tage."

Ich sagte nichts und sah Daisy nur ruhig an. Bildete ich es mir ein, oder wich ihr die komplette Farbe aus dem Gesicht? „Daisy? Alles ok?"

„Kate, ich kann mich gerade überhaupt nicht daran erinnern, wann ich tatsächlich das letzte Mal meine Tage hatte. Und mir ist gerade eingefallen, dass ich nach der Geburtstagsparty von Tati meine Pille auch vergessen habe, was mir erst am nächsten Abend wieder eingefallen ist!" Mit ihren weit aufgerissenen Augen sah Daisy aus wie ein verschrecktes Reh im Scheinwerferlicht. „Oh Gott, was mach ich denn jetzt?"

„Ganz ruhig bleiben erstmal", sagte ich und stand auf, um sie in den Arm zu nehmen. „Ich fahr zur Drogerie und hol Dir einen Test und Du machst Dich so lange nicht verrückt. Bleib einfach hier und beweg Dich nicht vom Fleck, in einer halben Stunden wissen wir mehr."

Ich sah auf die Uhr, es war viertel vor 10. Die Drogerie hatte natürlich längst geschlossen, aber mein Lieblingssupermarkt war noch eine Viertelstunde geöffnet. Ohne lange zu fackeln, nahm ich Daisys Autoschlüssel vom Tisch, setzte mich in ihr verrücktes kleines Disneymobil und preschte los.

Zwanzig Minuten später war ich wieder zurück, beladen mit allen Schwangerschaftstests, die das Regal hergegeben hatte. Es gab Stäbchen mit Plus und Minus, Stäbchen, bei denen das Wort „Schwanger" ausgeschrieben da stand und sogar welche mit Anzeige der Schwangerschaftswoche. „Da", sagte ich und drückte sie Daisy alle in die Hand.

„Super, Du bist ein Schatz! Und welchen davon nehm´ ich jetzt?"

„Alle!", kommandierte ich und schob sie Richtung Badezimmer.

„Aber so viel pinkeln kann ich doch gar nicht!", stöhnte Daisy und trottete mit hängenden Schultern vor mir her.

„Dann pinkelst Du in einen Becher und steckst die Stäbchen alle gleichzeitig da rein. Geh schon mal ins Bad, ich hol Dir einen Becher."

In der Küche kramte ich einen Becher aus dem Schrank und schenkte mir zur Sicherheit einen großen Whisky ein. Ich reichte Daisy den Becher, schloss von außen die Tür und ließ mich am Rahmen entlang hinabgleiten.

„Und?", rief ich nach einer Minute, in der ich bereits mein halbes Whiskyglas geleert hatte. Ich musste dringend hier ausziehen. Wenn das so weiterging, musste ich demnächst direkt in den Entzug. So viel wie ich hier trank, hatte ich in den ganzen 35 Jahren zuvor nicht angerührt.

„So schnell geht es nicht", kam es dumpf zurück, „da muss man schon ein paar Minuten warten!"

Ich merkte, dass mein Herz ganz schön schnell schlug. Arme Daisy, wenn ich schon so aufgeregt war, wie musste es dann erst ihr gehen?

Einige Minuten, die sich wie Stunden anfühlten, später, flog die Tür auf und eine leichenblasse Daisy stand zitternd vor mir. Sie musste gar nichts sagen, ich konnte es ihrem Gesicht ablesen.

„Bist Du–"

Wortlos reichte mir Daisy alle Tests, die einhellig dasselbe Ergebnis anzeigten: Daisy, meine kunterbunte, quietschvergnügte, verrückte, nie sesshaft werden wollende Daisy, wurde Mama.

20

Am nächsten Tag

Ein Hoch auf Homeoffice. So war ich bereits wach und saß bei der Arbeit, als eine vom Weinen verquollene und kleinlaute Daisy in einem überdimensionalen Regina Regenbogen-Shirt und mit gigantischen Einhornpantoffeln an den beneidenswert kleinen Füßen aus ihrem Schlafzimmer geschlurft kam.

„Ach Kate", fing sie direkt an und ich sah bereits wieder Tränen in ihre Augen steigen, „was mach ich denn jetzt bloß?"

„Was Du machst? Du bleibst als allersteres mal ruhig. Dann rufst Du bei Deinem Frauenarzt an und machst einen Termin. Und dann sehen wir weiter", sagte ich, wie immer die Stimme die Vernunft.

„Ja, aber – ich kann doch nicht einfach ein Kind bekommen!"

„Na ja, einfach wird es mit Sicherheit nicht, aber es hat trotzdem die ein oder andere Frau vor Dir geschafft, also solltest Du es auch hinbekommen!"

„Du weißt genau, was ich meine! Ich…ich bin doch gar nicht bereit für ein Kind! Verdammt, ich bin ja selbst noch ein Kind! Und ich bin ja gar nicht richtig mit Malte zusammen! Was, wenn er es nicht will?"

„Was soll dann sein?" fragte ich streng und sah sie über den Rand meiner Lesebrille strafend an. „Erstens bist Du fast 37 Jahre alt, das ist nicht nur alt genug, sondern eigentlich schon höchste Eisenbahn für ein Baby. Klar bist Du richtig mit Malte zusammen, Du wolltest es bis jetzt nur nicht einsehen. Und wenn er das Kind nicht will – na und? Das haben schon viele andere Mädels vor Dir alleine geschafft. Zumal Du nicht alleine bist, Du hast mich und Tati und Deine Mama, die nebenbei bemerkt komplett aus dem Häuschen sein wird!"

Daisy schnäuzte sich heftig in ein überdimensionales Taschentuch und sah mich mit zitternder Unterlippe an.

„Ja, Du hast ja recht", piepste sie mit schwacher Stimme. „Irgendwie geht alles, nicht wahr?"

„Klar geht alles. Und jetzt mach einen Termin beim Frauenarzt und sag mir Bescheid, ich komme mit!"

Eine halbe Stunde später kam Daisy, angezogen und mit halbwegs normalem Gesicht, zurück ins Esszimmer, wo ich mein Büro eingerichtet hatte und gerade eine wütende E-Mail an Cindy in mein MacBook drosch.

„Ich habe tatsächlich für heute einen Termin bekommen. Ich habe gesagt es wäre ein Notfall." Ihr gelang schon wieder ein, wenn auch ziemlich klägliches und schiefes Grinsen. „Um 15 Uhr sollen wir in der Praxis sein."

„Bei wem bist Du denn überhaupt?", fragte ich und mir schwante nichts Gutes.

„Bei Dr. Wehrle-Heimlichtuer", erwiderte Daisy und sah mich forschend an, als mir unwillkürlich ein gequältes Stöhnen entwich.

„Ich habe es geahnt. Von allen Frauenärzten auf der Welt bist Du ausgerechnet bei der größten Hexe, die je ihr Diplom abgelegt hat."

„Huch, was hast Du denn für ein Problem mit ihr? Ich find die eigentlich ganz nett."

„Oh ja, das dachte ich auch mal", gab ich hitzig zurück. „Die gute Miranda war mal die beste Freundin meiner Mutter und ach so freundlich und kompetent. Ich fand sie immer ganz amüsant, wenn sie bei uns war, weil sie so eine spitze Zunge hat und auch einfach ziemlich intelligent ist. Die kann Dir eine mitgeben und Du merkst es erst drei Stunden später. Das war so lange witzig, bis ich gemerkt habe, dass man ihr keine fünf Zentimeter über den Weg trauen kann – was leider ganz schön lange gedauert hat."

„Oh oh", kommentierte Daisy, die sich mittlerweile eine Packung Kekse aus der Küche geholt hatte und nun anfing, fein säuberlich den Rand abzuknabbern. Sie stand Tati in nichts nach. „Was hat sie denn gemacht?"

„Sie hat mein Vertrauen missbraucht, das hat sie gemacht. Ich meine, Du weißt wie naiv ich bin, wenn es darum geht, einzuschätzen, ob jemand es gut oder schlecht mit mir meint und im Erkennen von Freund oder Feind war ich auch noch nie ne echte Leuchte. Aber bei Mira dachte ich wirklich, sie sei eine Art mütterlicher Freundin. Und dann hatte ich eine ziemlich heikle Frage aus ihrem Spezialgebiet, damals war ich noch wesentlich jünger, und ich hab mich auch nicht getraut, meine eigene Frauenärztin danach zu fragen. Und was macht die gute Mira? Geht zu meiner Mutter und erzählt ihr alles gemütlich beim Nachmittagskaffee in der Stadt!"

„Hä, das geht doch gar nicht! Darf die das? Ärztliche Schweigepflicht und so?"

„Tja, sie war eben nicht meine Ärztin. Ich hatte sie ja auch nicht als ihre Patientin gefragt, sondern als Tochter ihrer besten Freundin. Und meine Mum hat gesagt, sie hat es ihr nicht einfach nur erzählt, sondern sich regelrecht über mich lustig gemacht. Seither habe ich die echt gefressen. Und das Beste ist, dass sie sich nicht mal einer Schuld bewusst ist. Sie hat natürlich bemerkt, dass ich sie seitdem mit eisiger Verachtung strafe und hatte tatsächlich die Chuzpe, mich zu fragen ob sie mir etwas getan hätte. Ich bekomme noch immer WhatsApp zum Geburtstag, auf die ich nie reagiere und ab und an flötet sie mir noch die Mailbox voll. Ich weiß wirklich nicht, ob sie so stumpf ist, nicht zu wissen, was sie getan hat, oder ob es ihr Spaß macht, in der Wunde zu bohren."

„Willst Du dann lieber nicht mitkommen", fragte Daisy mit kleiner Stimme und die mittlerweile allgegenwärtigen Tränen drohten sich schon wieder Bahn zu brechen.

„Natürlich komme ich mit! Ich stehe da mittlerweile so was von über der Sache!", schnaubte ich wütend.

Und so kam es, dass wir knapp drei Stunden später tatsächlich vor der Praxis der Frau standen, die mich so enttäuscht hatte wie kaum je eine andere und mit der ich eigentlich nie wieder ein Wort hatte wechseln wollen. Die türkisgewandeten Damen an der Rezeption waren erstaunlich freundlich und ich schenkte ihnen mein schönstes Mitleidslächeln – bestimmt hatten sie unter der Tyrannin nicht zu knapp zu leiden. Im natürlich sehr geschmackvoll-teuren Wartezimmer, das im englischen Landhausstil mit Laura Ashley-Blütensesseln, dezenten Stehlampen und selbst einem falschem offenen Kamin eingerichtet war – Miranda hatte sich schon immer für eine britische Adelige gehalten – hielt ich die ganze Zeit Daisys klamme Hand und grinste im Stillen in mich hinein, als ich die indignierten Blicke einer älteren Dame bemerkte, die uns vermutlich für Freundinnen im ganz besonderen Sinne hielt. Als Daisys Name aufgerufen wurde, hätten wir am Liebsten beide die Flucht ergriffen. Meine Freundin, weil sie nicht hören wollte, was die Python zu sagen hatte und ich, weil ich die Python nicht sehen wollte.

„Na, dann wollen wir mal!", sagte ich mit mehr Überzeugungskraft als ich fühlte.

Obwohl Daisy vor mir das Sprechzimmer betrat, konnte ich Miranda sofort sehen – schließlich war es keine Kunst, über meinen Minion-Freund hinwegzuschauen. Du liebe Güte, hatte die sich verändert! Dr. Wehrle-Heimlichtuer hatte in den etlichen Jahren, seit ich sie zuletzt gesehen hatte, bestimmt 20 kg abgespeckt, wodurch sie nun zwar wesentlich besser in ihre sündhaft teuren Blüschen passte, die sie nach wie vor zu den maßgeschneiderten weißen Hosen samt Hermes-Gürtelchen trug, was aber gleichzeitig ihrem Teint alles andere als gut getan hatte. Jahrzehnte des hektischen Paffens an Glimmstängeln hatten ihren Tribut gefordert, die feinen Linien um ihre Augen, die früher vielleicht noch als Lachfältchen durchgegangen wären, glichen nun eher Kratern und trotz der zentimeterdicken Schminke (aus demselben Hause wie meine, wie ich zufällig wusste und was mich noch immer nervte) glich Miranda eher Lederstrumpf als Pocahontas.

„Ach Kate, was für eine angenehme Überraschung!", rief sie überschwänglich und ignorierte die vor ihr stehende Daisy geflissentlich. Mit vielsagendem Blick auf meine Körpermitte sagte sie, „Du bist schwanger, wie ich sehe?"

„Hallo Miranda, da scheinen Deine professionellen Augen Dich tatsächlich einmal zu trügen. Wie seltsam, Du machst den Job doch bestimmt seit...wie lange? 45 Jahren?", feuerte ich zurück und als ich befriedigt ein leichtes Flackern ihrer Augenlider bemerkte – natürlich wusste ich, dass Miranda ein paar Jahre jünger war als meine Mutter und die Mitte 50 noch nicht überschritten hatte –, setzte ich nach: „Seltsam, dass Du meine Fettschwarten nicht von einem Babybauch unterscheiden kannst, ich meinte gehört zu haben, dass Du Dir zum 65. Geburtstag selbst eine Augenlaser-OP geschenkt hattest."

„Das kommt vielleicht noch, wenn ich dann tatsächlich irgendwann 65 werde!", fauchte sie mit ihrer tiefen, von zu viel Nikotingenuss heiseren Stimme und wandte sich honigsüß an Daisy.

„Ach, es geht um SIE, Frau Kalescher! Herzlichen Glückwunsch, wie wundervoll! Dann wollen wir uns das kleine Wunder mal ansehen, nicht wahr? Kate, Du wartest besser hier, ich mache erst die normale Untersuchung und dann den Ultraschall. Das ist für Dich auch spannend – Du hast doch noch immer keine Kinder, oder?"

„Ich hab noch zu viel Spaß dabei, das Machen zu üben", gab ich überfreundlich zurück und zeigte ihr im Geiste den Stinkefinger.

Während Daisy und die Hexe im Untersuchungszimmer verschwanden, sah ich mich in Mirandas Allerheiligstem um. Zu wenig Geld war noch nie ihr Problem gewesen, zum einen hatten ihre Eltern ordentlich Schotter, zum anderen hatte sie es erstaunlicherweise geschafft, sich einen Mann zu angeln, der nicht nur nett war, halbwegs ordentlich aussah und sehr gut verdiente, sondern es tatsächlich auch mit ihr aushielt. Alles war sehr teuer und geschmackvoll, aber irgendwie – wie alles an Miranda – einfach eine Nummer „too much". Ich war gerade dabei, mal zu überschlagen, was der Mahagoni-Schreibtisch, der Kristalllüster, der gedämpftes Licht verbreitete, der garantiert handgeknüpfte Perserteppich und der wuchtige antike Apothekerschrank wohl gekostet haben mochten, als sich die Tür zum Behandlungszimmer öffnete und Daisy ihren aktuell auberginefarben gefärbten Schopf ins Zimmer steckte.

„Los geht's, Babykino!", rief sie aufgeregt und ich meinte, tatsächlich einen Hauch von Begeisterung in ihrer Stimme zu entdecken.

Als ich in den großen und (logischerweise) mit ultramodernen Geräten vollgestopften Raum betrat, war die Kleine schon auf die Liege gehüpft und streckte ihren noch immer flachen, sonnengebräunten Bauch samt Nabelpiercing in die Höhe.

Ich hielt mich dezent im Hintergrund. Miranda verteilte großzügig ein bläuliches und offenbar ziemlich kaltes (Daisys erschrockenem Gesichtsausdruck nach zu urteilen) Gel auf dem Bauch meiner Freundin und fing dann an, mit der weißen Sonde darüberzufahren. „Meinen Berechnungen nach müssten Sie etwa in der neunten Schwangerschaftswoche sein und da Sie schlank sind –" (täuschte ich mich, oder warf sie mir beim Wort „Sie" einen bedeutungsschweren Blick zu und betonte es extra deutlich?), „probieren wir gleich mal, den Ultraschall auf der Bauchdecke zu machen." Sie bewegte den weißen Plastikkopf hin und her, bis ihr ein zufriedenes „Ah!" entschlüpfte. Erwartungsvoll blickte ich auf den Bildschirm, sah aber nur schwarze und weiße Ameisen, die sich einen engagierten Ringkampf lieferten. „Da ist Ihr Baby!", verkündete Miranda und zeigte auf einen größeren schwarzen Punkt inmitten der vielen kleinen schwarzen Punkte.

Ah ja, dachte ich wenig beeindruckt im selben Moment als Daisy ein verzücktes „Ooooh! Kate! Schau nur, mein Baby!" ausstieß. „Ist es nicht wundervoll?"

„Hm, doch, natürlich! Es ist das schönste…äh…Pünktchen…das ich je gesehen habe!", rief ich enthusiastisch, weil ich ihre Begeisterung so herzerwärmend fand. Als Miranda begann, ihr alle möglichen Sachen zu erklären, schaltete ich innerlich ab und konzentrierte mich auf den Fleck auf dem Monitor. Irgendwie sah es ja tatsächlich schon wie ein Baby aus, wenn auch ein ziemlich kopflastiges. Mehr Alien als Mensch, aber trotzdem ganz schön beeindruckend. Ich konnte es nicht fassen. Jahrelang hatte ich gedacht, dass Nils und ich Eltern werden und fröhliche kleine Racker in die Welt setzen würden, während ich Daisy eher so als die verrückte Tante gesehen hatte, die unsere Sprösslinge nach Strich und Faden verwöhnen würde. Und jetzt waren Nils und ich getrennt und Daisy hatte eine schwarze Kaulquappe im Bauch. Für den Bruchteil einer Sekunde gestattete ich mir einen Anflug von Eifersucht, aber als ich in Daisys Augen sah, die vor Freudentränen schwammen, war ich plötzlich einfach nur noch happy für meine Freundin und gönnte ihr dieses unerwartete Glück von Herzen.

21

Drei Tage später, so langsam schon fast Ende Juli

Ich hatte Nils nun schon fast zwei Monate nicht mehr gesehen und war gespannt, wie es mir und vor allem meinem Herzen bei unserem Treffen gehen würde. Nils war so lange ein Teil meines Lebens gewesen, dass es sich nach wie vor komisch anfühlte, alleine in Daisys vollgestopftem kleinen Gästezimmer aufzuwachen und nicht neben meinem großen, bärtigen Ehemann, der für mich immer irgendwie mein Fels in der Brandung gewesen war. Zugegebenermaßen, ziemlich oft war er ein relativ wackeliger Fels in einer wirbelnden Bier-Brandung gewesen, aber durch seine gechillte Art und seine pragmatische Lebensanschauung hatte er mich im Laufe der vielen gemeinsamen Jahre immer wieder geerdet und mein Feuer gelöscht, bevor es allzu hoch loderte. Im Gegensatz zu unserer ersten Trennung vor vier Jahren war diese nun ja von mir ausgegangen, weshalb alles auch nicht ganz so weh tat, auch wenn ich ihn natürlich trotzdem vermisste.

Ich hatte offensichtlich einfach akzeptiert, dass Nils partout nicht erwachsen werden wollte. Ich fühlte mich zwar auch nicht wie Mitte 30, aber irgendwie hatte bei mir doch ein gewisser Nestbautrieb eingesetzt – ich mochte mein Haus, meinen Tagesablauf und war bereit für Kinder. Nils hingegen wollte weiterhin feiern, trinken und auf Fußballspiele gehen. Wir hatten uns ganz einfach und im klassischen Sinne auseinandergelebt. Dennoch würde ein Teil von mir ihn wohl immer lieben und deshalb freute ich mich auch darauf, ihn wiederzusehen.

Ich hatte mich nicht besonders schick gemacht – der Mann hatte mich jahrelang nach dem Aufstehen gesehen, was brachte es jetzt, mich aufzubrezeln? – und war wenige Sekunden, nachdem ich durchs Hoftor getreten war, auch ganz froh darum. Muppet begrüßte mich so stürmisch, als hätte er mich jahrelang nicht gesehen – obwohl ich nach wie vor versuchte, mindestens dreimal die Woche mit den Hunden zu gehen, etwas anderes hätte mein Herz nicht verkraftet. Er sprang an mir hoch, ratschte mit der Wolfskralle einmal liebevoll an meinem Arm entlang und fuhr mit seiner dicken rosa Schlabberzunge ekstatisch quer über mein Gesicht. „Igitt, Du Riesendussel, lass das!", lachte ich und hielt mir den schmerzenden Arm, als mein Noch-Ehemann (komisch, so von ihm zu denken) aus der altersschwachen Terrassentür trat, die für uns seit jeher als Haustür fungiert hatte. Die eigentliche Haustür hatten wir beide so selten benutzt, dass den meisten unserer Freunde nie aufgefallen war, dass sie überhaupt existierte.

„Hey Kate", sagte er und verzog seine Mundwinkel zu etwas, das als halbes Lächeln durchgehen konnte.

„Selber hey", gab ich zurück und lächelte wirklich. Nils hatte mir gefehlt. Nicht so, dass ich mir je wieder vorstellen konnte, mein Leben mit ihm zu teilen, aber nach mehr als 19 gemeinsamen Jahren war er doch zumindest eine geschätzte Konstante in meinem Dasein.

„Gut siehst Du aus", sagte ich und versuchte gleichzeitig, ein überenthusiastisches Mielchen von meinen

Füßen zu pflücken. Das tat er wirklich, er hatte im Laufe der letzten Wochen ein bisschen abgenommen, seinen fürchterlichen Rübezahl-Bart gestutzt und war von der vielen Arbeit im Freien tief gebräunt, was seine blauen Augen strahlen ließ.

„Du auch, Kate", gab er zurück und lächelte dieses Mal richtig. „Wie wollen wir es machen? Ich habe gerade einen Auflauf in den Ofen geschoben, sollen wir eine Runde mit den Hunden gehen und Du bleibst danach zum Essen?"

„Wow", dachte ich und sagte dies auch. „Klar, gerne!"

Wir marschierten los und schlugen ohne viele Worte unsere altbewährte Route am Kanal entlang ein. Muppet zog dabei so fröhlich und rücksichtslos an der Leine wie eh und je und Mielchen schrubbte mit ihren kurzen Beinchen und ihren langen blonden Haaren so fröhlich und begeistert durchs hohe Gras als sähe sie diesen Weg das erste Mal. Den ersten Kilometer legten wir in einträchtigem Schweigen zurück und erfreuten uns einfach an den glücklich schnüffelnden Hunden, dem tiefblauen Spätnachmittagshimmel mit den eifrig dahinjagenden Schwalben und der tiefstehenden Sonne, die uns die Rücken wärmte.

„Also, Nilsi", ergriff ich das Wort, „was gibt es denn zu bereden?"

„Na ja, Du bist ja jetzt seit zwei Monaten nicht mehr da und ich vermute, dass Du auch nicht wieder kommst", – an dieser Stelle warf er mir unter dem Schirm seiner obligatorischen Idiotenmütze einen verstohlenen Blick zu, den ich erfolgreich ignorierte –, „daher dachte ich, wir sollten uns mal überlegen, wie wir das machen. Wir können ja nicht einfach beide weiter das Haus bezahlen und so tun als wäre nichts."

Bei dem Gedanken, mein geliebtes himbeerrotes Häuschen zu verkaufen und eines Tages eine andere Familie in meinen vier Wänden glücklich werden zu sehen, zog es mir schmerzhaft das Herz zusammen, aber Nils hatte recht.

„Ich muss zugeben, ich habe mich mit dem Thema noch gar nicht richtig befasst", sagte ich und beobachtete Mielchen dabei, wie sie glücklich eine Bisamratte ins Wasser jagte, um Nils nicht ansehen zu müssen. „Ich weiß nicht, ob ich das alleine finanziell stemmen kann."

„Also ich weiß es – ich kann es nicht. Und ich will es auch nicht, ich mag mir kein Gemäuer ans Bein binden und mir nichts anderes mehr leisten können für die nächsten zwanzig Jahre. Dazu sind mir meine Reisen zu wichtig."

„Ja, zu den Fußballspielen dieser Welt", erwiderte ich und es gelang mir nicht ganz, die Bitterkeit aus meiner Stimme herauszuhalten.

„Genau – zu den Fußballspielen dieser Welt", entgegnete Nils ruhig. „Natürlich will ich auch nicht, dass das Haus verkauft wird, schon allein wegen Muppi und Mielchen, aber ich alleine kann es nicht halten."

„Aber ich vielleicht", murmelte ich nur ein ganz kleines bisschen trotzig. „Wir müssen ja nichts übers Knie brechen, ich geh mal in Ruhe zur Bank und dann entscheiden wir. Ok?"

„So machen wir das. Kate", Nils blieb stehen und hielt mich am Ellenbogen fest, um mich dazu zu zwingen, ihm in die Augen zu sehen. „Ich will nie, dass wir blöd zueinander sind. Wir waren so lange ein gutes Team, das kann auch in Zukunft so bleiben. Wir haben die Hunde und ich möchte auch, dass wir uns gemeinsam um sie kümmern, egal was passiert. Ich glaube daran, dass wir Freunde sein können. Du auch?" Ich sah in sein Gesicht, von dem ich jedes Fältchen, jede Sommersprosse und jedes Muttermal so gut kannte. Es war mir so vertraut wie mein eigenes und trotz des riesigen Kloßes in meinem Hals musste ich unwillkürlich lächeln. „Ja, ich auch, Nils", brachte ich krächzend heraus, bevor er mich in eine feste Umarmung zog. Ich atmete seinen wohlbekannten Geruch ein, genoss für einen Moment seine Wärme und die körperliche Nähe eines anderen Menschen (der nicht Daisy war) und machte mich dann sanft frei.

Danach war alles Melancholische verschwunden. Die Unterhaltung auf dem Rückweg unserer Gassirunde flutschte so leicht von der Hand wie eh und je. Wir redeten über die Firma, bei der er angestellt war, seinen verrückten jamaikanischen Kollegen, der über quasi nichts anderes sprechen konnte als über Jamaika und wie viel besser es dort doch war und ich erzählte ihm von Cindy, die immer so tat, als würde ihr Geld nichts bedeuten und sich dann bei der erstbesten Gelegenheit an einen Millionär rangeschmissen hatte, der zwanzig Jahre älter und zwanzig Zentimeter kleiner war als sie. Nils, der Cindy natürlich kennengelernt hatte, lachte herzhaft bei der Vorstellung, wie die burschikose Cindy sich von dem kleinen Mann die Tür seines Jaguars hatte aufhalten lassen und dann an ihm vorbei in ein sündhaft teueres Restaurant gerauscht war, ohne ihn eines Blickes zu würdigen.

„Na das ist bestimmt die wahre Liebe! Das hat nichts mit seinem Geld zu tun oder dass er sie mit einem Schnippen seines Fingers aus ihrem armseligen Assistentinnendasein erlösen und ihr die Sterne zu Füßen legen könnte. Ich glaube, sie mag nur seinen Charakter", kicherte er.

„So ist das! Materialistisch ist sie ja zum Glück gar nicht! Sie erzählt mir mindestens einmal pro Woche, dass sie es gar nicht verstehen kann, wenn Frauen ein komplettes Monatsgehalt für eine Designertasche ausgeben, aber wenn der Minion ihr eine schenken würde, würde sie sie vermutlich auch nicht unbedingt zurückgeben. Schade ist nur, dass das echt ein netter Kerl ist, ich hab ihn mal auf einer Veranstaltung kennengelernt. Ich verstehe überhaupt nicht, was er mit der Zicke will, die hat ungefähr so viel Herzenswärme wie ein Kühlschrank am Nordpol."

„Und hübsch ist sie auch nicht, die hat schon so eine eiskalte Ausstrahlung. Verstehe einer die Männer!", grinste Nils und zwinkerte mir zu. „A propos Minion! Warum verkuppelst Du Daisy nicht einfach mit dem reichen Mann? Wenn er doch auch so klein ist?"

Ich klärte Nils in wenigen Sätzen darüber auf, dass man Daisy nicht mehr verkuppeln musste, weil sie in eine kleine schwarze Kaulquappe verliebt war. In all den Jahren hatte ich Nils' Augen noch nie so weit aus den Höhlen treten sehen. „Nicht Dein Ernst! Daisy ist SCHWANGER?"

„Jetzt schrei doch nicht so, Du erschreckst die Hunde! Ja, Daisy ist schwanger und nach einem anfänglichen Schock freut sie sich jetzt wie ein Schnitzel!"

„Und was sagt der werdende Papa dazu?"

„Tja, das ist das Problem – der weiß es noch gar nicht!"

„Äh, Moment mal – wieso weiß er es noch nicht? Sie weiß aber schon, wer es ist?"

„Klar weiß sie, wer es ist, Dussel! Sie hat sich nur noch nicht getraut, es ihm zu sagen, weil sie selbst nicht so richtig weiß, ob sie jetzt eigentlich zusammen sind oder wie oder was."

„Oh je, also mal wieder typisch Daisy!"

„Genauso kann man das sagen. Typisch Daisy."

Und mit diesem Wort zum Sonntag legten wir die letzten Meter bis zu unserem noch gemeinsamen Haus in angenehmer Stille zurück.

22

Eine Woche später, Anfang August

Die Sommerferien waren in vollem Gange, was normalerweise bedeutete, dass das Wetter in unserem schönen badischen Spargelort so dermaßen bescheiden wurde, dass das Freibad geschlossen hatte, man keine Aktivitäten im Freien unternehmen konnte, die Kinder daheim die glatten Wände hochgingen und die Ritalin-Rate unter den völlig entnervten Eltern rasant anstieg. Nicht so in diesem Jahr. Der Sommer zeigte sich von seiner schönsten Seite, die Sonne knallte von morgens bis abends von einem wolkenlosen indigoblauen Himmel und man konnte schon in aller Herrgottsfrühe in Shorts herumlaufen. Ich hatte zwei Wochen Urlaub und gedachte, einen Großteil davon entweder in der angenehmen Gesellschaft meiner Hunde oder meines treuen MacBooks zu verbringen, in das ich eifrig unsere gesammelten Notizen zum Thema Männer und Sex eindrosch.

Langsam waren unsere flüchtig hingekrakelten Notizen zu einem eindrucksvollen Buch angewachsen und ich brütete gerade bekleidet mit meinen heißgeliebten lilafarbenen Frottee-Shorts mit Bleistift im unordentlich hingezwirbelten Dutt auf Daisys Dachterrasse an einer besonders eindrucksvollen Formulierung, als mein Handy pingte. Es war eine Nachricht von Hiasi. „Hi Kate, ich wollte mich nur mal erkundigen, wie es Dir geht. Hab jetzt seit unserem Treffen nichts mehr von Dir gehört und hab echt ein schlechtes

Gewissen, weil ich das alles wieder in Dir aufgewühlt habe. Hättest Du Lust auf ein Treffen? LG, Hiasi"

Ach, irgendwie war er ja echt süß. Endlich mal ein Mann, der sich Gedanken um mich machte – auch wenn er fast zwei Wochen dafür gebraucht hatte, um diese zu formulieren. Doch ich stellte fest, dass ich tatsächlich Lust auf ein Treffen hatte, immerhin konnte ich kaum erwarten, zu erfahren, was Hiasi Arschloch Karotte von unserem kurzen Abend in der Bar erzählt und wie dieser reagiert hatte.

„Immer gerne! Ich habe Urlaub, bin diese Woche also komplett flexibel. An was hattest Du gedacht?"

Keine Minute später kam die Antwort:

„Ach, trifft sich gut, ich habe heute und morgen auch frei. Sollen wir ne Runde mit Deinen Hunden laufen? Ich hab schon so viel von ihnen gehört und würde sie gerne kennenlernen."

„Sehr guter Plan, wann? Ich könnte in einer halben Stunde los?!"

„Passt! 15 Uhr bei Dir daheim?"

„Jap, so machen wir's. Adresse hast Du?"

„Pinkes Haus, Nummer 137?"

„Himbeerfarben. Kulturbanause."

„Ein bisschen Fantasie schadet nie. Du hast davon ausreichend. Es ist pink."

„Flamingos sind pink, mein Haus ist himbeerfarben.

„Flamingos sind rosa. Und jetzt geh Dich fertig machen, Du hast nur noch 28 Minuten."

Grinsend stand ich auf, um Hiasis Befehl zu befolgen. Zwei Minuten später stand ich vor meiner Kleidercouch (einen

Schrank gab es in Daisys Gästezimmer nicht) und versuchte, ein passendes Outfit für ein Gassi-Date herauszusuchen. Natürlich war es kein Date, um Gottes Willen, es war ja nur Hiasi und nicht Mr. Karotte himself, aber trotzdem wollte ich gut aussehen. Es schadete schließlich nichts, den besten Kumpel so zu beeindrucken, dass er kräftig für einen Werbung machte.

Eine Viertelstunde später war aus der Kleidercouch ein Kleiderfußboden geworden und ich noch immer so schlau wie vorher. Ich wollte nicht zu aufgestylt aussehen, aber auch nicht zu nachlässig. Nicht zu sexy, aber auch nicht zu sportlich. Nicht langweilig, aber auch nicht zu aufgebrezelt. „Verdammt, Alte, gib Dir nen Ruck – das ist nur Hiasi!“, motzte ich mein Ebenbild im Spiegel schließlich an und entschied mich für eine abgeschnittene Jeans und ein Top mit der Aufschrift „Darf ich Ihnen das Tschüss anbieten?“ – wenn man keine schlanken, langen Beine hat, lernt man früh, durch Humor zu punkten. Ein rascher Blick auf die Uhr sagte mir, dass für größere Makeup-Aktionen keine Zeit mehr blieb. Also putzte ich meine Zähne (natürlich) und fuhr schnell mit der Mascara an meinen Wimpern entlang. Es war HIASI, himmelherrgott, und wir gingen einfach nur mit den Hunden spazieren!

Natürlich war Herr Superpünktlich schon da, als ich zehn Minuten später zu Hause eintraf und lehnte samt Fahrrad lässig an meiner himbeerfarbenen Hauswand.

„Sie sind zu spät, Mylady", bemerkte er grinsend.

„Sie sind überpünktlich, Mylord. Noch nie was von akademischem Viertel gehört?"

„Ach stimmt, ich vergaß. Akademisches Viertel. Kommt wahrscheinlich aus dem gleichen Buch der Mythen und Legenden wie die Behauptung, Dein Haus sei himbeerfarben."

Flirtete er etwa mit mir? Ich schüttelte heftig den Kopf, um diesen Gedanken so schnell es ging zu vertreiben. Das hier war Hiasi. Der Ruhige. Der Schüchterne. Natürlich flirtete er nicht mit mir, er wollte mich nur ein wenig aufziehen. Eilig öffnete ich das Hoftor, auch weil ich gespannt war, wie meine beiden Menschenkenner auf den Unbekannten reagierten. Muppet überschlug sich wie immer schier vor Freude, mich zu sehen, während Mielchen sich ekstatisch vor Hiasi auf den Rücken warf, um sich ihr rosafarbenes Bäuchlein kraulen zu lassen. Dann kam die Begegnung der beiden Männer. Muppet war generell nicht so vertrauensselig und enthusiastisch wie Mielchen, meist dauerte es ein wenig, bis er gerade mit männlichen Wesen warm wurde. Doch zu meinem Erstaunen lief er direkt auf Hiasi zu und versuchte, an ihm hochzuspringen.

„Alle Achtung!"', sagte ich beeindruckt. „Du scheinst schon jetzt einen Stein bei ihm im Brett zu haben. Sonst ist er nicht so zutraulich."

Hiasi strahlte mich an, Muppets Zuneigung schien ihn ehrlich zu freuen. Dabei fiel mir wieder auf, wie hellgrün seine Augen waren und dass er mit seinen blonden Bartstoppeln und den verwuschelten Haaren auch wirklich ziemlich attraktiv war. Wir nahmen die Hunde an die Leinen und marschierten Richtung Wald. Nur wenige Minuten von meinem Haus (ich sollte mich wohl langsam mit dem Gedanken anfreunden, es nicht mehr als solches zu betrachten, dachte ich traurig) gab es ein ehemaliges Militärgebiet, das bei der Besatzung Deutschlands nach dem Zweiten Weltkrieg den Amerikanern als Lager gedient hatte und wo man stundenlang durch den Wald spazieren konnte, ohne auf Autos aufpassen zu müssen. Das Munitionslager war eine meiner Lieblings-Gassistrecken und gerade an einem heißen Tag wie heute wesentlich angenehmer als die schattenlose Route am Kanal entlang.

„Also, erzähl mal", sagte ich so beiläufig wie möglich. „Wie hat Arschloch Karotte die News denn aufgenommen, dass wir beide in Kontakt stehen?"

Hiasi sah mich ein wenig gequält an. „Würde es Dir sehr viel ausmachen, ihn nicht als Arschloch Karotte zu bezeichnen? Können wir ihn nicht...ich weiß auch nicht...Alfred Karotte nennen?"

Ich lachte. „Na wenn es sein muss. Dann aber lieber August, wie der dumme August im Zirkus. Ich kann Dir nur nicht versprechen, dass ich das von jetzt auf gleich hinbekomme. Ich habe ihn jetzt mehr als vier Jahre lang im

Geiste Arschloch Karotte genannt, da fällt die Umstellung mir bestimmt nicht so leicht. Aber das beantwortet noch nicht meine Frage."

Hiasi wurde für den Moment einer Antwort enthoben, weil Mielchen ihr großes Geschäft am Straßenrand verrichtet hatte und ich mich bückte, um es in ordnungsgemäß in eines der schwarzen Tütchen zu packen, die überall in unserer Gemeinde kostenlos zur Verfügung standen.

„Also?", fragte ich ihn schließlich mir hochgezogener Augenbraue.

„Hm", brummte Hiasi und sah irgendwie ziemlich nachdenklich aus. „Also wenn ich ihn nicht so gut kennen würde und wüsste, dass er der Mensch mit dem größten Selbstbewusstsein auf der Welt ist, würde ich sagen – er ist eifersüchtig."

„Eifersüchtig?" Ich verschluckte mich fast an dem Lachen, das sich aus meiner Kehle Bahn brach. „A- ugust Karotte und eifersüchtig? Das würde ja bedeuten, dass er anerkennen würde, dass irgendeine Frau auf der Welt sich für irgendeinen Mann auf der Welt außer ihm interessieren könnte. Also nicht, dass ich das tun würde!", beeilte ich mich hinzuzufügen und ärgerte mich, dass ich fühlen konnte, wie mir die Hitze ins Gesicht stieg.

„Ja, eben", erwiderte Hiasi gelassen und bückte sich, um einem glücklich grinsenden Muppet einen total versabberten Stock aus dem Maul zu nehmen und ihn beachtlich weit ins Unterholz zu schleudern. „Mich hat es ja auch gewundert, aber irgendwie hatte ich das Gefühl, er war nicht so amused, dass wir uns getroffen haben."

„Aber – wollte er denn gar nicht wissen, was wir geredet haben?"

„Oh doch, natürlich. Er wollte alles wissen. Wie Du ausgesehen hast, was Du gesagt hast, wie Du zu ihm stehst und vor allem, ob ich denke, dass es noch irgendeine Chance für ihn gibt."

„Und? Denkst Du das?"

Hiasi sah mich lange schweigend von der Seite an, dann nickte er langsam. „Ja, ich glaube schon. August ist kein schlechter Kerl, Kate. Es gibt nur verdammt wenig Menschen, die er hinter seine Maske blicken lässt. Ich gehöre dazu und ich weiß, Du auch. Bei den meisten Leuten gibt er einfach den Obercoolen, aber so ist er eigentlich gar nicht."

Ich nickte. So war das in der Tat. Mir tat es beinahe leid, dass August Karotte zwar nach außen hin so tat, als hätte er ein beinahe überbordendes Selbstbewusstsein, dieses aber anscheinend doch nicht groß genug war, um sich der Welt so zu präsentieren, wie er wirklich war: intelligent, witzig, aber vor allem warmherzig. Bei mir war er, zumindest meistens, er selbst gewesen und hatte nicht die Rolle gespielt, die er normalerweise überstreifte wie einen bestens eingetragenen Mantel, sobald er seine vier Wände verließ.

„Aber was viel wichtiger ist – was denkst Du?" Hiasi betrachtete mich so forschend, dass ich beinahe spüren konnte, wie ich erneut rot wurde.

„Na ja, wenn ich mir sicher sein könnte, dass er es dieses Mal wirklich ernst meint und nicht wieder abhaut, sobald die ersten kleinen Problemchen auftauchen, könnte ich mir schon vorstellen, dass es etwas werden könnte."

„Siehst Du, und um Dich davon zu überzeugen, hast Du jetzt ja mich", sagte Hiasi mit seinem jungenhaften Grinsen und knuffte mich etwas unsanft in die Seite.

„Finger weg von meinem Hüftspeck!" fauchte ich in gespielter Entrüstung und erklärte dann, „doch jetzt genug vom dummen August. Erzähl mir was von Dir!"

„Von mir? Da gibt's nicht viel zu erzählen." Hiasi zuckte mit den Schultern, die ausnahmsweise einmal nicht in einem karierten Hemd steckten, sondern in einem ausgewaschenen Ameisen-Shirt von „The Prodigy".

„Klar gibt es das. Was arbeitest Du, was treibst Du den ganzen Tag, wenn Du nicht arbeitest, was magst Du außer The Prodigy und warum bist Du eigentlich noch Single?"

Hiasi lachte sein tiefes, warmes Lachen und gab mir einen kleinen Schubs von der Seite. „Du bist auch nicht zufällig Journalistin geworden, oder? Da kannst Du alles mit ‚berufsbedingter Neugier' rechtfertigen."

„Sehr gut erkannt, Sherlock. Aber ich lasse mich nicht ablenken. Butter bei die Fische!"

„Also, ich habe etwas Langweiliges mit Finanzen studiert und arbeite in einem nicht so fürchterlich abwechslungsreichen Bürojob, der mir aber genug Geld einbringt, dass ich mein Haus langsam aber sicher so renovieren kann, dass es mir gefällt – das mache ich in meiner Freizeit. Und weil ich fast fertig bin und alles so ist, dass ich mich wohlfühle, bin ich gerade auf der Suche nach einem anderen Objekt, an dem ich mich verwirklichen kann. Du weißt nicht zufällig, ob irgendwo ein Haus zum Verkauf steht? Ich würde mir gerne noch eins zulegen und dann vermieten, damit ich später mal etwas habe, auf da sich zurückgreifen kann. Für meine Kinder, oder so. Die übrigens noch in den Sternen sehen, denn – um Deine letzte Frage zu beantworten – ich bin noch Single, weil ich noch nicht die Frau getroffen habe, mit der ich mir vorstellen könnte, sesshaft zu werden. Und halbe Sachen mache ich nicht. Zufrieden, Frau Staatsanwältin? Kreuzverhör beendet?"

In der Tat war es alles andere als das.

„Erstens weiß ich tatsächlich von einem Haus und zweitens sind wir noch nicht fertig, weil es mich jetzt nämlich brennend interessiert, wie besagte Frau denn sein müsste."

„Ach, besonders einfach. Lustig, denke ich. Auch wenn es abgedroschen klingt, ich finde Humor wahnsinnig wichtig und auch unglaublich sexy. Und zwar nicht so ein ‚Ich lache über alles'-Humor, sondern eher die sarkastische Schiene. Ironie. Die Fähigkeit, sich selbst nicht zu ernst zu nehmen." Wieder zuckte er mit den Schultern. „Es muss einfach passen. Ich kann es nicht genau sagen, weil ich es ja leider noch nicht erlebt habe. Aber ich will eine Frau, die gleichzeitig mein bester Kumpel ist. Einer, der ich alles immer als erstes erzählen will und mit der ich alle schönen Momente teilen will. Bei der ich mich geborgen und wohl fühle. Ach, keine Ahnung!"

Hilflos warf er beide Hände in die Luft und sah fast ein bisschen verzweifelt aus. Zum Glück war wie immer einer meiner Hunde zu Diensten, um die Situation zu retten – dieses Mal Mielchen, die sich in Exkrementen undefinierbaren Ursprungs wälzte.

Bis wir sie aus dem Haufen gezogen und mit Hilfe eines kompletten Päckchens Taschentücher zumindest notdürftig gesäubert hatten, war die seltsame Stimmung verflogen.

„Was meintest Du vorhin damit, dass Du ein Haus wüsstest?", fragte Hiasi schließlich.

„Ich werde meins verkaufen müssen, weil weder Nils noch ich es uns alleine leisten können. Und als Du vorhin gesagt hast, dass Du nach einem suchst, dachte ich sofort, dass das eine perfekte Kombination sein könnte. Bei Dir weiß ich oder hoffe zumindest, dass es in guten Händen ist, Du bist kein Wildfremder und vielleicht dürfte ich dann auch ab und zu mal zu Besuch kommen, so lange Du es noch nicht vermietet hast? Also, noch ist natürlich nichts spruchreif, aber eigentlich wäre das doch die ideale Lösung." Noch während ich meine fixe Idee aussprach, spürte ich, wie sich ein tonnenschweres Gewicht von meinem Herzen lüftete. Es wäre tatsächlich perfekt.

Hiasi strahlte mich an.

„Sensationelle Idee, eine Himbeere hat mir in meinem Fruchtcocktail noch gefehlt!"

Dieses Mal war es an mir, ihn in die Seite zu knuffen

„So, für diese Frechheit spendierst Du mir jetzt ein riesengroßes Eis. Mit Sahne. Und Fruchtsoße."

„Ich bin nicht frech, nur realistisch. Team Luca oder Team Cristallo?", fragte er in Anspielung auf die seit Jahren alles beherrschende Frage, welche der beiden Eisdielen im Ort wohl die bessere sei. Für mich war das keine Frage.

„Team Luca natürlich!", antwortete ich wie aus der Pistole geschossen.

„Bah, Kulturbanause! Eindeutig Team Cristallo!" Ich fragte mich, ob er wirklich dieser Ansicht war oder mich nur ein wenig provozieren wollte.

„Komm schon, nichts geht über Lucas Mon Cherie mit echten Kirschen, mein Freund!"

„Oder über Cristallos Himbeereis", betonte er süffisant und wir neckten uns noch so lange, bis wir vor der Eisdiele meiner (ich betone: meiner!) Wahl standen. Wir banden die Hunde an der Regenrinne fest (ich schickte ein Stoßgebet zum Himmel, dass Frau Windhund mit ihren anorektischen Kötern nicht gerade vorbeikam, sonst würde mein Großer vermutlich das Dach abdecken und samt Regenrinne die Hauptstraße entlanggaloppieren) und betraten das gemütliche kleine Eiscafé.

An einem der vorderen Tische saß eine Blondine mit Korkenzieherlocken und Brille, die mir vage bekannt vorkam und ich nickte ihr freundlich zu, bevor ich mich an meine Bestellung machte.

„Oh Kate, hi – Mon Cherie und Mango mit Sahne und Tropical Sauce?", fragte mich Aline, meine Lieblings-Eisbarista (oder wie auch immer man das heutzutage nennt) und ich muss zugeben, ein wenig peinlich war es mir schon, dass man überall meine Favoriten kannte. Wobei das natürlich auch für Konstanz sprach. Oder so ähnlich.

Ich nickte verschämt. Hiasi bestellte verrückte Sorten wie Kinder Pingui und Erdbeer-Balsamico und zahlte für mich mit. Bis wir an meinem ehemaligen Zuhause angekommen waren, waren unsere Becher leer, unsere Mägen voll und ich fühlte mich angenehm träge. Mit einer kurzen Umarmung verabschiedete ich mich von Hiasi und brauste davon. Noch im Auto ertappte ich mich dabei, dass ich lächelte. Es war ein wahnsinnig schöner Nachmittag gewesen und die Stunden waren vergangen wie im Flug.

Ich hatte noch nicht den Schlüssel ins Schloss der Eingangstür gesteckt, als diese schwungvoll von innen aufgerissen wurde.

„Und wo ist mein Eis, Frollein?"

Ich sah Daisy verständnislos an.

„Ja ja, das sind mir die Liebsten. Mit Hiasi schön ein Eis essen gehen und der schwangeren Freundin keins mitbringen! Ich muss jetzt für zwei essen, das ist Dir schon klar, oder?"

Augenrollend folgte ich Daisy in ihre Wohnung und ließ mich auf die Couch fallen.

„Also, willst Du mir erzählen, woher Du das schon wieder weißt?"

„Tja, ich habe meine Spione überall!", grinste sie vielsagend. „Betty hat es mir geschrieben."

„Wer ist Betty und was hat sie Dir bitte geschrieben?"

„Meine Arbeitskollegin, weißt Du nicht mehr? Bettina? Klein, nicht gertenschlank, mit blonden Locken und Brille?"

Klar. Jetzt wusste ich auch wieder, warum mir die Frau in der Eisdiele so bekannt vorgekommen war. Sie arbeitete mit Daisy zusammen und hatte sie schon des Öfteren abgeholt oder heimgebracht, wenn das Disneymobil mal wieder streikte oder einer der liebevoll mit Klebeband fixierten Außenspiegel abgefallen war.

„Ich erinnere mich. Und was genau hat sie gesehen, außer zwei Menschen, die sich an einem sonnigen, heißen Tag ein Eis gönnen?"

Umständlich pulte Daisy ihr Handy aus der Hand und las mir die Nachricht vor, die Betty ihr geschickt hatte:

„Hey Daisy, was geht mit Kate und Hiasi? Sind die beiden jetzt ein Paar? Hab sie gerade bei Luca gesehen, sahen ganz schön verliebt aus! Hat sie sich jetzt endgültig von ihrem Typen getrennt?"

Ich konnte mich gerade noch beherrschen, um nicht mit den Zähnen zu knirschen. Klar, wir lebten auf dem Land und nicht gerade in einer Großstadt, trotzdem ging mir diese Gerüchteküche furchtbar auf die Nerven. Das war schon während der ersten Trennung von Nils so gewesen – als einer meiner Nachbarn schon davon gewusst und die Nachricht munter im Ort verbreitet hatte, bevor Nils mich selbst informiert hatte („Weil das Auto nicht mehr vor dem Haus steht." Ist klar. Er hätte ja auch a) ein anderes Auto haben, b) im Hof geparkt haben oder c) sich auf Montage im Ausland befinden können!). Ich fand es jedenfalls nur semi-witzig, wenn man Halb- oder Garnicht-Wahrheiten über mich in den Umlauf brachte und vor allem, wenn man nicht den Arsch in der Hose hatte, mich selbst zu fragen. Als Nils damals ausgezogen war, hatte eine junge Dame – die, nebenbei bemerkt, selbst oft genug im Fokus des Dorfklatsches gestanden hatte und es eigentlich besser hätte wissen müssen – meine Mutter mitten in der Getränkehandlung lautstark gefragt, ob das denn nun stimme, dass Nils mich verlassen hätte.

Aus diesem Grund war ich ein wenig dünnhäutig, was die ganze Gerüchte-Thematik anging und fauchte Daisy, die nun wirklich nichts dafür konnte, zornig an.

„Oh wie lieb, dass Madame sich Gedanken um mein Wohlergehen macht! Es ist ja bestimmt nicht so, dass sie nur geil auf neuen Klatsch und Tratsch ist, sondern dass sie wirklich hofft, dass Hiasi und ich bis an unser Lebensende glücklich werden! Schreib ihr bitte, nächste Woche wird geheiratet und sie wird Patentante meiner ersten Tochter.“

Damit stand ich auf, stapfte ins Gästezimmer und knallte wütend die Tür hinter mir zu.

23

Am nächsten Tag

Auch der nächste Tag war strahlend schön und sonnig und als ich geweckt wurde, weil die schräg durchs offene Dachfenster fallenden Sonnenstrahlen mich in der Nase kitzelten, stellte ich fest, dass mein Zorn verraucht war. Eigentlich musste man einfach Mitleid haben mit Leuten, deren eigenes Leben so langweilig war, dass sie nichts Besseres zu tun hatten, als sich über die Angelegenheiten fremder Menschen das Maul zu zerreißen.

Ich beschloss, mich mal wieder ausgiebig sportlich zu betätigen und packte meine Schwimmsachen in eine große Korbtasche, um ins Freibad zu radeln. So früh im Morgen war ich hoffentlich noch von kreischenden, planschenden Ferienkindern und ihren halbherzig auf sie aufpassenden Müttern verschont. Ich hatte tatsächlich Glück, zog meine vierzig Bahnen relativ unbehelligt durch und ließ mich gerade auf der noch halbwegs freien Liegewiese in der Sonne trocknen, als plötzlich ein Schatten vors Licht zog. Einigermaßen genervt öffnete ich die Augen und sah in ein hübsches, freundliches Gesicht, umrahmt von langen blonden Haaren. „Kate? Bist Du es wirklich? Sorry, ich wollte Dich nicht wecken! Aber ich hab Dich so ewig nicht gesehen, da dachte ich, ich komm mal rüber und sag Hallo!"

Ich brauchte einen Moment, um die junge Frau zuordnen zu können, dann fiel es mir wieder ein.

„Frieda! Aus dem Bauch-Beine-Po-Kurs! Wie cool!"
Schnell setzte ich mich auf und bedeutete Frieda, sich zu mir zu gesellen. „Wie geht es Dir, was machst Du so?"

„Ach, mir geht es prima, Kate! Ich habe letztes Jahr geheiratet und jetzt sind wir gerade an der Nachwuchsplanung. Und ich habe einen neuen Job, ich vertreibe jetzt Kosmetik! Hast Du keine Lust, mal vorbeizukommen zu einer Party?"

Aha, darum ging es also, dachte ich und lächelte liebenswürdig. „Oh je, ich weiß auch nicht, ich bin eigentlich meiner Marke seit Jahren treu!"

Gott bewahre! Ich und vielleicht noch vier, fünf fremde Weiber an einem Tisch und dann wurde den ganzen Abend nur über Schminke geredet! Das machte ich ja im Job schon täglich, ohne wirklich Ahnung davon zu haben – in meiner Freizeit wollte ich davon eigentlich nichts wissen.

„Das macht doch nichts, Du kannst es Dir ja einfach mal unverbindlich anschauen!"

Der Blick aus ihren hübschen blauen Augen war so bittend und ich mochte Frieda, die sich vor einigen Jahren mit mir zehn Freitagabende lang durch ein erbarmungsloses Sportprogramm gekämpft hatte, so gerne, dass ich es einfach nicht über mich bracht, rundheraus abzulehnen.

„Na ja, warum eigentlich nicht. Ich kann Dir ja mal meine Handynummer geben und wenn Du irgendwann mal wieder ne Party machst, schreibst Du mir einfach!"

„Oh", hauchte sie atemlos und strahlte übers ganze Gesicht, „das weiß ich jetzt schon! Morgen könntest Du vorbeikommen! Wir sind ne nette kleine Runde, die meisten kennst Du wahrscheinlich sogar! Das wär doch prima!"

„Das kann ich leider noch nicht versprechen", sagte ich und hoffte, dass mein bedauerndes Gesicht überzeugend wirkte. „Ich glaube, morgen Abend war irgendwas, ich muss erst in meinem Kalender nachsehen. Dann gib doch einfach Du mir Deine Nummer und ich melde mich, falls ich nichts vorhabe."

Frieda diktierte mir ihre Nummer und verabschiedete sich mit einem mädchenhaften kleinen Winken, während ich hoffte, dass irgendeiner der Männer in meinem Leben mir rechtzeitig eine rettende WhatsApp schicken würde, damit ich tatsächlich einen Termin hatte.

Mit der Sonne auf dem Ranzen und einer Kakophonie typischer Schwimmbadgeräusche und -gerüche döste ich langsam weg und als ich fast eine Stunde später aus meinem Schlummer erwachte, stellte ich fest, dass der Unerwartetste mir tatsächlich den Gefallen getan hatte.

„Hey Kate, ich wollte nur mal hören wie es so läuft. Hattest ja ein lauschiges Eisdielen-Date mit Hiasi gestern, munkelt man. Ich hoffe, Du vergisst mich nicht – ich würde auch gern eine Kugel Eis mit Dir schlecken…oder noch lieber, von Dir ;) xxx"

Huch, Arsch- nein, August Karotte war offenbar über alles bestens informiert. Ich fragte mich nur, ob Hiasi es ihm selbst erzählt hatte oder ob die elenden Buschtrommeln das übernommen hatten. Und was die viel wichtigere Frage war: Sollte ich ihm antworten? Oder ihn schmoren lassen? Für Kinderspielchen war ich eigentlich nicht der Typ.

„Das hättest Du jetzt grad keinen Spaß dran, es sei denn Du steht auf Schokoeis mit Sonnenölsauce und

Lichtschutzfaktor. Mir geht es prima, ich genieße die Sonne und ein paar freie Tage. Hoffe bei Dir ist auch alles gut, K." tippte ich und drückte schnell auf den blauen Pfeil, bevor ich es mir anders überlegen konnte.

Ich war den ganzen restlichen Tag produktiv gewesen und hatte ziemlich viele Kapitel unseres Buchs zu Papier oder zumindest in meinen Computer gebracht. Es kam mir sehr zugute, dass Daisys Mama, die die unterste Etage des Dreifamilienhauses – also die mit der Garten-Terrasse – bewohnte, praktisch nie zu Hause war, sondern mit ihrer sündhaft reichen, etwas exzentrischen und einfach nur obercoolen Mutter, der eigentlich die mittlere Wohnung in Daisys dreistöckigem Haus gehörte, so gut wie alle Länder der Welt bereiste und ständig irgendwo auf den sieben Weltmeeren unterwegs war. So konnte ich mich nämlich auf die schattige große Terrasse im riesigen Garten zurückziehen, wann immer es mir beliebte – und das war meist dann der Fall, wenn es mir auf der Dachterrasse die Hirnzellen aus dem Schädel brannte.

Ich hatte geduscht und wartete mit einem großen Topf voller Spaghetti mit Tomatensoße darauf, dass meine kleine Freundin endlich von der Arbeit zurückkehrte. Wenige Minuten später sauste tatsächlich das Disneymobil in den Hof und eine rotgesichtige Daisy kämpfte sich schnaufend die wenigen Stufen zur Terrasse hoch, wo ich ihr stillschweigend ein Glas eiskalten Eistees reichte und geduldig wartete, bis sie den halben Liter noch im Stehen und mit Tasche über der Schulter abgepumpt hatte.

„Uff", ächzte Daisy und ließ sich schwerfällig in einen Sessel fallen. „Dieses Kind macht mich jetzt schon fertig und es ist noch nicht mal auf der Welt!"

„Ich denke, es wird vermutlich nicht besser!", grinste ich, halb mitleidig, halb schadenfroh und schob ihr einen Teller voll dampfender Nudeln vor die Nase.

„Holla die Waldfee, was ist passiert? Womit habe ich das verdient?"

„Kleine Wiedergutmachung, dass ich gestern Abend meinen Zorn auf die Klatschmäuler und Lästerbacken dieser Welt an Dir ausgelassen habe. Wie war Dein Tag?"

Daraufhin folgte eine tomatensoßige fünfminütige Schimpftirade über ihre unfähigen männlichen Kollegen, die ich nicht zu unterbrechen wagte und nur hin und wieder ein zustimmendes Geräusch von mir gab.

„Weißt Du, die merken gar nicht, dass sie mir immer mehr aufbürden und dass mir das langsam echt zu viel wird! Der Krug geht nur so lange zum Brunnen, bis er stirbt!"

„Bricht", korrigierte ich und schaffte es gerade noch, nicht die Augen zu verdrehen. „A propos bricht – wie sieht es denn mit Deiner Kotzerei momentan aus?"

„Viel besser!", strahlte sie. „Langsam gewöhne ich mich an diese ganze Schwangerschafts-Geschichte!"

„Und wie hast Du Dich an den Gedanken gewöhnt, Malte langsam mal reinen Wein einzuschenken?"

Bei diesem Gedanken wurde sie blass.

„Ähm…nun ja…ehrlich gesagt – ich weiß gar nicht, ob ich das tun werde."

„Bitte was? Daisy, das kann nicht Dein Ernst sein! Er ist der Vater des Kindes –," In diesem Moment kam mir ein unangenehmer Gedanke. „Er IST doch der Vater, oder etwa nicht?"

Zu Daisys Ehrenrettung musste man sagen, dass sie so rot wurde wie die Soße auf ihrem Teller.

„Natürlich ist er der Vater!" fauchte sie. „Was denkst Du denn?"

„Ok, ok, ist ja gut! Aber Du musst es ihm sagen! Das ist nicht fair!"

„Ich weiß ja", murmelte sie kleinlaut. „Aber ich hab solche Angst. Ich weiß überhaupt nicht, wie er reagieren wird."

„Hör mal zu. Im Prinzip ist es völlig egal, wie er reagiert. Wenn er sich freut, ist alles super, ihr werdet eine glückliche kleine Familie und seid happy bis ans Ende eurer Tage. Wenn er sich nicht freut, muss er trotzdem zahlen. Und Du hast mich, ich helfe Dir mit dem kleinen Pünktchen. So oder so wird es ein glückliches Baby und Du sowieso die beste Mama, die man sich wünschen kann."

„Meinst Du wirklich?" fragte sie leise und ich sah ein paar verräterische Tränen in ihren Augenwinkeln schimmern.

„Aber natürlich! Da bin ich mir hundertprozentig sicher!"

Kurz drückte sie meine Hand uns strahlte mich dann ein wenig wackelig an.

„Und wie war Dein Tag so?"

Ich gab ihr eine kurze Zusammenfassung meines Schwimmbadbesuchs, einschließlich des Zusammentreffenns mit Frieda.

„Jetzt muss ich nur noch einen Grund finden, morgen abzusagen!"

„Nix da, Grund! Da gehst Du hin! Nein, besser – da gehen wir hin! Und Tati frag ich auch noch!"

„Hä? Bitte was machen wir?"

„Na, eine Hand wäscht die andere" (Ich sah sie völlig entgeistert an. Sie hatte tatsächlich gesagt ‚Eine Hand wäscht die andere'. Nicht ‚Eine Hand hält die andere´ oder ‘ein Hund wäscht den anderen, nein – ein komplett korrektes Sprichwort war gerade aus dem rotbemalten und mehrfach gepiercten Mund meiner Freundin gekommen).

„Und das bedeutet in diesem konkreten Fall?"

„Ganz einfach. Du schreibst ihr, dass Du nicht nur kommst, sondern sogar noch zwei Mädels mitbringst, wenn ihre Gäste dafür a) ein oder zwei Kapitel aus dem Buch probelesen und b) uns noch weiteren Input für die restlichen Kapitel liefern. Mir gehen nämlich meine negativen Sexerlebnisse zum Glück langsam aus und Dir ja sowieso."

Ich war fassungslos.

„Alter Schlappen, Daisy, man merkt, dass Du noch ein zusätzliches Gehirn in Deinem Körper rumträgst!"

„Blöde Kuh", lachte sie und schlug halbherzig mit der Minnie Mouse-Serviette nach mir, mit der sie sich gerade den Mund hatte abwischen wollen.

24

Regel Nummer acht: Lass Dich niemals zu etwas zwingen. Schon gar nicht zu Deinem Glück. Und wenn dieses angeblich auch noch aus seltsamen Stellungen oder ‚leichter Gewaltanwendung' besteht, mach dass Du wegkommst.

Wir standen vor Friedas Haus, einem modernen und schicken Kasten in einem der Neubaugebiete, die in den letzten Jahren wie Pilze aus dem Boden gesprossen waren. Ein Haus war hier beeindruckender und stylischer als das andere – und man konnte sie ziemlich gut vergleichen, da sie ungefähr eine Handtuchbreite voneinander entfernt waren. Kürzlich hatte ich bei Instagram, das ich nach wie vor eher zum Schauen als zum Posten nutzte, bei meiner örtlichen Lieblings„bloggerin" (die eigentlich nie etwas anderes postete als Zeitlupenaufnahmen ihrer Kaffemaschine und rückwärts ablaufende Videos ihrer Füße auf dem Laufband) ein Bild mit dem Foto „Unser Garten" gefunden. Ich wusste nicht ganz, ob ich lachen oder es deprimierend finden sollte, dass ihr Garten genau aus ihrer Terrasse bestand und das einzige Grün, das sich auf dieser befand, ein Blumentopf mit einem Büschel Schnittlauch war. Mein Garten daheim war ein Urwald, bei dem man meist eher mit einer Machete besser bedient war als mit einem Rasenmäher und in dem man sowohl Igeln bei der Paarung zusehen als auch Kirschen frisch vom Baum essen konnte, Würmchen all inclusive.

Na ja, jedenfalls waren wir wie immer ein bisschen zu spät dran und als Frieda uns freudestrahlend in ihr riesiges und sehr skandinavisch-kühl eingerichtetes Esszimmer führte, wäre ich beinahe rückwärts wieder hinausgestolpert. Um den gigantischen, in Betonoptik gehaltenen Esstisch saßen statt der erwarteten zwei oder drei ganze acht Weibsbilder, sahen uns erwartungsvoll entgegen und ließen eine wahre Kakophonie an verschiedensten Begrüßungslauten auf uns los. Da ich nun nicht unbedingt dafür berühmt war, mich mit furchtbar vielen Frauen furchtbar gut zu verstehen, erstaunte es mich einigermaßen, dass ich sieben der acht Damen nicht nur kannte, sondern auch mochte. Nie im Leben hätte ich gedacht, dass auch Frieda die ganzen Ladys zu ihrem Bekanntenkreis zählte, vor allem weil diese einfach alle komplett unterschiedlich waren.

Da war zum einen Anita, die „Kampfsau", durch die ich Frieda damals kennengelernt hatte. Sie war Personal Trainerin, super fit und mega tough und hatte ein Herz aus Gold – was sich aber nur dann zeigte, wenn sie gerade keine Sportklamotten am durchtrainierten Leib trug. Wenn sie im Arbeitsmodus war, machte sie jedem amerikanischen Army Drill-Instructor alle Ehre, wie sich meine Bauchmuskeln auch nach Jahren der Abstinenz noch schmerzvoll erinnerten.

Neben ihr saß Elke, eine langjährige Freundin von mir, die ich viel zu selten sah – hauptsächlich weil ihr inzwischen heftig pubertierender Sohn ein ausgesprochen umfangreiches Freizeitprogramm hatte, zu dem sie ihn meist in ihrem kleinen roten Hustengutsel chauffieren musste, wenn sie nicht gerade wuschelige schwarze Hunde aus dem Tierschutz adoptierte oder verrückte Kuchenkreationen buk. „Hallo", sagte Elke lautlos und grinste mich fröhlich an. „Hallo", gab ich ebenso lautlos zurück und war irgendwie jetzt schon froh, dass ich gekommen war, auch wenn die vielen rosa Gegenstände auf der grauen Tischplatte mich zugegebenermaßen ein wenig irritierten.

An der langen Seite des Tisches stand eine moderne Sitzbank aus Holz, die sicher unbequem gewesen wäre, wenn Frieda nicht ein übergroßes, plüschiges (und hoffentlich unechtes) Tierfell darauf drapiert hätte, auf dem sich Felicitas, Melina und Beatrice notgedrungen aneinander kuschelten – zum Glück hatten alle drei kleine Popöchen. Mit mir im Bunde hätte allenfalls eine weitere Person auf dem Sitzmöbel Platz gehabt. Felicitas war das Schneewittchen in der Runde: Haut wie Schnee und Haar wie Ebenholz. Außerdem hatte sie Haare auf den Zähnen, was dem ursprünglichen Schneewittchen im Umgang mit der bösen Stiefmutter vermutlich auch mehr genutzt hätte und was eine Eigenschaft war, für die ich sie liebte, seit wir uns vor einigen Jahren durch meinen Bruder Franz kennengelernt hatten. Feli war erfrischend ehrlich und sagte, was sie dachte, bei ihr gab es keine Spielchen. Das musste man abkönnen, aber ich hatte damit nicht das geringste Problem und mochte sie wirklich gerne.

Melina, die sich in der Mitte sitzend gerade ein Glas Prosecco hinter die Binde kippte, kannte ich seit etwa einem Jahr und es hatte bei uns sofort „Klick" gemacht als wir völlig nüchtern auf einem Fest festgestellt hatten, dass Hunde die besseren Menschen waren. Ich teilte ihre Abneigung gegen 99 Prozent der Weltbevölkerung zwar nicht uneingeschränkt, aber ich war ja auch keine Ärztin in der Notaufnahme (was man von ihr mit ihrem großflächigen Tattoo, dem radikalen Undercut und dem Zungenpiercing vielleicht auch nicht auf den ersten Blick vermutet hätte) und hatte definitiv noch nicht in so viele menschliche Abgründe blicken müssen wie meine neue Freundin, die mir jetzt mit ironisch hochgezogener Augenbraue zu verstehen gab, dass eine Makeup-Party vermutlich der letzte Ort auf Erden war, auf dem sie damit gerechnet hätte, mich zu treffen.

Beatrice war Geschäftsfrau mit eigenem Laden und eine der coolsten Socken, der ich je begegnet war. Ich liebte es, sie zu besuchen und mich durch das umfangreiche Sortiment ihrer Boutique zu wühlen. Ich fand immer, dass Beatrice mit Anfang 50 die beste Werbung für ihre Klamotten war – sie hatte nicht nur eine Top-Figur, sondern auch einen ausgesprochen stimmigen und lässigen Stil. Und was ich am Meisten mochte: In all den Jahren hatte ich noch nie erlebt, dass sie ihren Kunden schmeichelte oder diese gar belog, nur um Kleider zu verkaufen. Wenn jemandem etwas nicht stand, sagte Bea dies rundheraus – auch wenn Frauen mit Kleidergröße 40 partout versuchten, sich in eine 38 zu zwängen. Diese Ehrlichkeit bewunderte und schätzte ich, so wie viele ihrer Kundinnen und Kunden, die ihr seit Jahren treu ergeben waren.

Sophie, die ich schon seit Grundschulzeiten kannte, hatte ihr Gardemaß von fast 1.80 Meter in einen Korbsessel an der kurzen Seite des Tischs gefaltet. Auch sie gehörte zu den Frauen, die ich total gern mochte, aber viel zu selten sah – was in ihrem Fall daran lag, dass sie eine voll berufstätige alleinerziehende Mutter einer ziemlich cleveren Tochter war, die ihr Leben scheinbar mühelos auch ohne Unterstützung wuppte und dafür meinen vollen Respekt hatte.

Mit dem Rücken zu mir saß schließlich Aline, die Eisverkäuferin mit dem guten Gedächtnis. Mit Mitte 20 war sie die Jüngste im Bunde und ich hatte das Gefühl, dass – blond, blauäugig und niedlich wie sie war – Großes vor ihr lag. Im wahren Leben studierte sie nämlich BWL oder etwas ähnlich Vernünftiges und wenn sie nicht gerade die eher weniger schmeichelhafte Eisdielen-Bluse trug, hatte sie ihren ganz eigenen und sehr speziellen Style, der ganz eindeutig Ausdruck einer selbstbewussten und kreativen Persönlichkeit war.

Und dann war da eben noch die eine Frau, die ich noch nie zuvor gesehen hatte. Ihr Alter war schwer zu schätzen, vermutlich Anfang bis Mitte vierzig, weil sich in ihren mausbraunen Haaren, die zu einem nachlässigen Pferdeschwanz gebunden waren, schon etliche graue Strähnen befanden. Das breite Gesicht mit den wettergegerbten Wangen und den ungezupften Augenbrauen war komplett ungeschminkt und sah auch nicht so aus als sei es schon allzu oft mit Makeup in Kontakt gekommen (Was genau also wollte sie hier?) Ihr Outfit bestand aus einem übergroßen Schlabbershirt, was an ihrer kräftigen Statur ziemlich sackartig wirkte, einer kastigen Mum-Jeans und Trekking-Sandalen, die ungepflegte Füße mit dreckigen Fußnägeln sehen ließen. „WTF?", bedeutete Daisy mir lautlos und ich hätte beinahe laut losgeprustet, weil mir in just derselben Sekunde exakt dieser Gedanke durch den Kopf gegangen war.

„Servus, I bin die Arschtritt!", sagte die Walküre – sie Bäuerin zu nennen wäre eine Beleidigung für alle hart arbeitenden und dabei gepflegten Landwirtinnen – und streckte mir grinsend eine schwielige Hand entgegen, die ich vorsichtig schüttelte. Erst Arschloch Karotte, jetzt Arschtritt – irgendwie kumulierten sich die Hinterteile in meinem Leben aktuell ein wenig.

„Astrid ist aus Bayern", kommentierte Frieda ein bisschen überflüssigerweise aus dem Hintergrund.

Ach so – sie hieß gar nicht Arschtritt, sondern Astrid!

Na ja, konnte durchaus mal passieren. Arschtritt hatte die Art von breiter Aussprache wie eine Dame aus unserem Münchner Büro, die mich zehnmal gefragt hatte, ob ich zum Ah-wart gehe.

„Da ist doch der Ah-Wart, gehst Du da hin?"

„Wohin?"

„Zum Ah-Wart! Ob Du da hingehst."

„Ich warte doch! Wohin gehe ich?"

„Kruzifix, bist Du deppart? Zum Ah-Wart!"

Glücklicherweise hatte Jojo irgendwann eingegriffen und mir erklärt, dass sie den Award meinte, den unsere Zeitschrift jedes Jahr an besondere Persönlichkeiten verlieh.

Frieda erklärte uns dann, dass Astrid Agrarwissenschaften studiert (ach was) und gerade vor wenigen Tagen beim Bauern meines Vertrauens eine Anstellung als Herdenmanagerin gefunden hatte. Beim Milchholen aus dem Automaten (selber zapfen, der Liter 80 Cent, fast frisch aus der Kuh) hatte Frieda Astrid kennengelernt und sich ihrer angenommen. Ich war von mir selbst erstaunt, wie ich es schaffte, noch keinen Satz mit ihr geredet zu haben und sie trotzdem nicht zu mögen. Faszinierend, eigentlich.

Wir drei nahmen Platz, ich saß zwischen Melina und Daisy, während Tati sich mit dem unliebsamen Platz neben der Freistaatlerin begnügen musste, und Frieda startete ihr Programm. Wir durften oder vielmehr mussten uns abschminken, unsere Gesichter mit ulkigen kleinen Bürsten samt rotierenden Köpfen (die Bürsten, nicht unsere) reinigen, eine Maske auftragen, und eine Feuchtigkeitscreme aufschmoddern. All dies galt allerdings nur fürs halbe Gesicht, damit man den Unterschied spüren konnte und wurde unter Zuhilfenahme von reichlich Champagner ausgeführt. Was soll ich sagen – wir benahmen uns wie Teenager. Die schwarze Moormaske verleitete uns zu ausgelassenem Gekichere, bis sie so trocken und steif geworden war, dass wir einfach mal keine Miene mehr verziehen konnten. Auch die anschließende Schmink-Session geriet bei allen außer Astrid zu einem vergnügten Mädels-Quatsch.

Sie verschränkte die Arme und statuierte (nicht auf Hochdeutsch natürlich, aber das redete hier eh niemand): „Ich schmink mich nicht. Seh ich gar nicht ein. Morgens brauch ich Zeit, um es draufzuschmieren, abends muss ich's wieder runterkratzen und Geld kostet es auch noch. Ich versteh gar nicht, was es bringen soll!"

Aline zwinkerte mir zu. „Na, Deine natürliche Schönheit unterstreichen, was sonst?"

„Genau", kam es von einer ziemlich erhitzt und angeheitert aussehenden Elke, „Makeup soll die Vorzüge betonen, die die Natur uns geschenkt hat!"

Ich starrte angestrengt auf den leeren Boden meines Sektglases, um nicht in hilfloses Gelächter auszubrechen.

„Und irgendwie ist es doch wie bei den Vögeln in der Balz. Je bunter sie sind, desto schneller locken sie ein Weibchen an. Oder in unserem Fall halt ein Männchen", steuerte Bea in ihrer knochentrockenen Art bei.

„A propos Männchen!", ergriff Daisy schnell das Wort, bevor die ganze skurrile Unterhaltung komplett eskalierte. „Wie ihr vielleicht mitbekommen habt, schreiben Kate und ich gerade an einem Buch über Männer – oder besser gesagt wie man, zumindest in sexueller Hinsicht, den Traumprinzen findet ohne vorher mit 50 Fröschen ins Bett steigen zu müssen. Und dafür brauchen wir euere Hilfe."

Den aufgeregten „Oh" und „Ah"-Lauten konnten wir entnehmen, dass unter den Damen das Interesse an diesem Thema groß war und neun Augenpaare, plus die von mir und Tati, ruhten gespannt auf Daisys Gesicht.

„Unser Buch ist nämlich fast fertig, aber ein paar Anregungen könnten wir noch brauchen. Deshalb haben wir ein paar Zettel vorbreitet", sie griff in ihre Handtasche und brachte einen Stapel weißer Blätter zum Vorschein, „auf denen ihr nun bitte eure schlimmsten Sexerlebnisse notieren sollt. Wir machen es absichtlich schriftlich, dann bleibt es anonym, falls es euch zu peinlich ist. Stichworte reichen, dann können wir uns notfalls den Rest selbst zusammenreimen."

„Mir ist das nicht peinlich", grinste Sophie und ihre braunen Augen funkelten mutwillig hinter ihren Brillengläsern. „Ich hab da einen Typen bei Tinder kennengelernt, der echt nett schien. Wir haben einige Male hin- und her geschrieben und ich dachte echt schon, das wäre der Traumprinz. Dann haben wir uns getroffen, das Date lief toll und wir hatten eine Menge Spaß. Er sah auch ganz gut aus, wenn man von einer kleinen Bierplauze mal absieht, aber ich bin ja nach meiner Schwangerschaft auch mit keinem J.Lo-Waschbrett mehr gesegnet. Also nicht, dass ich das vorher jemals gewesen wäre, aber egal. Irgendwie kamen wir also aufs Thema Sex." Dabei zog sie ironisch eine Augenbraue hoch, die, wie mir just in diesem Moment einfiel, vor Urzeiten einmal gepierct gewesen war. Sophie war nämlich in unserer Jugend eine eher Wilde gewesen, was man jetzt, in ihrem braven Ringelshirt und mit einem riesigen selbstgehäkelten Schal, nicht auf den ersten Blick vermutet hätte. „Ja, und dann sagt der tatsächlich zu mir ‚Frauen müssen manchmal auch zu ihrem Glück gezwungen werden.' Ich hätte mich fast an meinem Hühnchen-Tikka-Masala verschluckt, das könnt ihr mir glauben. Ich hab ihn gefragt, ob er das tatsächlich meint, wie er das sagt und seine Antwort war: ‚Klar, die meisten Frauen sind so prüde, die merken gar nicht, was sie verpassen.' Und als ich wissen wollte, ob er das mal näher erläutern kann, hat er gesagt, seine Ex sei so eine langweilige Tante gewesen, die in der Kiste nie etwas ausprobieren wollte. Also hat er ihr einfach mitten im Akt mal kräftig eine gelangt ‚und hinterher fand sie es auch ganz toll!'"

„Äh…und was hast Du gemacht?", wollte eine sichtlich entrüstete Melina wissen.

„Nichts hab ich gemacht natürlich! Ich hab dem gesagt, er soll sich zum Teufel scheren und eine andere Frau zu ihrem Glück zwingen, aber nicht mich!"

Feli applaudierte begeistert und alle anderen redeten plötzlich wild durcheinander. Ich versuchte, mir im Eifer des Gefechts Notizen zu machen, als mir Daisy unter dem Tisch plötzlich einen dezenten Tritt verpasste und mit dem Kopf unauffällig Richtung Arschtritt deutete. Diese saß mit verschränkten Armen und hochrotem Kopf auf ihrem Stuhl und machte ein Gesicht als hätte sie in eine Zitrone gebissen.

„Astrid, alles ok?", fragte ich höflich, obwohl es mehr als offensichtlich war, dass überhaupt nichts ok war.

„Ich bin hierher gekommen, um einen netten Abend unter Frauen zu haben und nicht, um über körperliche Liebe zu reden!", gab sie pampig zurück und wir anderen sahen uns einigermaßen erstaunt an.

„Was ist denn so schlimm an körperlicher Liebe?", wollte eine verdatterte Elke wissen.

„Nichts, natürlich, aber sie ist etwas Heiliges. Ich zum Beispiel warte auf den Richtigen. Sex vor der Ehe kommt für mich nicht in Frage!"

Aline hätte nicht entgeisterter aussehen können, wenn Channing Tatum samt seiner Magic Mike-Truppe durch die Terrassentüre hereinspaziert wäre und sich zu ‚You can leave your hat on' die Kleider vom Leib gerissen hätte. „Wie jetzt – Du hattest, also, äh, noch nie?"

212

„Nein, und ich bin stolz darauf!", erwiderte Astrid hoch erhobenen Hauptes.

„Wow", murmelte Melina.

„So, Ihr Lieben, möchte vielleicht irgendjemand ein Eis?", fragte eine leicht verzweifelt klingende Frieda in die entstandene Stille und wir überboten uns schier in Begeisterungslauten. Jetzt stelle sich mal einer vor, ich hätte die Einladung zu diesem Abend abgelehnt! Mir wären nicht nur ein porentief gereinigtes Gesicht, mindestens ein halber Liter Champagner, ein neues Kapitel in unserem Buch und zum Abschluss ein leckeres Eis entgangen, sondern auch die skurrilste Konversation seit Langem. Ein Hoch auf Beauty Abende!

25

Am nächsten Tag, noch immer Anfang August

Regel Nummer neun: Wenn er nicht gerade Steven Spielberg ist und Quattrillionen auf dem Konto hat, sollte kein Mann meinen, den Regisseur spielen zu müssen

Dank meines noch immer andauernden Urlaubs machte unser Buch große Fortschritte. Ich hatte, heute mal auf der Terrasse meines eigenen Hauses sitzend, weil ich die Hunde so vermisst hatte, nicht nur das Kapitel zum Thema „Glückes Schmied" fertig, sondern dank Melina auch noch ein weiteres. Sie hatte mir gestern beim Gehen zugeflüstert, dass sie sich bei mir melden würde und tatsächlich hatte heute morgen mein Handy geklingelt.

„Also", legte sie ohne Umschweife los, „ich hatte mal kurzzeitig was mit einem Typen, der immer meinte, mir Regieanweisungen erteilen zu müssen."

„Was?", lachte ich ungläubig – ich dachte, ich hätte mich verhört.

„Ja, der war echt schlimm. Schon beim Küssen versuchte er es, da zwar nicht durch Worte, aber durch Gesten. Anfangs dachte ich noch, der wäre total romantisch, weil er mein Gesicht immer in beide Hände genommen hat. Aber dann hab ich gemerkt, dass er das nur tat, weil er meinen Kopf in die richtige Position manövrieren wollte."

Ich konnte nicht anders, ich lachte lauthals los.

„Das war gar nicht witzig, ich sag's Dir! Der hat meinen Schädel hin und hergeschoben als wär er ne Figur auf nem Schachbrett. Meine Nase links von seiner, Kopf nach hinten gedrückt, meine Nase rechts von seiner, an den Hinterkopf gepackt, Ömme nach vorne geschoben, ich war schon kurz vorm Schleudertrauma!"

„Und Du bist tatsächlich noch mit dem in die Kiste gestiegen?", fragte ich glucksend.

„Ja, der war schon extrem heiß. Er sah echt mega gut aus, war voll durchtrainiert und alles, aber es wurde auch im Nest nicht besser! Er hat mir wirklich genau gesagt, was ich machen soll. ‚Mach mal Deinen Hintern ein bisschen höher – ja so – nein, das war zu viel. Kannst Du das so halten oder soll ich Dir ein Kissen drunter schieben?'"

Ich verschluckte mich fast an meinem obligatorischen Frühstücks-Multivitaminsaft.

„Das erfindest Du doch, sowas gibt's doch im wahren Leben nicht!"

„Ich schwöre es Dir! Das ging die ganze Zeit so, es war fürchterlich! Irgendwann bin ich aufgestanden und gegangen. Ich hab' gesagt, vielleicht sollte er sich ne Gummipuppe zulegen, mit der braucht er gar nicht reden, sondern kann sie hinschieben, wo er sie gerne hätte."

Als ich endlich aufhören konnte, zu lachen, hatten wir noch eine Weile geplaudert und ich hatte mich auf mein Rad gesetzt, um zu meinen Wauzis zu fahren.

Hier befand ich mich nun schon seit einer ganzen Weile, kraulte mit nackten Füßen meinen Muppet, der sich lang unterm Tisch ausgestreckt hatte und klopfte mir selbst auf die Schulter (im Geiste natürlich, zu solchen Verrenkungen war ich trotz langsam recht passabler Sportlichkeit noch immer nicht fähig), dass unser Buch allmählich Gestalt annahm. Ich fürchtete, der Moment, vor dem ich mich nun schon Wochen drückte, war gekommen: Ich musste darüber nachdenken, unser Meisterwerk den Verlagen anzubieten. Ich hatte Angst. Daisy und ich fanden unser schriftliches Baby natürlich sensationell, es war unkonventionell, witzig und, zumindest unserer Meinung nach, tatsächlich nützlich.

Ein echter Ratgeber, ohne belehrend oder gönnerhaft zu wirken. Aber was würden die Verlage sagen? Uns auslachen? Mir das Herz brechen, indem sie mir mitteilten, dass meine Schreibe doch nicht so kreativ und mitreißend war, wie ich immer gedacht hatte? Ich holte tief Luft und begann zu googeln, wie man Manuskripte bei Verlagen einreichen konnte.

Zwei Stunden später rauchte mir der Kopf, aber ich hatte unser Buch tatsächlich auf die Reise geschickt. Die meisten Verlage verlangten ein Kurzexposé, also eine

Beschreibung, um was es im Buch gehen sollte, sowie eine Leseprobe von zwanzig bis dreißig Seiten. Das Thema Kurzexposè und ich war ein ganz besonderes. Mir war wieder eingefallen, wann ich das erste Mal mit dem Wort in Berührung gekommen war. Schon vor einer Weile, bevor ich ernsthaft darüber nachgedacht hatte, das Meisterwerk einem echten Verlag anzubieten, hatte ich im ersten Verlag meines Vertrauens angerufen und gefragt, was ich denn machen müsse.

Ich hatte also einen älteren Herrn an der Strippe, der zu mir sagte: „Ja, junge Frau, da brauchen wir als erstes nen Kur-Sex-Pose". Waaaas? Meine Fantasie gleich auf 180. Kur-Sex-Pose: Duden – Stellung beim Geschlechtsverkehr zwischen zwei Menschen, die sich zu Zwecken der Erholung in einer Rehabilitationseinrichtung befinden: Mit anderen Worten: Irgendwo in den Bergen, ein schlossartiges Kurhaus mit weißen Türmchen vor schneebedeckten Gipfeln in einem parkähnlichen Garten, wo rüstige Rentner raffiniert rammelnd auf dem regennassen Rasen rollen (wenn's mit der Karriere als Autorin nicht klappen sollte, könnte ich immer noch zu RTL, dachte ich mir). Doch halt. Kurz nachgedacht. Er meinte (und sagte, vermutlich, mein Geist war nur zu versaut) KURZEXPOSE. Mit Akzent auf dem é.

Nachdem ich eine halbe Ewigkeit und eine ganze Packung Prinzenrolle-Kekse hin- und her überlegt hatte, welches Kapitel so großartig war, dass es den zuständigen Lektor auf jeden Fall von sich überzeugen würde und hatte mich schließlich für den überpeniblen Folienverpacker entschieden. Als ich die erste Mail samt Anhang lossandte, klopfte mein Herz noch wie wild, doch schnell wurde es besser. Mehr als nein sagen konnten sie schließlich alle nicht! Wie aufregend! Ich ging zum Alkohol-Kühlschrank (Ja, wir hatten tatsächlich schon immer zwei gehabt, einen in der Küche für Lebensmittel und einen auf der Terrasse für spontane Feiern, von denen es hier schon mehr als eine gegeben hatte) und sah nach, ob sich zufällig eine Flasche Sekt darin befand – was tatsächlich der Fall war. Na, wenn die Geburt des ersten eigenen Buchs kein Prickelwasser am frühen Nachmittag rechtfertigte, was dann? Und da Daisy nun wirklich keinen Alkohol mehr trinken sollte, würde ich das nun einfach alleine tun. Selbst ist schließlich die Frau! Ich schenkte mir ein Gläschen ein und in meiner aktuellen Hochstimmung beschloss ich, ein paar glückselige Nachrichten zu verschicken.

Die erste ging – natürlich – an Daisy: „Unser Kind ist auf der Reise! Daumen drücken!"

Die zweite schickte ich an Hiasi: „Hab grad unser Buch losgeschickt. Mega spannend. Jetzt hoffe ich nur, dass es nicht in der Luft zerrissen wird. Wünsch uns Glück!"

Dann wollte ich eine WhatsApp an A- ugust Karotte schreiben, weil ich gerade so voller Endorphine war und vielleicht auch schon ein winziges bisschen beschwipst, doch mir fiel ein, dass ich nicht einmal wusste, ob Hiasi ihm überhaupt von unserem Projekt erzählt hatte. Hm.

Dieser Gedanke ernüchterte mich ein wenig. Wenn es zwischen uns beiden je wieder funktionieren sollte, wäre es natürlich schon wichtig, dass wir wussten was im Leben des jeweils anderen gerade so abging. Vielleicht wäre es doch besser, wenn ich Hiasi als „Vermittler" außen vor lassen und selbst mit dem Gemüsemann kommunizieren würde? Ich beschloss, ihm zu schreiben. „Hey, was machst Du so? Alles gut bei Dir? Ich habe eine Leseprobe unseres Buchs an verschiedene Verlage geschickt und bin mal gespannt, ob sich jemand dafür interessiert. Wünsch Dir noch einen schönen Tag!" Wie immer hatte er natürlich die Lesebestätigung bei WhatsApp deaktiviert und ich würde den Teufel tun und den ganzen Tag darauf warten, dass er online wäre. Gerade als ich mein Handy einstecken und mir ein weiteres Gläschen füllen wollte, kam das altbekannte „Ping" einer eingehenden Nachricht. Sie war von Hiasi.

„Wow, ihr werdet berühmt! Coole Sache, Mädels, ich drück ganz fest die Daumen! Du musst mich auf jeden Fall auf dem Laufenden halten, was die Damen und Herren aus den Verlagshäusern so sagen – nur Positives, da bin ich mir sicher!" Und am Ende ein Kuss-Emoji.

Huch! Was war das denn jetzt? Total nett und typisch Hiasi, klar, aber das Kuss-Emoji? Ich beschloss, mich einfach über seine liebe Antwort zu freuen und dem Ganzen keine weitere Bedeutung beizumessen. Stattdessen gönnte ich meinen Hunden noch eine ausgiebige Krauleinheit, bis ich mich wieder nüchtern genug fühlte, um zu Daisy zu radeln.

Diese empfing mich rotwangig und freudestrahlend. „Ich kann nicht glauben, dass wir das gerade wirklich machen! Unser Buch wird Realität", trompetete sie mir schon entgegen, als ich mich noch die letzte Treppe in ihre Wohnung hochquälte.

„Nun mach mal langsam", bremste ich sie keuchend, als sie mir aufgeregt um den Hals fiel. „Uff, sag mal, was wiegt denn Pünktchen jetzt? Du bist ganz schön schwer!"

„Du blöde Kuh, der ist grad mal so groß wie ein Rosenkohlröschen. Er wiegt sieben Gramm!"

„Dann solltest Du vielleicht weniger Kekse essen!", bemerkte ich grinsend. „Du wiegst so viel wie ein Babyelefant!"

Kopfschüttelnd machte sie die Wohnungstür hinter mir zu. „Du schaffst es doch immer wieder, die nettesten Komplimente zu machen."

„Und die dümmsten Fragen zu stellen: Hast Du Malte schon Bescheid gesagt?"

„Ich hab noch nicht mal meiner Mama Bescheid gesagt! Am Telefon will ich das nicht machen und sie kommt erst nächste Woche zurück."

„Ok, dann hast Du noch Gnadenfrist. Aber sobald Du es Deiner Mama gesagt hast, ist Malte dran! Keine Widerrede! Er ist der Papa, er hat ein Recht darauf, es zu erfahren."

„Ja, ich sag' es ihm. Versprochen!"

„Sehr gut. Dann geh ich jetzt mal ins Bett und schreib noch ein bisschen an unserem Meisterwerk weiter. Schlaft gut, ihr zwei!"

„Schlaf Du auch gut, Du eine!", erwiderte Daisy und drückte mich fest an ihre ausladenden Möpse. Täuschte ich mich, oder waren die noch größer geworden?

Über diese existentielle Frage dachte ich noch beim Zähneputzen nach, als mein Handy den Eingang einer Nachricht meldete. Oha, Herr Karotte hatte sich zwei Stunden später dann auch mal dazu herabgelassen, mir zu antworten. „Hey, mir geht es gut und Dir? Weißt ja, wie es ist – viel Arbeit. Aber ich versuche trotzdem, das Beste aus dem schönen Wetter zu machen. Musst mir mal erzählen, um was es in dem Buch geht! Schönen Abend noch."

Hm – er hatte sich nicht überschwänglich gemeldet, aber immerhin hatte er sich gemeldet. War ja nicht selbstverständlich bei dem guten Mann. Ich beschloss, nicht zu antworten und bedankte mich stattdessen bei Hiasi für die Glückwünsche, der dann auch prompt zurückschrieb. „Eigentlich muss das gefeiert werden. Lust auf einen Gin-Abend nächste Woche bei mir? Ich koche auch was, wenn Du nicht so empfindlich bist. Und ich würde liebend gern mal in eine Leseprobe Deines Buchs schnuppern, wenn Du mich lässt."

„Kurzexposé, das heißt Kurzexposé!", schrieb ich lächelnd zurück – nicht nur, weil ich mich aufrichtig über sein Interesse freute, sondern weil der Gedanke, einen Abend in netter Gesellschaft zu verbringen und vorzüglich bekocht zu werden (Ich wusste, dass er tiefstapelte. Mit Sicherheit konnte er am Herd wahre Wunder vollbringen) in Hochstimmung versetzte. „Klar, ich komme gerne und lesen darfst Du auch – aber nur weil Du es bist." Und dann setzte ich noch einen Kuss-Emoji hinzu. Einfach so.

26

Die Woche darauf, fast schon Mitte August

Mitte August hatte sich ein Tief ausgebreitet, sowohl was die Wetterlage anging, als auch was meine Laune betraf. Ich hatte drei Tage hintereinander in München verbringen müssen, also in Cindys Gesellschaft, und musste immer wieder feststellen, dass sie einfach keine positiven Auswirkungen auf meinen Gemütszustand hatte. Ich hatte ein nerviges Marketing mit dem Vertrieb gehabt, ich hatte ein nerviges Meeting mit der Anzeigenabteilung gehabt und ich hatte ein nerviges Meeting mit dem Herausgeber gehabt, so dass mir noch immer der Kopf schwirrte, als ich wieder in Daisys glücklicherweise nun nicht mehr einem Backofen gleichender Wohnung war – der einzige Vorteil des nun seit Tagen anhaltenden Regens. Ich lag auf der Couch, in Jogginghose und „Ein bisschen dick is nich so slim"-Shirt, und schwelgte in Selbstmitleid.

Daisys Mutter war tags zuvor aus Usbekistan (oder wo auch immer sie gelustwandelt hatte) zurückgekehrt und Daisy hatte sie quasi in der Haustür mit der Nachricht empfangen, dass sie nun Oma wurde.

Die gute Margret hatte reagiert, indem sie in Ohnmacht fiel und nur Daisys gute Reflexe bewahrten sie vor einer schwerwiegenden Verletzung. Als Margret wieder zu sich kam, heulte sie eine halbe Stunde lang dicke Freudentränen und heute waren die beiden Damen bei ihrem Lieblingsthailänder, um die gute Nachricht zu feiern.

Sie hatten mich auch eingeladen, aber ich wollte ihnen ein bisschen Mama-Tochter-Zeit gönnen und knabberte deshalb unmotiviert an einer Minisalami herum. Doofer Tag. Von August Karotte hatte ich seit der kurzen Nachricht vor einer Woche nichts gehört und auch Hiasi hatte sich seit einigen Tagen nicht gemeldet. Ich fühlte mich alleine, ungeliebt und ungewollt und überlegte gerade, um des lieben Effekts willen ein paar Tränchen zu verdrücken, weil es einfach so gut zu meiner aktuellen Verfassung passte, als es an der Haustür klingelte. Panisch sah ich an mir hinunter. Ich war nicht gerade dafür gekleidet, Besuch zu empfangen, zumal ich mir nicht im Entferntesten vorstellen konnte, wer das um diese Zeit bei einem solchen Wetter wohl sein mochte.

„Was soll's", seufzte ich und ging zur Tür, um nachzusehen, wer meine schlechte Laune störte. Gemächlich schlurfte ich die Treppenstufen hinunter und hoffte, ich wäre langsam genug, dass der Störenfried sich bereits verzogen hatte. Durch die Glasscheibe der Haustür konnte ich jedoch zu meinem Leidwesen feststellen, dass dies nicht der Fall war. Da es mir in meinem momentanen Gemütszustand auch relativ egal gewesen wäre, wenn Freddy Krüger höchst persönlich davorgestanden hätte, öffnete ich ohne viel Aufhebens die Tür.

Es war nicht Freddy Krüger, sondern ein ziemlich durchnässter und dennoch breit grinsender Hiasi. Erstaunt stellte ich fest, dass ich mich tatsächlich freute, ihn zu sehen und dass sich mein Launepegel unwillkürlich um mindestens 45 Dezibel hob (oder in welcher Einheit Laune auch immer gemessen wird).

„Hiasi", rief ich erstaunt aus. „Was führt dich denn hierher? Und dann auch noch so pitschnass?"

„Wenn du mich rein lassen würdest, könnte ich dir das erklären. Aber hier draußen finde ich es nun doch ein wenig ungemütlich."

„Oh je, entschuldige, natürlich! Komm rein!"

Hinter mir schlurfte er die Treppe hinauf und sah sich erstaunt in Daisy's quietschebuntem Reich um, bevor er seinen langen, nassen Körper auf die Couch fallen ließ.

„Also", wiederholte ich, „was verschafft mir die Ehre Deines Besuchs?"

„Nun", erklärte Hiasi, „erstens schulde ich Dir noch ein Abendessen und zweitens habe ich vorhin Daisy getroffen, die gesagt hat, dass Du dank der drei Tage Regenwetter eine Laune hast wie drei Tage Regenwetter. Da dachte ich, dass ich Dich vielleicht aufmuntern könnte?!"

„Irgendwann erstickt Daisy noch mal an ihrem großen Mundwerk", grummelte ich. Und auch wenn ich meine geschwätzige Freundin manchmal gerne killen würde, so konnte ich doch nicht leugnen, dass ich ihr in diesem speziellen Fall sogar ein wenig dankbar war, dass sie ihre Klappe nicht halten konnte. In Hiasis Gesellschaft fühlte man sich einfach wohl und wie ich gerade feststellte, war alles besser, als grübelnd auf der Couch zu liegen.

„So", rief Hiasi entschlossen und schlug seine großen Hände, die mit erstaunlich langen schlanken Pianistenfingern ausgestattet waren (was mir soeben auffiel), auf seine nassen Oberschenkel. „Was ist der Plan? Willst Du erst erzählen, was Dich ankotzt, oder willst Du erst etwas essen oder sollen wir uns einfach nur besaufen?" Ich überlegte einen Moment. Passend gekleidet war ich eigentlich nur für reden und saufen, aber das ließ sich ja glücklicherweise innerhalb weniger Momente ändern. Und kaum hatte Hiasi das Wort Essen ausgesprochen, knurrte mein verräterischer Magen vernehmbar. Hiasi lachte.

„Alles klar, damit wäre das also auch geklärt. Nun ist bloß die Frage, ob Du so lange warten kannst bis ich uns etwas gekocht habe oder ob wir irgendwo essen gehen?"

„Haha, so leicht kommst du aus dieser Nummer nicht wieder raus. Wer vorgibst der nächste Paul Bocuse zu sein, muss auch abliefern. Ich ziehe mich nur ganz schnell etwas halbwegs Vernünftiges an, dann können wir los. Wie Du aussiehst, bist Du nicht mit dem Auto hier?"

„Nein, wir laufen. Ich dachte ein bisschen frische Luft würde dir guttun. Bei deinem Temperament kann es ja nicht schaden sich ab und zu mal ein wenig abzukühlen.", grinste Hiasi und zwinkerte mir zu. Frecher Kerl! Schnell schlüpfte ich in eine Jeans, ein Hoodie und meine obligatorischen Nike-Sneakers und warf im Gehen noch eine Regenjacke über. „Bereit!", rief ich mit mehr Enthusiasmus als ich fühlte. Glücklicherweise war der Weg zu Hiasis Haus, in dem ich noch nie gewesen war, von dem ich aber wusste wo es sich befand, nicht allzu weit und der Regen hatte auch schon ein bisschen nachgelassen.

So waren wir nicht allzu nass, als wir das kleine, freistehende Häuschen in mitten eines wildromantisch aussehenden Gartens erreichten. Vor der Tür klopfte Hiasi sich die Schuhe ab, dann schloss er auf. „Hinein in die gute Stube!", sagte er so fröhlich, dass ich wirklich froh war, mitgekommen zu sein. Und dieser Eindruck bestätigte sich noch mehr, als ich das Haus von innen sah. Frei liegende Backsteinwände, grob gehauene Balken, glänzende Holzböden mit bunten Flickenteppichen – genau so sah mein Traumhaus aus.

Hiasi führte mich in die Küche, die einen Boden aus gebrannten, roten Ziegelsteinen hatte und von einer riesigen Theke aus Naturholz dominiert wurde. „Nimm doch an der Theke Platz, dann kannst du mir beim Kochen Gesellschaft leisten. Was möchtest Du trinken?"

Ich konnte gar nicht antworten, so fasziniert war ich. Ehrlich gesagt hatte ich mir nie Gedanken darüber gemacht, wie Hiasis Zuhause wohl aussehen mochte, aber mit solch einer Behausung hatte ich definitiv absolut nicht gerechnet. Die Küche war urgemütlich, bunt, großzügig und einfach zum Wohlfühlen. Bunte Kinderzeichnungen schmückten den riesigen amerikanischen Kühlschrank, daneben hingen Schnappschüsse von Freunden und Urlauben, die allesamt einen braungebrannten und lachenden Hiasi zeigten, über der freistehenden Kücheninsel baumelten diverse Kochgerätschaften und in einer bauchigen Glasvase verbreitete ein frischer Wildblumenstrauß einen angenehmen Spätsommerduft.

„Wow"" stieß ich beeindruckt hervor. „Wunderschön hast Du es hier!"

„Vielen Dank", sagte Hiasi ganz ohne falsche Bescheidenheit und lächelte mich an. „Ich sagte ja bereits, alte Häuser sind meine Leidenschaft. Ich liebe es, hinter die oft gammelige und vernachlässigte Fassade zu schauen und die Seele des Hauses wieder zum Vorschein zu bringen. Bis es hier so aussah, wie ich es mir vorgestellt hatte, gingen einige Jahre ins Land. Aber jetzt fühle ich mich wirklich wohl. Wenn Du magst, bekommst Du eine kleine Führung, wenn das Essen im Ofen ist. Ich dachte an Hähnchenbrust aus dem Ofen, eingelegt in Orangensaft und Bier. Du bist doch keine Vegetarierin oder gar Veganerin?" Entsetzt sah er mich an.

„Bin ich nicht", beruhigte ich ihn lachend.

„Gut! Ich habe hier nämlich schon einmal etwas vorbereitet!"

Mit schwungvoller Geste nahm er eine große silberne Schüssel aus dem Kühlschrank und zeigte mir die darin befindlichen Hähnchenteile, die in einer lecker duftenden Marinade aus Bier und Orangenscheiben schwammen.

„Die habe ich heute Morgen schon eingelegt. Irgendwie hatte ich das im Urin, dass Du heute kommen würdest. Was würdest Du gerne dazu essen? Kartoffelbrei würde gut passen?!"

Als Antwort knurrte mein Magen erneut vernehmlich.

„Mir ist das relativ egal, solange es nicht mehr allzu lange dauert", lachte ich. Unaufgefordert holte Hiasi eine

Flasche Gin und eine Flasche Tonic aus dem Kühlschrank und begann, zwei Gläser zu füllen. Eines davon stellte er vor mich und sagte, „Hier, das kannst du heute brauchen, glaube ich."

Ich nahm einen Schluck der klaren Flüssigkeit und stellte fest, dass Hiasi nicht nur ein wundervoller Inneneinrichter, sondern auch ein exzellenter Barkeeper war. Ich hatte selten einen so leckeren Gin Tonic getrunken.

„So", sagte ich, „was gibt es Neues von unserem Gemüse-Freund?"

„Ich kann es dir gar nicht genau sagen. Ich habe selbst schon länger nichts mehr von ihm gehört. Das letzte, was ich weiß, ist, dass er wohl demnächst in den Urlaub fliegt."

„Aha, und mit wem?"

Ich konnte den leisen Stich der Eifersucht nicht ignorieren. Was, wenn dieses ganze Unterfangen hier völlig sinnlos war und August Karotte sich längst für eine andere entschieden hatte, mit der er nun an Hawaiis Stränden herumtollen würde?

„Anscheinend mit irgendeinem Kollegen aus dem Geschäft. Wird wohl nichts besonders Spannendes, nur ein paar Tage Strandurlaub in Thailand."

„Das heißt, er hat sich zu mir in letzter Zeit auch nicht mehr geäußert?"

„Doch, auf seine unnachahmliche August-Art. Er meinte, er würde dich unheimlich gerne endlich einmal treffen, aber erst wenn er aus dem Urlaub wieder zurück ist, weil er dann braun gebrannt ist und besser aussieht."

Hiasi verdrehte in einer gespielt komischen Geste die Augen und ich musste lachen. Ja, das passte zu August

Karotte. Ich freute mich schon auf dieses Treffen und spürte, wie die Schmetterlinge in meinem Bauch einen Salto schlugen. August Karottes meergrüne Augen waren auch so schon ein Highlight, doch wenn er braun gebrannt war, funkelten sie wie Smaragde. Dieser Mann hatte einfach etwas an sich, dass mich in seinen Bann zog. Wenn wir beide im selben Raum waren, knisterte die Luft. Die sexuelle Spannung zwischen uns war beinahe mit Händen greifbar. Dabei war er nicht einmal überdurchschnittlich gutaussehend, für meinen Geschmack sogar etwas zu klein, aber er besaß eine wahnsinnige Ausstrahlung und Charisma.

„Erde an Kate!", rief Hiasi plötzlich und riss mich damit aus meinen angenehmen Tagträumen.

Ich sah ihn an, wie er da stand, und mit hochgekrempelten Hemdsärmeln Kartoffeln schälte und schämte mich ein wenig, dass ich vor lauter Gedanken an eine nicht anwesenden Mann einen sehr realen und direkt vor mir befindlichen komplett ignoriert hatte.

„Oh, sorry, Hiasi. Ich war mit meinen Gedanken gerade ganz woanders!"

„Das habe ich gemerkt. Und ich kann mir auch durchaus vorstellen wo und mit wem!", grinste Hiasi.

„ Aber jetzt zu dir", sagte ich entschlossen.

„Was denn zu mir?"

„Na, ich weiß zwar, dass du an dem ganzen Dating-Scheiß eigentlich kein großes Interesse hast, aber hat sich denn in letzter Zeit nichts für dich ergeben?" Wortlos schenkte Hiasi mir einen weiteren Gin Tonic ein und lehnte sich mit den Unterarmen auf die Theke.

„Ob du es glaubst oder nicht, ich habe tatsächlich so etwas wie ein Date."

„Oh, erzähl! Wie aufregend! Mit wem? Kenne ich sie und wie kam es jetzt dazu?"

„Ja, ich denke schon, dass Du sie kennst. Tut irgendwie jeder. Saskia, die Tochter des Autohändlers."

„Die große Blonde? Die Dünne?"

„Genau die! Blond und blauäugig, so wie ich es mag. Sie ist vielleicht ein bisschen dünn für meinen Geschmack –"

„Sie ist vielleicht ein bisschen extrem dünn?! Da denkst Du ja, Du umarmst eine Bohnenstange!"

Hiasi ließ sich nicht beirren und beendete ungerührt seinen Satz.

„...und ich weiß auch nicht ob wir sehr viel gemeinsam haben oder auch nur gemeinsame Gesprächsthemen finden, aber das wird sich dann schnell herausstellen."

Ich versuchte, wahrscheinlich relativ erfolglos, nicht das Gesicht zu verziehen. Hiasi und Saskia, in meinen Augen passte das etwa so gut wie ein Veganer beim Leberwurstwettess-Contest. Irgendwie konnte ich mir nicht vorstellen, mehr als drei Sätze am Stück mit ihr zu wechseln – was ich wohl müssen würde, wenn die beiden ein Paar wurden und auf Doppeldates mit August und mir gehen würden.

„Ich weiß, was du denkst. Saskia passt überhaupt nicht zu mir, nicht wahr? Aber irgendwann muss ich mal anfangen, einer Frau eine Chance zu geben. Perfekt ist schließlich niemand und sie ist zumindest wirklich nett."

„Ja, da hast Du vermutlich recht. Nett ist sie definitiv. Wie kam es denn jetzt zu ihr?"

„Sie hat mich bei Facebook angeschrieben, nachdem sie mich vor kurzem auf einem Straßenfest gesehen hat und so kamen wir ins Gespräch. Ich werde mich jetzt einfach mal mit ihr treffen, das kann schließlich nicht schaden."

„Das stimmt auf jeden Fall. Vielleicht wird es ja die große Liebe. Du, sag mal, wie lange dauert das denn noch mit dem Essen?"

Hiasi prustete laut los.

„Ich bin jetzt fertig mit Kartoffeln schälen, die kommen auf den Herd. Dann schiebe ich das Fleisch in den Ofen und dann geht es noch etwa eine Dreiviertelstunde. Aber wie gesagt, Du bekommst eine Hausführung und ruck-zuck ist das Essen fertig. Noch einen?"

Mir war gar nicht aufgefallen, dass ich schon dem zweiten Gin Tonic den Garaus gemacht hatte, aber da wir gelaufen waren, war das ja auch kein Problem.

„Ja, gerne. Die sind wirklich sehr lecker. Ich glaube, ich bin schon ein bisschen bedudelt."

Von einer angenehmen Wärme erfüllt und wohlig zufrieden sah ich Hiasi dabei zu, wie er die Kartoffeln flugs zerkleinerte, in einen großen Topf warf, würzte und dann das Hähnchen in einer Auflaufform in den Ofen schob.

„So", sagte der Chefkoch und rieb sich die Hände, „es kann losgehen, Mylady. Bereit für die Schlossführung?"

„Sehr gerne, Mylord. Ich bin sehr gespannt!" Mit einem weiteren Gin Tonic in der Hand folgte ich dem Hausherrn durch seine vier Wände und wurde auch vom Rest des Hauses nicht enttäuscht.

Im Wohnzimmer ersetzten grobe Holzbohlen den Fliesenboden, auch hier bedeckt von bunten Fleckenteppichen. Gemütliche Sofas, die auf den ersten Blick nicht recht zu einander passen wollten, gruppierten sich um einen Tisch aus dunklem Treibholz. Ein großzügiger offener Kamin aus den gleichen roten Backsteinen rundete das urige Gesamtbild ab. Im Badezimmer dominierte unbehandelter Beton, aus dem der Waschtisch, der Boden und die Umrandung der riesigen Badewanne bestanden. Das Esszimmer war ein Raum mit dunklen Tapeten, einem großen Holztisch, samtbezogenen Stühlen und einem riesigen Kristalllüster.

Ich war völlig baff. Vor Staunen bekam ich den Mund fast nicht mehr zu, was bei mir ja nun wirklich keine alltägliche Angelegenheit war.

„Das hast du wirklich alles ganz allein gemacht?", fragte ich bass erstaunt. Hiasis Haus sah aus wie direkt aus einem Katalog für Inneneinrichter entsprungen.

„Klar, ich hab ja Zeit! Keine Frau, keine Kinder, keine Verpflichtungen."

„Hiasi, das ist wundervoll. Am Liebsten würde ich sofort bei dir einziehen!"

„Vielen Dank, ich mag es auch. Ich fühle mich sehr wohl hier. Ist nur ein bisschen viel Platz für einen alleine, aber das ändert sich ja hoffentlich bald." Für einen Moment versuchte ich, mir die spargeldünne Saskia auf einem der Sofas oder Barhocker in der Küche vorzustellen, scheiterte jedoch. So viel Fantasie besaß nicht einmal ich.

„Willst Du auch das Schlafzimmer sehen?", fragte mich Hiasi mit einem belustigten Funkeln in den Augen. Ich war nun schon von Natur aus nicht für meine Schüchternheit bekannt und die zahleichen Gin Tonics machten mich zusätzlich übermütig.

„Aber klar doch, das Arbeitszimmer ist schließlich das Herzstück des Hauses!"

Auch das Schlafzimmer war urig und kuschelig. Holzböden, freiliegende Balken, ein riesiges Bett mit einem bunten Quilt – ich musste irgendwann unterwegs gestorben und im Himmel angekommen sein.

„Mund zu", brummte Hiasi und knuffte mich in die Seite, „das Essen dürfte fertig sein. Ich stellte fest, dass mir tatsächlich die Schublade heruntergefallen war und versuchte unauffällig, meine Kauleiste wieder zu schließen. Noch immer völlig geplättet folgte ich Hiasi zurück in die Küche, wo wir in einträchtigem Schweigen das hervorragende Essen genossen und noch ein Gläschen Gin Tonic leerten.

„Ich platze", stöhnte ich etwa zwanzig Minuten später und hielt mir den schmerzhaft spannenden Bauch. „Das war so unglaublich lecker, Hiasi, wo hast Du nur so kochen gelernt?"

„Altes Hausrezept meiner Mama, nichts Großartiges. Der Ofen erledigt das Meiste. Noch ein Glas?" Einladend hielt er die fast leere Gin-Flasche in die Höhe.

„Ach, warum nicht. Ich hatte zwar eigentlich schon viel zu viel, aber das Essen hat ja bestimmt auch wieder einiges aufgesaugt, nicht wahr?"

„Ganz sicher! Aber komm, wir gehen ins Wohnzimmer, da ist es gemütlicher."

Ich flätzte mich auf eines der behaglichen Sofas, auf dem ein weiterer wunderschöner bunter Quilt lag und Hiasi setzte sich in einen riesigen Ohrensessel, der garantiert schon ein paar Jahrzehnte auf dem Buckel hatte.

„Ich hab das übrigens schon ernst gemeint mit Deinem Haus. Wenn Du willst und Dein Mann damit einverstanden ist, würde ich es gerne kaufen. Ich suche schon lange nach einem zweiten Häuschen und Deins sieht von außen wirklich super aus, vor allem auch das riesige Grundstück, das wäre genau mein Ding."

„Ich kenne niemanden, dem ich es lieber geben würde als Dir, Hiasi", sagte ich in vollster Überzeugung. „Aber die Sache hat einen Haken – Du bekommst leider die Nachbarn aus der Hölle mit dazu. Weil Du es bist, will ich ehrlich mit Dir sein. Die kann ich keinem Menschen zumuten."

„Es kann der Frömmste nicht in Frieden leben, wenn's dem bösen Nachbarn nicht gefällt", zitierte Hiasi grinsend.

„Oha, der Herr kennt Wilhelm Tell!", gab ich leise überrascht und voll Anerkennung zurück.

„Aber klar, was denkst denn Du? Aber warum sind die denn so schlimm?"

„Ach, Hiasi, ich weiß gar nicht, wo ich anfangen soll. Die sind furchtbar arrogant und meinen, ihnen gehöre die Welt. Vor Kurzem haben sie einem anderen Nachbarn erklärt, ihre Tochter würde mal von goldenen Tellern essen. Dabei kann dieses Kind nichts anderes, als hochfrequent kreischen."

„Jetzt muss ich doch mal nachfragen, die Mutter – ist das so eine mies gelaunte Kleine mit schlecht gemachten Extensions, die fast immer ein Basecap trägt und bei jedem Wetter Stiefel? Sogar bei 40 Grad zum Kleidchen? So Pocahontas-Schuhe?"

„Genau die. Hält sich für wunderschön und stylisch. Mir hat sie kürzlich geraten, ich solle doch mal Sport machen. Täte mir gut – zum Abnehmen."

„Ist nicht wahr!" Hiasi lachte lauthals heraus.

„Oh doch! Das war das erste Mal seit Jahren, dass sie mich angesprochen hat. Sonst kommunizieren wir eigentlich nur schriftlich miteinander. Wenn ich auf „ihrem" Parkplatz geparkt habe, zum Beispiel. Weil sie noch immer nicht verstanden hat, dass sie den nicht automatisch mit dem Haus erworben hat."

„Na kein Wunder, dass die immer schlechte Laune hat. Die muss ja die Käsefüße des Todes haben in ihren Stinklatschen! Aber von denen hab ich überhaupt schon viel Schlechtes gehört. Ist die Alte nicht auch mal einem kleinen Jungen den ganzen Weg zur Schule gefolgt, weil er angeblich ihre kleine Prinzessin geärgert hat, und hat ihn dann so geschubst, dass er gefallen ist?"

„Doch, genau das habe ich auch gehört. Sie sind überall unbeliebt, in unserer Straße spricht kein Mensch mehr auch nur ein Wort mit ihnen, aber sie halten sich für die Könige."

„Ach, weißt Du, das Gute ist ja, dass ich dann nicht selbst dort wohnen werde, sondern das Haus vermieten werde. Dann such ich einfach ganz schreckliche Mieter aus. Eine

Großfamilie mit elf Kindern, die den ganzen Tag schreien oder einen Bauern, der Ziegenböcke züchtet, die dann genauso schlimm stinken wie ihre Füße!"

Ich konnte nicht mehr an mich halten vor Lachen. Hiasi war so nett und lustig, ich genoss seine Gegenwart wirklich.

„Hast Du schon was von einem der Verlage gehört?", fragte er mich, als ich mich wieder beruhigt hatte.

„Nein, bis jetzt nicht. Aber so schnell rechne ich auch nicht damit. Ich denke, die brauchen schon ein wenig Zeit."

„Ja, ganz bestimmt. Wolltest Du das schon immer machen? Bücher schreiben?"

„Ehrlich gesagt, ja. Zwar hatten mir eher Romane vorgeschwebt statt eines Sachbuchs, aber schreiben ist schon immer meine große Leidenschaft."

Na dann ist es ja cool, dass Du die zum Beruf machen konntest, oder?" Aus seinen hellgrünen Augen betrachtete Hiasi mich forschend.

„Hm, joa, schon eigentlich."

„Das klingt aber nicht allzu begeistert, wenn ich das mal so sagen darf, Kate?!"

„Ach, irgendwie hatte ich immer gedacht, ich würde mal was schreiben, was irgendwie wahrgenommen werden würde. Nicht so was „Propanes", wie Daisy jetzt sagen würde. Weißt Du, ich hab irgendwie das Gefühl, dass es gar keinen Sinn macht, was ich da so tagtäglich tue."

„Nun ja, Du machst ein monatliches Magazin, oder? Ist ja nichts komplett Sinnloses."

„Nein, natürlich nicht, aber wie viele Leute lesen es denn wirklich? Ich reiße mir, auf deutsch gesagt, Monat für

Monat den Hintern auf, um spannende Themen zu finden und tolle Artikel zu schreiben, die die Leute mitreißen – und dann hab ich das Gefühl, dass es keinen Menschen juckt. Ich meine, wer liest denn heutzutage überhaupt noch Magazine? Sind doch alle eh nur noch im Internet unterwegs. Der Mensch sucht die schnelle und schnelllebige Unterhaltung. Wie viel Mühe und Herzblut Monat für Monat ins so einem Heft steckt, das ist doch allen völlig egal!" Ich nahm einen großen Schluck meines Gin Tonics und spürte peinlich berührt, dass mir die Tränen in die Augen stiegen.

„Oh je, Kate, das klingt aber gar nicht gut! Irgendwie dachte ich, Du würdest Deinen Job lieben. Aber jetzt hört sich das nicht so an, als ob Du besonders glücklich wärst!" Hiasi hatte sich vorgebeugt und musterte mich besorgt. Ich sah konzentriert zur Decke, um die Tränen zurückzudrängen, was mir nicht besonders gut gelang.

„Ehrlich gesagt bin ich das auch nicht. Aber das Witzige ist, dass mir das jetzt erst auffällt, weil mich vorher noch nie jemand danach gefragt hat. Wenn ich genauer darüber nachdenke, mag ich meinen Job eigentlich kein bisschen. Ich mag das Magazin nicht, ich mag die Stadt nicht und ich mag vor allem die meisten Leute nicht, mit denen ich zusammenarbeiten muss – Jojo mal entschieden ausgenommen. Das einzige, was ich mag, ist mein Gehalt." Ich schniefte leise und versuchte, unauffällig meine Nase zu reiben.

„Dann musst Du etwas ändern!", rief Hiasi leidenschaftlich, sprang auf und begann, im Raum auf und ab zu tigern. Ich fühlte mich an einen Abend im Mai zurückversetzt, an dem ich etwas Ähnliches in Daisys Wohnung praktiziert hatte – nur dass das Getränk des Tages damals Whisky gewesen war und kein Gin Tonic.

„Ja, das sollte ich wirklich. Die Branche wird immer härter, Abos brechen weg, kein Kunde will mehr Anzeigen schalten. Es wird um jeden Euro gekämpft mit Klauen und Zähnen, überall wird gekürzt und eingespart. Einer Kollegin von mir in Köln ist es jetzt sogar passiert, dass sie am ersten Tag nach der Elternzeit die Kündigung bekommen hat – ihre Stelle wurde einfach wegrationalisiert! Jetzt steht sie da, auch noch als alleinerziehende Mutter, und irgendeine alte Schachtel macht ihren Job für die Hälfte der Kohle. So macht das doch keinen Spaß mehr! Ich merke gerade, dass ich wirklich keinen Bock mehr auf das Ganze habe. Aber von was soll ich denn sonst leben?"

„Du bekommst bestimmt eine ordentliche Summe für Dein Haus. Damit zahlst Du die Schulden ab, die noch drauf sind, machst halbe-halbe mit Deinem Mann und dann ist garantiert noch ordentlich was übrig." Er hielt kurz inne und musterte mich intensiv. „Das dürfte Dir die Freiheit geben, Dich als Schriftstellerin zu versuchen. Geh' und schreib Deinen Roman! Bestimmt schlägt er ein wie eine Bombe."

„Ich hab ja noch nicht einmal eine Idee", lächelte ich unter Tränen.

„Egal! Ich weiß, dass es gut wird, weil Du einfach gut bist! Du musst an Dich glauben, dann schaffst Du das auch!"

Jetzt kullerten die Tränen wirklich, aber aus einem anderen Grund. Ich stand auf und streckte die Arme aus. Hiasi machte zwei Schritte auf mich zu und zog mich dann in seine warme Bären-Umarmung.

„Es wird alles gut, Kate", flüsterte er an meinem Scheitel und für eine Sekunde gestatte ich mir den Gedanken, dass er tatsächlich Recht haben könnte. Viel zu schnell gab er mich wieder frei und knuffte mich in die Seite, wie schon einmal an diesem Abend – es war erst ein paar Stunden her, kam mir aber vor wie in einem anderen Leben.

„Hopp, Du Schnapsdrossel, ich bring Dich heim. Bevor noch jemand spitzkriegt, dass Du die halbe Nacht bei mir warst und es Herrn Karotte petzt. Der ist zwar klein, aber bösartig, ich will nicht, dass er mich haut."

Ich grinste. Der Abend hatte in der Tat einen komplett anderen Verlauf genommen als gedacht und es ging mir sehr viel besser als noch einige Stunden zuvor. Was so ein paar Gin Tonics nicht alles bewirken konnten?!

-27-

Am nächsten Tag

„Na, wie war euer Essen? Was sagt Mama Margret zu ihrem Enkelchen?", tippte ich und drückte auf senden, bevor ich mich wieder einem besonders langweiligen Artikel über Microdermabrasion widmete, der stundenlange Recherchearbeit erforderte und den wahrscheinlich wieder kein Schwein lesen würde. Meine Gedanken schweiften immer wieder zurück zum gestrigen Abend und zu dem, was Hiasi zu mir gesagt hatte. Eigentlich stimmte jedes Wort. Das Leben war zu kurz, um in Dingen festzustecken, die einen nicht glücklich machten und nicht befriedigten. Beziehungen, Jobs, Freundschaften – wenn es nur noch anstrengend und ermüdend war und einem die Energie raubte, sollte man es besser lassen.

Daisys Antwort ließ keine halbe Minute auf sich warten. „Sie ist überglücklich. Konnte es gar nicht glauben. Sie meinte, noch ist nicht aller Abende Tag und wir kriegen das schon hin, ob mit Papa oder ohne."

Ich grinste. Bestimmt hatte Margret nicht „aller Abende Tag" gesagt, aber vielleicht wollte Daisy mich auch nur aufziehen. Trotz aller Freude musste ich mal wieder den Moralapostel spielen und ein ernstes Wort mit ihr reden.

„Du musst es Malte sagen, Liebes. Jetzt weiß Deine Mama Bescheid und bald sieht man vermutlich auch etwas, er sollte es wissen."

Kaum hatte ich mich wieder in die mechanische Abtragung der obersten Hautschichten mit Hilfe von Kristallen vertieft, ging die nächste Nachricht von Daisy ein.

„Du hast ja Recht. Ich kümmere mich noch heute darum. Oh Gott, Kate, ich hab solche Angst!"

„Brauchst Du nicht, Dussel. Wir schaffen das, egal ob mit oder ohne Malte. Ich hab Dich lieb!"

Als wenige Sekunden später ein erneutes Pingen anzeigte, dass wieder eine WhatsApp durch den Äther geflattert war, öffnete ich sie, ohne zuvor nach dem Absender zu schauen. Fehler.

Sie war von Mr. Karotte himself und zeigte einen puderweißen Strand, azurblaues Meer im Hintergrund, eine schräg ins Bild ragende Palme – und ihn. Mit natürlich nacktem, offensichtlich eingeöltem Oberkörper grinste er breit in die Kamera, einen giftig-bunten Cocktail mit stilechtem Schirmchen in der Hand, seine grünen Augen strahlten.

„Schön hier – aber noch schöner wäre es mit Dir!"

Wow, was war denn in den gefahren? Das war ja fast so etwas wie ein Eingeständnis, dass es mit mir doch besser war als ohne mich.

„Nette Fototapete! Wusste gar nicht, dass Du Deine Wohnung renoviert hast!", gab ich zurück.

„Nix Fototapete, Koh Samui, Du Ungläubige! Aber selbst wenn es mein Wohnzimmer wäre, hätte ich Dich gerne bei mir ;)"

Na sowas. Jetzt gab er aber Gas. Vielleicht war in dem Cocktailglas ja doch mehr als Ananas- und Mangosaft.

Und jetzt stand ich, wie immer seit ich diesen Mann näher kannte, vor der Frage: Ehrlich antworten – und ihm schreiben, dass ich auch gerne bei ihm wäre, die Zeit am Strand und Meer mit ihm verbringen und nachts neben ihm einschlafen würde – oder mit einer sarkastischen Bemerkung kontern? Auf der einen Seite war das immer der Reiz unserer „Beziehung" gewesen. Wir hatten uns stets die Bälle gegenseitig zugespielt wie Tennisprofis, ein knallharter Wortwechsel jagte den nächsten. Es wurde nie langweilig, weil wir uns gegenseitig immer versuchten, an Schlagfertigkeit zu übertrumpfen. Ich musste zugeben, mir gefiel es, mich mit jemandem zu „duellieren", der intelligent und ein Schnelldenker war. Andererseits konnte das aber auch furchtbar anstrengend sein, weil man nie wirklich entspannt war. Ich hatte mich ihm damals ganz geöffnet und war schonungslos ehrlich zu ihm und mir selbst gewesen – und es hatte böse geendet. Ich beschloss also, auf meinen altbewährten Sarkasmus zurückzugreifen.

„Warum, haben die Damen dort aufgeschlagen, Herr Geizkragen?"

Ok, das war schon ein wenig unter der Gürtellinie und bestimmt auch nicht politically correct, aber man erntet, was man sät, nicht wahr?

„Nein, Frau Sarkasmus, aber ich kann mich mit ihnen nicht so gut unterhalten wie mit Dir und unsere Gespräche fehlen mir."

Ach Du lieber Himmel. Eindeutig kein Ananas-Saft! So kannte ich ihn ja gar nicht, das fiel ja schon beinahe unter die Kategorie „Gefühle zeigen"! Jesus Maria, der Kerl würde doch wohl nicht zu einem Menschen mutieren?

„Tja, dann solltest Du vielleicht wieder zurückkommen, mein Budget lässt momentan keine Fernreisen zu. Sag Bescheid, wenn die Fototapete an der Wand ist und wir haben ein Date!"

„Keiner tapeziert so schnell wie ich. Ich freue mich!" Kuss-Emoji. Ich war platt.

Doro und ich hatten einen netten Abend beim Griechen unseres Vertrauens verbracht, weil Daisy Malte zur Audienz in ihre Wohnung gebeten hatte. Da wollte ich natürlich nicht dabei sein. Wir hatten uns durch ein komplettes Menü gefressen, einschließlich der unvermeidlichen Ouzos, die einfach schmeckten wie Hustenbonbons, die zu lange in der Sonne gelegen hatten, und waren satt und zufrieden genug, um nach Hause zu gehen. Was ich natürlich nicht konnte, so lange dort noch ein „Hi, wie geht's? Lange nicht gesehen. Ach übrigens, Du wirst Papa!"- Gespräch stattfand.

Es war ein netter Abend gewesen, mit Doro konnte man sich einfach gut unterhalten und das Gespräch war angenehm leicht und lustig gewesen. Ihr Stinki-Stalker hatte mittlerweile eine richtige Freundin gefunden, ließ sie also in Ruhe, und ihren Toyboy hatte sie seit Wochen nicht gesehen. Ich erzählte ihr von meinem gestrigen Gespräch mit Hiasi und sie war ebenfalls der Ansicht, dass ich meinen Job kündigen und mich als Schriftstellerin versuchen sollte.

„Du musst ja nicht komplett aufhören mit dem Journalismus. Du kannst ja als Freie noch nebenher schreiben und ein bisschen Geld verdienen, falls es ein paar Anläufe braucht, bis Deine Bücher zu Bestsellern werden."

„Oh Gott, weißt Du, wie schwer es freie Journalisten heutzutage haben? Ich seh es doch in meinem Alltag. Die prügeln sich quasi um jede Zeile, das kann Dir als Chefredakteur echt auf die Nerven gehen. Mir tut es immer leid, wenn ich jemandem absagen muss, weil ich weiß wie dringend die teilweise ihre Aufträge brauchen."

„Ach, jetzt mach Dir keinen Kopf. Wie Hiasi schon sagt, mit dem Geld von Deinem Haus kannst Du erstmal ne Weile sorgenfrei leben und bis dahin wirst Du schon wieder was gefunden haben, das Dir Spaß macht. A propos Hiasi –"

„Ooooh nein", wehrte ich ab, „da gibt's gar nix zu A proposen. Ich hab ihn super gerne und verbringe auch total gerne Zeit mit ihm, aber mehr ist da nicht!"

„Sicher? Du verbringst nämlich ganz schön oft Zeit mit ihm, finde ich. Und mehr als nur ein bisschen gerne, so wie das klingt."

„Er ist ja auch wahnsinnig nett und ich komme echt gut mit ihm aus, aber er ist der beste Freund von Monsieur Karotte und das ist schließlich der, den ich will."

„Er ist viel netter als Dein doofer Karotte, da kannst Du die ganze Welt fragen. Bei Daisy angefangen."

Genau diese rettete mich in just dieser Sekunde, indem sie mir eine WhatsApp schrieb und mich deshalb der Antwort enthob. „Er ist weg, komm bitte schnell heim."

„Ach herrje", sagte ich und hob die Hand Richtung Kellner, damit ich schnellstmöglich zahlen konnte. „Das scheint ja nicht so besonders toll gelaufen zu sein."

Doro sah mich entsetzt an. „Oh nein, die Arme! Das wäre ja schlimm. So ein Trottel!"

Eilig bezahlten wir und Doro fuhr mich bis vor die Haustür. „Sag ihr, egal was kommt, sie schafft das!", rief sie mir nach, als ich gerade die Autotür schließen wollte.

Ich rannte die Stufen zu Daisys Wohnung hinauf, so schnell meine vollgefressene Wampe es zuließ und wollte gerade den Schlüssel ins Schloss stecken, als meine Freundin mir wieder einmal zuvorkam und die Tür schwungvoll aufriss. Erstaunlicherweise sah sie kein bisschen geknickt aus, im Gegenteil. Ich hätte schwören können, dass sie –

„Daisy, alles gut? Malte akzeptiert nicht, dass er Vater wird und lässt Dich alleine hier sitzen und Du grinst wie ein Honigkuchenpferd?"

„Wer sagt denn, dass er es nicht akzeptiert?", quiekte sie wie ein kleines Schweinchen und fiel mir (noch so ein Deja Vu) überschwänglich um den Hals, so dass ich beinahe rückwärts wieder die Treppe hinuntergesaust wäre.

„Der freut sich wie ein Sonnenkönig! Er kann es gar nicht glauben und hat geweint vor Freude!"

„Schneekönig, Schnuffelnase. Und jetzt lass mich erstmal reinkommen, dann will ich die ganze Geschichte hören."

Als ich ins Wohnzimmer kam, bemerkte ich, dass auch Tati freudestrahlend auf dem Sofa saß, mit rosa leuchtenden Apfelbäckchen und in der Hand ein Glas Champagner.

„Komm, setz Dich!", rief sie voller Elan und klopfte aufs Polster neben sich. „Ich bin auch gerade erst gekommen, habe aber schon ne halbe Flasche Blubberwasser intus! Es sieht so aus, als würde sich für unseren Zwerg hier doch noch alles zum Guten wenden!"

Gehorsam ließ ich mich aufs Sofa fallen und schleuderte meine Schuhe von den Füßen.

Daisy hatte sich inzwischen vor mir aufgebaut, so richtig mit in die Hüfte gestützten Händen, und strahlte übers ganze Gesicht.

„Na los, erzähl schon!", brummte ich und nahm direkt einen Schluck aus der tatsächlich halb leeren Pulle.

„Ach, Kate, Malte war wunderbar! Er ist in Tränen ausgebrochen als ich ihm gesagt habe, dass ich ein Baby bekomme. Er wollte alles sofort wissen. Ob ich schon weiß, was es ist und wann es kommt und wie es mir geht und so."

Ich packte sie sanft am Ärmel und zog sie auf meine freie Seite.

„Ok, also hat er positiv reagiert?!"

„Der ist komplett überwältigt! Er kann es gar nicht fassen und sagt, er wäre noch nie in seinem Leben so glücklich gewesen."

„Oh, wow – und wo ist er jetzt?"

„Bei seinen Eltern, er will ihnen erzählen, dass sie Oma und Opa werden!"

„Und da wolltest Du nicht mit?"

Bei diesem Gedanken wurde Daisy ein wenig blass um die Nase.

„Oh – äh, nein. Ich kenne sie doch noch gar nicht!"

„Tja, das wird sich ändern müssen, mein Liebes!"

„Ich weiß, ich weiß – aber jetzt lass mich doch erstmal fertig erzählen!"

„Ach so, es geht noch weiter! Ja dann los"

„Also", Daisy holte tief Luft, „Malte will, dass ich bei ihm einziehe. Und ich habe zwar gesagt, dass ich noch Bedenkzeit brauche, aber eigentlich weiß ich jetzt schon, dass ich das schrecklich gerne will. Unser Pünktchen braucht schließlich eine richtige Familie. Und –", an dieser Stelle nahm sie meine Hand und drückte sie fest, so dass bei mir sofort die Alarmglocken zu läuten begannen, „ich will, dass Du dann hier wohnst. So lange Du möchtest. Mietfrei. Meine Mama und ich haben vor Längerem schon darüber gesprochen und gestern meinte sie, für den Fall, dass Malte mir anbieten würde, zu ihm zu ziehen, will sie, dass Du hier bleibst. Dann steht das Haus nicht komplett leer, weil sie doch so oft weg ist. Und Du könntest ihre Blumen gießen und die Hunde könntest Du auch zu Dir holen. Was meinst Du?"

Sie sah mich aufgeregt an und ihre kleinen Hände – aktuell zierte ein schwarz-weißes Hahnentrittmuster ihre Nägel – zerquetschten fast meine großen.

„Daisy, das ist schrecklich lieb von euch, aber das kann ich doch nicht annehmen! Ich liege euch schon viel zu lange auf der Tasche, ich muss mal wieder selbstständig werden!"

„Du liegst uns überhaupt nicht auf der Tasche, Du kaufst ja auch ständig ein und kochst und alles! Und wir sind wirklich froh, wenn noch jemand im Haus ist, der nach dem Rechten sieht. Und ich weiß ja, wie gerne Du Deinen Job aufgeben und Dich dem Schreiben widmen würdest! Also stell Dich nicht so an und freu Dich einfach einmal!"

Ich atmete tief durch. Daisy hatte recht, das Haus stünde sonst nahezu das ganze Jahr leer, da Margret so gut wie permanent unterwegs war. Dass sie aktuell ein paar Tage am Stück daheim war, glich einem kleinen Wunder. Und schon Ende der Woche würde sie wieder abreisen, wusste der Himmel wohin. Genaugenommen war es die perfekte Lösung. Ich könnte kündigen und vom Geld, das ich durch den Verkauf des Hauses bekommen würde, ein Weilchen leben und in der Zwischenzeit ausprobieren, ob ich ein wirklich tolles Buch hinbekäme. Daisy konnte ausprobieren, ob es mit ihr und Malte klappen würde – falls nicht, hätte sie noch immer ihre Wohnung, die nicht an einen Fremden vermietet wäre. Und meine Hunde wären wieder bei mir, das wäre das Beste an der ganzen Sache.

„Gebongt, Daisy, so machen wir es!", grinste ich und meine Freundin fiel mir juchzend um den Hals.

28

Drei Wochen später, Anfang September

Es war Freitag, das Wetter hatte sich wieder halbwegs berappelt und ich lag im Bett, obwohl ich mich eigentlich für das Dorffest fertigmachen sollte. Mir stand der Sinn nicht nach Feiern. Ich war genervt. Nun hatte ich unser Kurzexposé schon vor mehr als vier Wochen losgeschickt und noch keine einzige positive Antwort bekommen. Einige Verlage hatten sich gemeldet, dass das Buch nicht in ihr Portfolio passen würde, aber die meisten hatten einfach gar nicht geantwortet, was ich fast noch schlimmer fand. August Karotte hatte sich seit seiner Rückkehr aus Thailand bis auf eine nichtssagende WhatsApp auch noch nicht wirklich gemeldet, Hiasi machte sich erstaunlich rar und Daisy hatte vor lauter Ultraschallterminen bei Frau Dr. Hexe, Hebammensuche, Babykleidungsshopping und Geturtel mit dem werdenden Vater sowieso keine Zeit für mich. Doro, Melina und Aline waren hochmotiviert, es auf dem Dorffest richtig krachen zu lassen – schließlich konnte man da mit dem Rad hinfahren und war in nullkommanichts wieder zu Hause.

Ich konnte mich noch nicht einmal dazu aufraffen, mich unter die Dusche zu schleppen. Gelangweilt spielte ich an meinem Handy herum, bis mir plötzlich siedend heiß ein Gedanke kam – was, wenn wir doch Antwort auf unser Buch bekommen hatten und diese im Spam gelandet war? Hastig öffnete ich meinen Spam-Ordner und scrollte durch die

Hunderten von Nachrichten, die sich dort akkumuliert hatten. Billig-Möbelhäuser, Parfümerien, Luxustaschenhersteller, viele heiße Chicas, die es mir einmal so richtig besorgen wollten, Firmen, die Nahrungsergänzungsmittel zur Fettverbrennung herstellten, aber kein Verlag. Frustriert wollte ich das Handy an die Wand werfen, als mir eine neue Mail im „normalen Posteingang" auffiel. Von einem Verlag. Und nicht mal einem besonders unbekannten. Ich wappnete mich und tippte geschlossenen Auges mit dem Zeigefinger darauf.

Ich wusste schon, was da stehen würde. Buch…sehr interessant…bla bla…passt nicht ganz zu uns…bla bla…keine Herabsetzung Ihrer Fähigkeiten als Autorin…bla bla…kein passendes Genre…bla bla…gerne mit einem anderen Manuskript noch einmal…bla bla. Ich öffnete die Augen.

Buch…sehr interessant…bla bla…passt sehr gut in unser Portfolio…bla bla…würden Sie gerne kennenlernen, um mit Ihnen die Möglichkeiten…bla bla…spannendes Manuskript…bla bla.

Na also, hatte ich es doch gewusst. Wieder nichts. Aber jetzt hatte ich wenigstens einen Grund, mich auf dem Dorffest richtig zu besaufen. Als ob ich je einen gebraucht hätte.

Äh…Moment. Ich las die Mail nochmal. Langsam. Sie fanden das Buch sehr interessant und würden mich gerne kennenlernen? Um die Möglichkeiten einer Veröffentlichung zu besprechen? Irgendwie klang das überhaupt gar nicht nach einer Absage. Ich sprang auf und hüpfte wie eine geistesgestörte Krähe kreischend und mit den Armen flatternd erst auf und ab und dann kreischend ins Wohnzimmer, wo sich eine nun schon deutlich gerundete Daisy mit einer Maske (samt Gurkenscheiben, wie klischeehaft war das denn?) auf der Couch ausgestreckt hatte und – echt jetzt? Ihr Ernst? – einer todlangweiligen Meditationsmusik lauschte.

„Daisy", brüllte ich und es gelang mir damit, sie innerhalb einer Sekunde senkrecht zu bekommen. Dabei purzelten ihr natürlich die Gurkenscheiben von den Augen und sie blinzelte mich, hilflos ohne ihre Brille, völlig verwirrt an.

„Bist Du bescheuert? Was erschreckst Du mich denn so? Ich versuche hier gerade, meine innere Mitte zu finden!"

„Die ist da, wo Du gerade dick wirst! Daisy, Du wirst es nicht glauben – ein Verlag hat Interesse an unserem Buch!"

Damit umarmte ich sie so stürmisch, dass ich sie fast von den Latschen geholt hätte, schließlich war sie ein Maulwurf und sah mich nicht kommen.

„Sie wollen unser Buch!"

„Wer will unser Buch?", ächzte sie und versuchte, sich aus meiner Umarmung freizumachen. Blind tastete sie auf dem Couchtisch umher, bis sie ihre Brille gefunden hatte, und sah mich dann streng an, als sei ich komplett verrückt geworden.

„Na ein Verlag! Ein echter Verlag! Und auch noch in Heidelberg, meiner Lieblingsstadt! Das muss ein gutes Zeichen sein!"

„Oh wow", sagte sie und ließ sich erschöpft auf die Couch sinken. „Echt jetzt? Du verarschst mich nicht?"

„Natürlich nicht! Ganz echt. Sie haben geschrieben, dass sie sich gerne mit uns treffen würden, weil sie Interesse an unserem Buch haben und die Rahmenbedingungen klären wollen."

„Haben wir noch alkoholfreien Sekt da? Das muss gefeiert werden!"

„Daisy, wir hatten noch nie alkoholfreien Sekt da. Aber ich hol uns ne Saftschorle zum Anstoßen. Und dann mach ich mich fertig fürs Dorffest, irgendwie hab ich jetzt doch Lust zu feiern. Sicher, dass ich Dich nicht doch überreden kann?"

„Nee, nee, lass mal lieber. Da muss ich viel zu vielen dummen Leuten erklären, warum ich nichts trinke und auf die neugierigen Blicke hab ich so gar keine Lust. Ich bleib hier bei Kevin und Schakkeline und Netflix."

Fast zwei Stunden später war ich bereit, auszugehen. Ich hatte mir ein ausgiebiges Bad gegönnt und mir viel Zeit beim Fertigmachen gelassen. Und ich hatte mich quasi vorzeitig belohnt, indem ich mir online eine Tasche bestellt hatte, mit der ich seit Monaten geliebäugelt hatte. Sie war von einem englischen Luxustaschenhersteller, dunkelblau und schlicht und vor allem so winzig, dass außer meinem Hausschlüssel und einem Lippenstift niemals etwas hineinpassen würde. Das einzige, was nicht mikroskopisch klein war, war der Preis. Aber eine größere konnte ich mir eben einfach nicht leisten, denn je größer die Tasche, desto größer auch der Betrag, den sie dafür wollten.

Wie dem auch sei, gerade schwankte ich zwischen euphorischem Jubel ob des tollen Teils, das ich mir endlich gegönnt hatte und dieser unwillkommenen Mischung aus schlechtem Gewissen und „War das wirklich nötig", die mich immer beschlich, wenn ich etwas Teueres gekauft hatte. Als wir damals den Kaufvertrag für unser Haus unterschrieben hatten, hätte ich am Liebsten eine Woche lang geheult. Dabei war das im Vergleich zur Tasche nicht nur sinnvoll, sondern im Verhältnis sogar billiger gewesen, relativ gesehen.

Schnell kontrollierte ich noch einmal meinen Lippenstift, als es auch schon an der Tür klingelte. Doro und Aline hatten sich mächtig zurechtgemacht – was in Doros Fall bedeutete, dass sie neben Mascara auch Lippenstift aufgelegt und die wilden Locken aufgesteckt hatte, Aline hatte eh ihren eigenen, unverwechselbaren Style. Meist trug sie flippige bunte Socken, die unter ihren knöchellangen Hosen hervorblitzten, zu klobigen Turnschuhen und wild gemusterten Oberteilen, dazu gerne überdimensionale Brillen mit runden Stahl-Gestellen. Ich hatte einfach ein T-Shirt und Jeans an, Sneakers und einen Pferdeschwanz – wie immer also. Hallo, es war das Dorffest, nicht die erste Folge vom Bachelor, wo die Damen an allen möglichen und unmöglichen Stellen Löcher in ihre bonbonfarbenen Taft-Tischdecken schnitten und sich diese um die gebräunten und operierten Körper drapierten.

Unter mächtigem Gekichere und Getratsche fuhren wir zu der Wiese, auf der seit vielen Jahren die größeren und kleineren Festlichkeiten unserer Gemeinde stattfanden und wo wir schon von einer breit grinsenden und möglicherweise nicht mehr ganz nüchternen Melina empfangen wurden. „Ey, Chicas!", brüllte sie fröhlich und schwenkte eine fast leere Flasche Naturradler, „jetzt habt ihr euch aber Zeit gelassen!

Ich steh hier schon ne Weile und ihr könnt euch nicht vorstellen, was da für Gestalten reingelatscht sind!"

„Doch", erwiderte ich grinsend, „ich wohne schon mein ganzes Leben hier und ich weiß es nur zu gut! Aber jetzt lasst uns doch mal reingehen, nicht dass später wir die Gestalten sind!"

Ich fand es immer unangenehm, ein Fest zu betreten, das bereits in vollem Gange war. Egal ob Geburtstagsfeiern, Straßenfeste oder ein Dorffest – ich hatte immer das Gefühl, von der Meute abschätzend angestarrt zu werden. Deshalb war ich froh, dass meine Mädels dabei waren, als wir das große Zelt betraten, in dem sich schon eine ordentliche Menge an Leuten verschiedensten Alters und unterschiedlichsten Zurechtmachungsgrads eingefunden hatte. Wir hatten Glück und konnten einen Stehtisch in der Nähe der Bar erobern, an der Doro und Aline uns gleich mit einer Runde Whisky-Cola versorgten. Wir hatten uns seit einer Weile nicht gesehen, hatten also einiges damit zu tun, uns gegenseitig auf den neusten Stand der Dinge zu bringen, während das Festzelt sich mehr und mehr füllte und der sehr jung aussehende sommersprossige DJ sich redlich abmühte, der Menge für das später angesetzte Rockkonzert einzuheizen. Ich war bestens gelaunt. Unser Buchvertrag war keine reine Utopie mehr, sondern in greifbare Nähe gerückt, ich hatte mir die Handtasche meiner Träume bestellt und ich war endlich mal wieder weg, mit meinen Mädels und freute mich auf einen entspannten Abend.

Danach sah es auch aus, bis plötzlich eine Gruppe auftauchte, die man in der Großstadt wohl „aggressive Gang pubertierender Teenager-Gören" nennen würde – nur dass die Weiber keine Teenager mehr waren, sondern teilweise selbst schon Kinder im Pubertäts-Alter hatten. Alle knapp um die vierzig, eine kleiner als die andere (Ich hatte nichts gegen kleine Frauen, um Gottes Willen, meine beste Freundin war schließlich ein wandelnder Bierkrug, aber bei dieser Clique hatte man das Gefühl, die Aufnahmeprüfung bestand darin, im Europa-Park unter dem rot-weißen Stock durchpassen zu müssen, der bei den Achterbahnen ermittelte, ob man bereits groß genug war, um damit fahren zu dürfen) und eine dünner als die andere.

„Oh je", murmelte Aline leise, „die unvermeidlichen Ta-Spo-Ve-Bitches. Die machen immer alle einen auf best friends, dabei fressen sie alle nix, um ja die Dünnste und Schönste zu sein in ihrer tollen Clique."

Ich hatte mit keiner der Damen je ein Wort gewechselt, schließlich hatte ich zu keinem Zeitpunkt meines Lebens je dem notorischen Tanz-Sport-Verein angehört und sie waren zu alt, als dass ich irgendwelche Berührungspunkte mit ihnen gehabt haben könnte. Ich wusste nur, dass sie alle gleich aussahen – klein, dünn, mit wasserstoffperoxidblondem Bob – und sogar die gleichen Outfits trugen, die aus kunstvoll zerrissenen Jeans, weißem T-Shirt, schwarzer Lederjacke und Sneakers bestanden. Außerdem wusste ich, dass ein Großteil der Gang Sissy hieß – warum auch immer –, dass alle Kinder hatten (manche auch mehrere von diversen unterschiedlichen Männern) und dass ich sie alle, ohne sie überhaupt zu kennen, einfach unsympathisch fand.

Nein, das stimmte auch nicht ganz. Im Prinzip waren sie mir völlig egal. Oder wären es gewesen, wenn sie uns nicht minütlich mehr auf die Pelle gerückt wären und dabei eine oscarreife Show à la „Seht her, was wir für gute Freundinnen sind und wie sehr wir uns vergnügen!" abgezogen hätten. Während Doro, Aline, Melina und ich leicht fassungslos an unseren Drinks nippten, amüsierten sich die Ladys immer näher an uns heran. Ok, war ja vielleicht auch verständlich – wenn man die ganze Zeit damit beschäftigt ist, überdimensioniert lauthals lachend die kurzen Ärmchen möglichst weit in die Höhe zu recken, um fröhliche „Was haben wir nur für einen Spaß!"-Selfies zu schießen, kann man schon mal vergessen, auf den Weg zu achten. Als eine – Claire, wie ich zufälligerweise wusste, weil sie eine der wenigen nicht-blonden Nicht-Bobträgerinnen war, sondern lange brünette Locken hatte, die ihr bis über die mageren Schultern hingen – mir trotz ihrer geschätzt 48 kg kräftig auf den Fuß trat, überlegte ich kurz, sie ein wenig zu schubsen. Ich wollte aber nicht riskieren, dass sie sich eine Rippe brach, zum Beispiel an Ellenbogen einer ihrer BFFs, und begnügte ich damit, genervt die Augen in Richtung Doro zu rollen.

„Die liebe Claire", flüsterte sie mir ins Ohr. „War auf meiner Schule. Absolutes Mama-Kind. Ihr Mann hat sich wohl vor Kurzem von ihr getrennt und sie ist wieder bei Mama und Papa eingezogen, wo sie vorher wohl schon ständig war. In jeder Mittagspause fährt sie heim und bekommt von Mutti eine warme Mahlzeit gekocht. Total unselbstständige Memme. Und ihre älteste Tochter ist genauso. Wenn Moritz sie auf dem Schulhof nur schräg anschaut, heult sie gleich Rotz und

Wasser. Total schlimm, extrem verhätschelt. Da frag ich mich, was aus ihr mal werden soll! Na ja, eine zweite Claire wahrscheinlich!"

In meiner Faszination der exotisch anmutenden Lilliputaner-Klone hatte ich gar nicht bemerkt, dass die Band inzwischen auf die Bühne gekommen war, wo ein Bruce-Springsteen-Verschnitt mit zurückgegelter grauer Tolle und klimpernden Kettchen an den bemuskelten und tätowierten Armen mit heiserer Stimme lautstark ins Mikrofon röhrte. Nach ein paar Songs waren wir so weit aufgewärmt, dass wir nicht nur auf voller Kehle mitgröhlten, sondern um unseren kleinen Stehtisch tanzten, was das Zeug hielt. Um eine wirklich coole Performance darbieten zu können – was in meinem Fall hieß, dass es mir noch egaler war als sonst, was alle anderen von mir dachten – hatte ich mein beinahe leeres Glas auf den Tisch vor mir gestellt und konnte so fröhlich mit den Armen in der Luft herumwedeln. Ich war gerade in eine inbrünstige Interpretation von „Summer of 69" vertieft, als Melina mich anstumpte und auf den Tisch wies. Ich traute meinen Augen kaum. Eine der Sissys (manchmal wissen die Eltern schon bei der Geburt, was mal aus ihren Kindern werden würde) hatte sich meinen Becher geschnappt, drehte sich zu Heulsusen-Claire um und spuckte grinsend hinein. Ich stand wie vom Donner gerührt da und wusste nicht, ob sie umhauen, beschimpfen oder ignorieren sollte. In Melinas Gesicht spiegelte sich das gleiche ungläubige Entsetzen. Seelenruhig stellte die Sissy meinen Becher wieder zurück und gesellte sich für eine weitere Reihe munterer Instagram-Pics zurück zum Rest der Bande.

„Spinnt die?", zischte Melina wütend und machte Anstalten, die Sissy zur Rede zu stellen. Ich konnte sie gerade noch so am Arm packen.

„Bleib ruhig, die ist es nicht wert! Die sind doch so was von peinlich, da muss man über der Sache stehen.", sagte ich mit fester Stimme und fand mich selbst sehr vernünftig und erwachsen. Melina schäumte vor Zorn. Doro und Aline waren auf dem Klo gewesen und kehrten just in dem Moment zurück, als ich beruhigend auf meine Freundin einredete. Ich wusste, wenn sie sich auf eine Konfrontation mit den Zicken einließ, würde es Tote geben – und zwar nicht in unserem Team. Mit hochrotem Kopf klärte Melina die anderen beiden auf, was gerade vorgefallen war und Doro schüttelte halb traurig, halb amüsiert ihren dunklen Lockenkopf.

„Diese dummen Weiber! Die sind doch nur im Rudel stark. Jede für sich genommen ist so groß mit Hut!" Dabei hielt sie ihren Daumen und Zeigefinger keine drei Millimeter auseinander.

„Ich wüsste einfach gerne mal, was das soll? Ich kenne die gar nicht, ich habe keiner dieser peinlichen, spätpubertären Tussis je etwas getan und dann kommt so eine Aktion? Warum? Was bringt es denen? Was haben sie für ein Problem mit mir?", fragte ich völlig entgeistert und wagte es allmählich, Melinas Arm loszulassen.

„Das, meine Liebe, wird vermutlich ein ewiges Mysterium bleiben.", lächelte Aline geheimnisvoll und ging zur Bar, um mir einen neuen Whisky zu holen.

29

Zwei Wochen später, Mitte September

Regel Nummer zehn: Ein egoistischer Mann ist ein egoistischer Mann. Das wird sich auch zwischen den Laken nicht ändern. Und wer denkt, dass nehmen seliger ist als geben, sollte sich vielleicht an Pinks Song „You and your hand" erinnern.

So ein Mysterium war es dann doch nicht. Es dauerte keine zwei Wochen, bis das Rätsel sich aufklären sollte. Ich war auf dem Heimweg von München und beschloss spontan, in einem unserer unzähligen Supermärkte noch eine Kleinigkeit fürs Abendessen einzukaufen. Da es nur in einem – dem einzigen mit fünf statt vier Buchstaben – frischen Lachs zu kaufen gab, beehrte ich ausnahmsweise diesen mit meiner Anwesenheit statt meines Stammladens. Ich schob also den Wagen durch die Gänge, wie immer leise meine nicht vorhandene Einkaufsliste vor mich hinmurmelnd wie ein verschrobener Professor oder einfach eine geistesgestörte Alte, als ich vor mir einen nur allzu bekannten Rücken erblickte.

Breite Schultern, (relativ) schmale Hüften. Unvermeidliches Idioten-Cap auf dem schon gewohnheitsmäßig etwas zu langen, dichten Haar, eine kurze Jogginghose und Adiletten – kein Zweifel, hier tapste mein Gatte zwischen den Kühlregalen hindurch wie ein Grizzlybär, der frisch aus dem Winterschlaf erwacht war und sich versehentlich in die Zivilisation verirrt hatte. Ich wollte gerade zu ihm gehen und ihm begeistert meine Hand auf die Schulter schmettern, als ein zierliches Persönchen mit langen dunklen Schillerlocken aus einem der Quergänge getänzelt kam und sich vertrauensvoll an seine Seite schmiegte. Mir fiel meine komplette Ladung Chanel aus dem Gesicht, als Nils sich lächelnd zu ihr umwandte und seinen Arm um ihre Schülterchen legte. Das war doch…Heulsusen-Claire? Mit meinem Mann?

Ich ließ das Bild der 1,50 Meter-Elfe, die insgesamt so breit war wie Nils' rechter Oberschenkel, neben dem 1,85 Meter-Baumstamm kurz auf mich wirken und gab meinen Synapsen Zeit, sich zu sortieren. Dass Nils eine Freundin hatte, war nach 19 Jahren trauter Zweisamkeit ein Anblick, an den ich mich erst noch gewöhnen musste. Dass es sich dabei aber ausgerechnet um eine Frau handelte, die zum einen in jeglicher Hinsicht das komplette Gegenteil von mir war und zum anderen all das repräsentierte, was Nils in der Vergangenheit immer verachtet hatte, war nun doch ein kleiner Schlag ins Gesicht. Ich straffte die Schultern, räusperte mich kurz und ging dann auf die beiden Turteltauben zu.

„Nils! Na das ist ja ein Ding! Lange nicht gesehen und schon bist Du Vater geworden!"

Nein, das sagte ich natürlich nicht, auch wenn es mir tatsächlich auf der Zunge lag. Manchmal konnte sogar ich mich zügeln, auch wenn es mir momentan zugegebenermaßen ausgesprochen schwer fiel.

„Nils! Na das ist ja ein Ding! Alles klar bei Dir?"

Beide drehten sich um und die großen braunen Kulleraugen von Heulsusen-Claire weiteten sich bedenklich. Och nö, die würde doch bitte nicht mitten im Supermarkt anfangen zu heulen? Nils sah auch nicht gerade allzu begeistert aus, mich vor sich zu sehen.

„Oh...äh...Hallo, Kate!", war seine wenig innovative Reaktion.

„Was machen unsere Hunde? Alles gut soweit? Ich hab sie ja diese Woche noch gar nicht gesehen!"

„Äh...ja...ähm...also...alles gut!"

„Das freut mich! Und Dir scheint es ja auch gut zu gehen, so wie es aussieht!", sagte ich mit einem süffisanten Seitenblick auf seine Begleiterin, die noch immer wie angewurzelt dastand und mich anglotzte wie ein Reh im Scheinwerferlicht.

„Ja, äh...mir geht es prima!"

„Willst Du uns nicht vielleicht vorstellen?" (DAS konnte ich mir dann doch nicht verkneifen)

„Äh...ja, also – das ist meine..äh...Frau. Kate. Kate, das ist Claire."

Sag bloß, dachte ich. Ergriff dann aber ihr knochiges Patschehändchen mit meiner Handschuhgröße-neun-Pranke und schüttelte es beherzt. Ok, ich gebe zu – ich hörte Knochen knacken. Und es gab mir ein winziges Gefühl der Befriedigung.

„Ist ja lustig, wir haben uns doch grad vor ein paar Tagen auf dem Dorffest gesehen! Weißt Du nicht mehr, da hat Deine Freundin doch in mein Glas gespuckt?!", säuselte ich süßlich lächelnd und beobachtete, wie sie merklich zusammenzuckte, aber keinen Ton dazu sagte. Wie Doro richtig bemerkt hatte – im Rudel stark, alleine eine Wurst. Eine Magerfettstufen-Wurst. Eine von der Sorte, die Dir bitterböse Nachrichten schreibt, dann aber in Ohnmacht fällt, wenn sie Dich in der Realität sieht. Ich beschloss, mir meinen Lachs zu schnappen und mich schnell vom Acker zu machen, bevor mir noch etwas wirklich Fieses entschlüpfte.

„Also, ihr zwei, war nett, euch getroffen zu haben. Einen schönen Abend noch. Nilsi, grüß mir unsere zwei Stinker. Ich geh jetzt mal heim – was essen."

Damit drehte ich mich um und mir gelang, zumindest meines Erachtens, ein Abgang, der einer Königin würdig gewesen wäre.

„Ich fasse es nicht", sagte Daisy eine Stunde später, als wir vor einem Teller feinster Lachsnudeln saßen und streichelte sich gedankenverloren über den nun täglich größer werdenden Bauch. „Nils und diese Trulla. Erstens bricht der ihr ja alle Knochen, wenn er sie nur streichelt, und zweitens passt sie doch so überhaupt nicht zu ihm! Ich dachte immer, er würde auf unabhängige, starke Frauen stehen – wie Dich eben. Nicht auf so ein Püppchen, das mit 40 aussieht wie 16 und sich von Mama noch ein Warmfläschchen auf den Bauch legen lässt, wenn ein Furz quer hängt!"

Wider Willen musste ich lachen. „Die furzt bestimmt nicht. Das transpiriert bei ihr alles durch die porentief reine Haut und riecht nach Rosen!"

Daisy kicherte.

„Daisy-Schatz, wir haben ein kleines Problem. Uns fehlt ein allerletztes Kapitel in unserem Buch und das würde ich gerne schreiben, bevor wir am Freitag zu dem Verlag nach Heidelberg fahren. Das Dumme ist nur – mir sind die schlimmen Erlebnisse ausgegangen, so wild war ich ja nun doch nicht. Fällt Dir noch was ein?"

Daisy dachte angestrengt nach und massierte ihren stattlichen Ranzen dabei in so heftigen Kreisbewegungen, dass das arme, unschuldige Pünktchen bestimmt schon ein Schleudertrauma hatte.

„Hm. Mein Repertoire ist auch erschöpft."

„Reservoir", korrigierte ich automatisch und trug mir damit einen bösen Blick ein.

Ich ließ sie ein Weilchen in Ruhe überlegen, das war bei Daisy meist die schlaueste Strategie. Und tatsächlich, meine Freundin enttäuschte mich auch dieses Mal nicht, was sich unschwer an dem breiten Grinsen ablesen ließ, das plötzlich ihr Gesicht überzog.

„Egoisten. Das geht wirklich gar nicht."

„Nein, das geht grundsätzlich nicht, in keiner Lebenssituation, aber willst Du auf etwas Bestimmtes hinaus?" Ich fing an, das schmutzige Geschirr zusammenzuräumen und holte meinen Block. Das versprach, eine längere Geschichte zu werden.

„Also", begann Daisy und sah sichtlich zufrieden mit der Welt aus. „Carsten. Ein paar Jahre älter als ich, gutaussehend, reich. Ein echter Traumtyp auf den ersten Blick. Wir haben uns auf einer Party kennengelernt und sind ein paarmal miteinander ausgegangen. Da fiel mir schon auf, dass er eher ich-bezogen war. Er bestimmte, wann wir uns trafen. Er bestimmte, wohin wir gingen. Er bestimmte, was wir aßen. Er bestimmte, was wir tranken. Er bestimmte, wie wir im Restaurant saßen, weil er nicht mit dem Rücken zur Tür sitzen wollte. Alles drehte sich immer nur um ihn."

„Und DU hast Dir das gefallen lassen? Ausgerechnet Du? Das kann ich ja kaum glauben!"

„Ja, irgendwie war es zwischenzeitlich mal ganz nett, nichts selbst entscheiden zu müssen. Hatte etwas Befreiendes. Na ja, irgendwann sind wir in der Kiste gelandet. Und leider war er da eben genauso. Alles drehte sich nur um ihn. Er schob mich immer und immer wieder nachdrücklich nach unten, wenn Du weißt, was ich meine?"

„Äh…ja. Ich kann es mir lebhaft vorstellen."

„Tja, aber umgekehrt war es damit leider nicht weit her. Es war ihm schnurzpiepegal, ob ich meinen Spaß habe oder nicht. Hauptsache er kam auf seine Kosten. Und darüber ärgere ich mich wirklich, das hätte ich mir eigentlich vorher denken können."

„Ach komm, Fehler machen wir doch alle mal. Und zwar mehr als einen! Halb so wild."

„Ja, aber das Beste kommt erst noch! Pass auf – irgendwann hab ich rausgefunden, dass er eine deutlich jüngere Freundin hat. Also noch jünger als ich. Ich weiß nicht, ob er sie schon hatte, als wir noch was am Laufen hatten, auf jeden Fall gab es immer Gerüchte, dass er ihr nicht treu war. Sie ist riesengroß – und zwar nicht nur aus meiner Perspektive – , bestimmt 1.80 Meter und dünn wie eine Bohnenstange, ohne Arsch, ohne Titten, wirklich wie ein Besenstiel. Jedenfalls haben wir uns ein bisschen angefreundet, als das mit mir und Carsten schon längst vorbei war und sie hat sich immer bei mir ausgeheult. Ständig war Schluss, dann hat das schöne Leben sie doch wieder gereizt, die tollen Autos, die noble Villa, die feinen Urlaube. Ich war davon irgendwann so genervt, dass ich ihr mal ein paar Screenshots geschickt habe von den WhatsApp, die der edle Herr mir nach wie vor geschrieben hat mit allen möglichen Schweinereien, auf die ich nie reagiert habe. Ihre einzige Reaktion war „Zu mir sagt er immer, ich bin ihm nicht dünn genug und dann schreibt er mit so jemandem wie Dir!" Irgendwie war das dann das Ende unserer Freundschaft!"

Ich starrte sie mit offenem Mund an.

„Dein Ernst?"

„So wahr ich hier sitze!"

„Meine Güte, was es für Leute gibt auf der Welt! Zum Glück ziehst Du die magisch an und hältst sie somit von mir fern. Ist quasi wie bei den Schnaken, nur umgekehrt. Ich hab süßes Blut, wenn Du irgendwo mit mir bist, werde immer ich gestochen und Du nicht. Danke für Deinen Idiotenradar!"

30

Eine Woche später, Ende September

Ich war aufgeregt. Heute versprach, einer der wichtigsten Tage meines Lebens zu werden. Daisy und ich waren bereit, in den Verlag zu fahren und uns einen Buchvertrag in Millionenhöhe abzuholen. Quatsch, eigentlich hatten wir überhaupt keine Erwartungen, was wahrscheinlich auch die beste Strategie war.

Wer nicht viel erwartet, kann auch nicht enttäuscht werden. Das war vielleicht eine für mich außergewöhnlich pessimistische Einstellung, aber die letzten Monate hatten mir gezeigt, dass es besser war sich positiv überraschen zu lassen.

Das erste Hindernis hatten wir bereits überwunden: Was zieht man bitte an, wenn man über einen potentiellen Buchvertrag spricht? Businessoutfit? Jeans und schicke Bluse? Oder waren Jeans zu leger? Daisy hatte beschlossen, nur als moralische Unterstützung mitzukommen und sich irgendwo einen Kaffee oder ein Eis zu gönnen, während ich mit harten Bandagen verhandelte. Für sie war es also vollkommen in Ordnung, ein rotes Flatterkleidchen mit kleinen schwarzen Minnie Mouse-Köpfen zu bequemen Latschen zu tragen, während ich mir bei der Kleiderwahl ein bisschen mehr Mühe geben musste. Ich hatte mich schließlich für meine feinste dunkelblaue Jeans, ein kurzärmeliges Blüschen, dunklen Blazer und halbwegs feine Schuhe entschieden, dazu meine wunderschöne kleine Tasche, die endlich bei mir eingetrudelt war. Ich hatte (zumindest für meine Verhältnisse) die Haare schön, die Schminke lief mir auch noch nicht aus dem Gesicht und ich fühlte mich stark und wie eine echte Businesslady. Was so ein Luxus-Täschchen, in das nicht einmal etwas hineinpasste, doch mit einem anstellen konnte! Wir setzten uns also in mein Ring-Mobil und düsten in Richtung meiner absoluten Lieblingsstadt.

Hier hatte ich studiert, hier hatte ich unzählige Kilometer durch die Fußgängerzone (immerhin die längste Europas!) zurückgelegt, hier hatte ich meine Freistunden damit verbracht, den wahlweise amerikanischen oder japanischen Touristinnen dabei zuzusehen, wie sie sich auf ihren High Heels über das ausgetretene Kopfsteinpflaster quälten und hier hatte ich einen großen Teil meiner zwanziger Jahre verbracht.

Heidelberg war, was deutsche Städte betraf, immer noch meine unangefochtene Nummer eins und das sah ich als gutes Omen. Wir parkten am Schloss, so wie ich es so viele Male zuvor bereits getan hatte und spazierten durch die Altstadt Richtung Verlag, der sich in einem der zahlreichen kleinen Nebengässchen befand.

„So, ihr zwei Kleinen, ich parke euch jetzt hier in diesem Café. Ihr drückt eure Däumchen, so fest ihr könnt und Tante Kate zieht uns einen Vertrag an Land, dass euch Hören und Sehen vergeht!", versprach ich vollmundig und mit mehr Enthusiasmus, als ich verspürte.

Wenige Minuten später stand ich im Empfangsbereich des kleinen Verlags und mein Herz klopfte bis zum Hals. Ich war tatsächlich ausnahmsweise pünktlich, wenn das kein gutes Omen war?

„Ich habe einen Termin mit Herrn Johanns", sagte ich zu der adrett gekleideten Dame mittleren Alters. „Kate Müller, wegen des Buchs."

„Einen Moment bitte, ich sage Herrn Johanns, dass Sie da sind."

Sie griff zum Hörer und teilte dem Verantwortlichen mit, dass ich eingetroffen war. Er ließ mich ein wenig warten, kam aber schließlich doch freudenstrahlend auf mich zu. Herr Johanns war ein massiger Mann mit ausladender Wampe, die über den Gürtel seiner beigen Chino spannte, einem freundlichen, offenen Lachen und ungefähr so vielen Haaren im Gesicht wie auf seinem Schädel fehlten. Seine Augen hinter den dicken Brillengläsern lächelten als er mit seiner gewaltigen Pranke fest meine Hand schüttelte.

„Frau Müller, wie schön, Sie kennenzulernen. Kommen Sie doch mit in mein Büro!" Wir gingen einen kurzen Flur entlang, dessen Wände mit allerhand Covern der Bücher geschmückt war, die der Verlag in den letzten Jahren herausgegeben hatte.

Wir nahmen in seinem riesigen Büro an einem gigantischen Konferenztisch Platz, der neben einem komplett leeren Schreibtisch das einzige Möbelstück in dem großen Raum war. Aha, Herr Johanns war also so einer, der nichts tat, außer den ganzen Tag wichtige Besprechungen abzuhalten und ansonsten die zehn Jahre bis zur Rente gemütlich in einem klimatisierten Zimmer und mit einem Wahnsinns-Gehalt abzusitzen. Konnte mir egal sein, so lange er sagte, was ich hören wollte. Und das tat er dann auch prompt. „Also, Frau Müller, wir waren ziemlich begeistert von Ihrem Manuskript. Es liest sich wirklich gut. Und es ist mal was ganz anderes! So etwas hatten wir hier im Verlag noch nicht, zumindest nicht, seit ich hier bin und das sind schon ein paar Jahrzehnte. Es ist sehr amüsant geschrieben, leicht zu lesen und behandelt ein pikantes Thema auf sehr lockere Weise. Ich finde es toll!"

Ich merkte, wie mir vor Stolz und Freude das Blut in die Wangen schoss.

„So, nun wollen wir mal bereden, wie das jetzt alles abläuft, oder?" Ich war so beseelt vor Glück, dass ich sogar ausnahmsweise darüber hinwegsehen konnte, dass Herr Johanns wirklich hässliche Zähne hatte. Wie mir gerade aufgefallen war.

Anderthalb Stunden später hatten wir alles besprochen. Ich musste mich wirklich beherrschen, um einigermaßen gemäßigten Schrittes aus dem Verlagshaus zu gehen und nicht zu hüpfen wie eine Achtjährige nach einem Besuch im Süßigkeitenladen. Ich hätte die ganze Welt umarmen können.

Daisy sah mich nicht kommen, da sie an ihrem Handy herumspielte und fiel fast vom Stuhl, als ich sie stürmisch umarmte.

„Meine Güte, willst Du eine Sturzgeburt projizieren?", kreischte sie so laut, dass sich nahezu das komplette Café zu uns umdrehte.

Ich ließ mich grinsend in den Korbsessel ihr gegenüber fallen und zitterte fast vor Adrenalin.

„Provozieren, Liebes. Nein, will ich natürlich nicht. Pünktchen hat es schön warm da drinnen, es kann sich ruhig noch Zeit lassen."

„Erzähl, bevor Du platzt!", brummte Daisy und schob ein Glas mit Wasser in meine Richtung.

„Also, sie mögen unser Buch wirklich richtig, richtig gerne. Wir bekommen einen Vorschuss und sie kümmern sich um alles – Marketing, Vertrieb und so weiter. Ist das nicht großartig?"

Daisy strahlte mittlerweile fast genauso breit wie ich.

„Ach Kate, das freut mich so! Endlich geht es aufwärts!" Sie sprang auf und packte mich am Ärmel.

„Whoa, ruhig, Brauner, was wird das denn jetzt?"

„Wir gehen jetzt Freudenshoppen. Trinken kann ich nicht, also brauche ich eine Ersatzbefriedigung. Und was könnte da besser sein als ein bisschen Einkaufen?"

Wir landeten schließlich unvermeidlicherweise im schicksten (und teuersten) Modeladen in der Fußgängerzone, wo ich bereits auf den ersten Blick so viele Sachen haben wollte, dass ich am besten gleich die Flucht ergriff, bevor mein Konto die weiße Fahne schwenkte. Um mich ein wenig abzukühlen, gingen wir zunächst in die Abteilung für Umstandsmode, damit Daisy ihren Glücksgefühlen freien Lauf lassen konnte. Bepackt wie die Maulesel kehrten wir schließlich in die Damenmode-Etage zurück – natürlich musste ich mich hier prompt in eine Jacke eines amerikanischen Modepapstes schockverlieben.

„Die ist perfekt für den Übergang!", sagte Daisy im Brustton der Überzeugung. „Los, probier` sie an!"

Ich nahm mein süßes Täschchen von den Schultern, legte es auf einen Stapel Jeans, schälte mich aus meinem seriösen Allzweckblazer, den ich Daisy über den Arm warf und ließ mir die Jacke über die Schultern gleiten. Sie war perfekt! Wie für mich gemacht. Der Teil am Torso saß aus wie eine gesteppte Daunenweste, die Ärmel waren aus einem anderen Material und versprachen, an kühlen Tagen angenehm warm zu halten, ohne dass man ins Schwitzen käme.

„Wundervoll", hauchte Daisy ehrfürchtig und ich musste grinsen.

Das verging mir allerdings sehr schnell, als ich verstohlen auf das Preisschild schielte.

„200 Euro! Für das bisschen Stoff!"

„Stell Dich nicht so an, wir haben den Buchvertrag in der Tasche! Da kannst Du Dir ruhig mal was gönnen! Hallo, ich hab grad ne halbe Million für Schwangerschaftskleider ausgegeben, die ich ein halbes Jahr tragen kann und danach nie wieder! Was sind da bitte 200 Flocken?"

„Och nee, Daisy, das find ich schon viel!"

Bedauernd schälte ich mich aus der Jacke, hängte sie wieder auf den Bügel und wandte mich zum Gehen, nicht ohne Daisy die Hälfte ihrer 180 Einkaufstaschen abzunehmen. Den ganzen (weiten) Weg bis zum Auto diskutierten wir darüber, ob ich zu geizig wäre und warum ich mir diese göttliche Jacke nicht gegönnt hatte.

Am Auto angekommen, öffnete ich den Kofferraum, warf Daisys gesammelte Einkäufe hinein und hielt dann erschrocken inne.

„Du, sag mal, Daisy wo ist eigentlich meine Tasche?"

„Tasche? Welche Tasche?"

„Na die kleine Blaue? Von Mulberry? Meine neue?"

„Die teure?"

„Genau die. Hast Du die?"

„Ich? Wieso sollte ich die haben?"

„Na ja, ich hab sie nicht. Ich dachte, ich hätte sie vielleicht Dir gegeben!", entgegnete ich mit wachsender Panik, die sich als unangenehm heißer Klumpen in meinem Magen ausbreitete..

„Aber sie muss doch irgendwo sein, Du hast doch Deinen Autoschlüssel!"

„Nee, den hatte ich in der Hosentasche. Der hat nicht mehr reingepasst."

„Oh verdammt, also fehlen jetzt Dein Handy und Dein Geldbeutel?"

„Nein, habe ich auch beides in der Hosentasche. Dafür ist die Tasche zu klein."

Daisy schnaubte kopfschüttelnd.

„Du willst mir ernsthaft sagen, dass Du Dir für über 500 Euro eine Tasche gekauft hast, in die nichts hineinpasst, weshalb Du alles in Deine Hosentaschen stopfen musst?"

„Das will ich damit sagen, aber das tut doch überhaupt nichts zur Sache! Sie ist weg und ich will sie wiederhaben!", jammerte ich, den Tränen nahe. „Erstens liebe ich sie jetzt schon und zweitens ist mein liebster Chanel-Lippenstift drinnen, den will ich auch wiederhaben."

„Dann solltest Du wohl rennen und beten, dass kein anderer sie mitgenommen hat!"

Ich sah auf die Uhr. 19.04 Uhr. Klar, was sonst? Die Boutique hatte seit genau vier Minuten geschlossen. Typischer ging es ja wohl nicht. Panisch googelte ich nach der Telefonnummer und fand tatsächlich eine. „Anrufbeantworter. Das war so klar. Verdammt! Daisy, was mach ich denn jetzt?"

„Run, Forest, run! Ich bleib hier und drück Dir die Daumen!"

Also sprintete ich los. Zum Glück trug ich keine High Heels, sondern Schuhe in denen ich tatsächlich rennen konnte, aber der Weg war einfach verflixt weit. 20 bis 25 Minuten, unter normalen Umständen.

Ich schaffte es in elf. Dann stand ich, die Hände auf die Knie gestützt, pumpend wie ein Maikäfer und schweißgebadet, vor der Glastür des Kaufhauses und sah, dass nicht nur Licht brannte, sondern sich im hinteren Teil des Ladens sogar noch Menschen aufhielten.

„Gott sei Dank!", murmelte ich leise in mich hinein und begab mich zur rückwärtigen Tür, die näher am Ladenpersonal lag. Noch immer keuchend und völlig außer Atem begann ich, an die Glastür zu klopfen und wild mit den Armen zu fuchteln.

„Hallo, hallo? Bitte, bitte lassen sie mich rein!", rief ich durch den schmalen Spalt zwischen den beiden Türflügeln.

Die Mitarbeiter – zwei Frauen und ein Mann – sahen tatsächlich in meine Richtung und ich schöpfte Hoffnung.

„Entschuldigung! Bitte kommen Sie kurz her!", brüllte ich und winkte wilder. Das Personal sah dem Spektakel einen Moment lang zu und setzte sich in Bewegung – jedoch nicht in meine Richtung, sondern in einen Raum hinter die Kasse.

Ungläubig sah ich zu. „Nein! Bitte nicht weggehen! Oh bitte! Kommen Sie zurück", schrie ich mit inzwischen heiserer Stimme und konnte die Tränen kaum zurückhalten.

Dann ging das Licht aus und meine Augen liefen über. Ich ließ mich an der Glastür hinunterrutschen und weinte hemmungslos. Dann wählte ich die Nummer des Menschen, der mich in dieser Situation am Meisten beruhigen konnte.

„Kate alles ok?", brummelte Hiasis tiefe Stimme durch den Hörer.

Unter Schluchzern erzählte ich ihm, was passiert war.

„Oh nein, nicht weinen! Bleib ruhig, Kate! Dann rufst Du eben morgen gleich in der Frühe an!"

„Das bringt doch nichts, bestimmt ist sie weg!", heulte ich. Der ganze Enthusiasmus des Tages war komplett verflogen.

„Alles wird gut! Ganz bestimmt! Wenn Du sie nicht findest, kaufe ich Dir eine neue Tasche. Bitte weine nicht!"

Er redete weiter tröstend auf mich ein, als zwei Frauen um die Ecke bogen und vor mir stehen blieben.

„Haben Sie grad wild an die Scheibe geklopft?", fragte die Jüngere streng.

„Ja, hab ich", schniefte ich. „Ich hab meine Tasche da drinnen liegen lassen und die war so teuer und ich hab Angst dass sie weg ist und das waren ein paar Verkäufer und die haben mich gesehen und sind trotzdem gegangen und jetzt ist das Licht aus und bis morgen ist sie bestimmt weg –"

„Das waren wir", unterbrach die Ältere meinen tränenreichen Redefluss. „Wir haben gedacht, Sie wollen noch was einkaufen. Es gibt so Verrückte, wissen Sie?"

„Nein, ich bin nicht verrückt! Ich will nur meine Tasche wieder. Wenn sie überhaupt noch da ist!"

„Na, dann kommen Sie mal mit!", lächelte die Jüngere. „Wenn wir Glück haben, ist der Hausmeister noch da.

Wir hatten Glück. Ich musste mit dem Hausmeister in den obersten Stock fahren, wo er die Alarmanlage deaktivierte, ich mich in eine Liste eintragen musste (falls ich unterwegs etwas klauen wollte) und dann ging es mit dem Aufzug in die Damenabteilung.

„Bitte lass sie noch da sein, bitte lass sie noch da sein!", betete ich wie ein Mantra zu niemand Bestimmtem.

„Wo liegt sie denn?", fragte der ältere, südländische Hausmeister freundlich lächelnd.

„Beim Tommy Hilfiger-Stand auf einem Stapel Jeans", sagte ich und konnte mir den Anblick bildlich vorstellen.

„Oh je, also Richtung Ausgang. Dann sehe ich eher schwarz! Da sind die ganzen Leute dran vorbeigekommen, als sie rausgegangen sind", bemerkte er und sah mich traurig an.

Mit einem leisen Pingen war der Aufzug angekommen und ich stürzte mich hinaus, noch ehe die Türen sich ganz geöffnet hatten. Ich sah das große, leuchtende Hilfiger-Logo. Ich sah den Stapel dunkelblauer Jeans. Und ich sah mein kleines, ebenso dunkelblaues Täschchen, das einsam und verloren mitten auf diesem Stapel lag und auf mich wartete.

„Da bist Du ja!", jauchzte ich entzückt und riss es in meine Arme, dann fiel ich dem netten Hausmeister spontan um den Hals.

„Vielen, vielen Dank! Sie haben meinen Tag gerettet!", proklamierte ich und drückte ihm einen fetten Schmatzer auf die Wange.

„Schon gut, gern geschehen!", murmelte er mit hochrotem Kopf uns sah aus als wünschte er sich ein Mauseloch.

Wieder zurück auf dem Kopfsteinpflaster der Heidelberger Altstadt fotografierte ich das abtrünnige Objekt und schickte das Bild mit etlichen Herzchen-Emojis an Daisy und Hiasi.

„Halleluja! Ich bin froh! Und jetzt schwing schnellstens Deinen Arsch hier her, mir ist langweilig und ich muss pieseln!", kam es sofort von Daisy. Auch Hiasis Antwort ließ nicht lange auf sich warten.

„Na siehst Du, ich hab doch gesagt, es wird alles gut! Ich freue mich für Dich. Schön, dass Du sie wieder hast." Und ein Kuss-Emoji, das mich zum Lächeln brachte. Was war Hiasi doch für ein toller Freund geworden – und Daisy sowieso. Sie hatte recht, ab jetzt ging es steil bergauf!

31

Einige Tage später

Es war schon eine seltsame Konstellation, die hier an meinem ehemaligen Esszimmertisch in meinem bald ehemaligen Haus saß – und trotzdem war die Stimmung erstaunlich gelöst, fast schon heiter. Nils und Hiasi, die sich bisher nur vom Sehen gekannt hatten, saßen mir gegenüber, während ich mir die gemütliche Bank mit einem selig grinsenden Mielchen teilte und Muppets Kopf auf meinen Knien kraulte. Heulsusen-Claire hatte so viel Anstand besessen, sich weit fern zu halten – vermutlich musste sie gerade ihre Tochter trösten, weil sie von einem Regentropfen getroffen worden war oder weil die Sonne sie geblendet hatte oder weil sie einen Pickel am Kinn bekommen hatte.

Wir hatten uns getroffen, um ernsthaft über den Verkauf des Hauses zu sprechen. Hiasi hatte sich alles ganz genau angesehen, jetzt saßen wir bei einem Bierchen zusammen, um die Konditionen zu besprechen.

„Hat Kate Dir schon erzählt, auf was Du Dich da einlässt, mit der Horror-Familie nebenan?", fragte Nils und grinste Hiasi an.

„Ja, ich weiß Bescheid! Aber nicht nur von Kate, die sind ja im ganzen Ort so beliebt durch ihre sympathische und bescheidene Art! Du musst Dir aber keine Sorgen machen, ich werde es eh erstmal vermieten. Vielleicht finde ich ja ein paar freundliche Mitglieder einer Motorradgang oder so."

„Guter Plan, das gefällt mir! Und hast Du Dir schon überlegt, ob Du alles so lässt oder einiges umbaust?"

„Eigentlich gefällt es mir richtig gut so. Ich mag die Raumaufteilung, finde es toll, dass man von der Küche direkt auf die Terrasse kommt und das Bad ist ja auch schön groß. Ich denke, ein bisschen Farbe an die Wände und dann können die Rocker einziehen!"

Wir machten noch ein bisschen Smalltalk, dann kamen wir zum Geschäftlichen. Die Summe, die Hiasi uns bot, war vielleicht ein wenig niedriger als das, was wir auf dem freien Markt bekommen hätten. Jedoch würde es reichen, das restliche Darlehen abzulösen und jedem von uns für eine Weile ein sorgenfreies Leben zu ermöglichen – zumal ich, dank Daisys und Margrets Großzügigkeit, ja in nächster Zeit nicht einmal Miete zahlen musste. Und die Himbeere würde in gute Hände kommen, das war mir auch wichtig. Ich hatte so schöne Zeiten in meinem Häuschen erlebt, so viele Erinnerungen steckten hier und so viele Emotionen waren hier gelebt worden, es hätte mir das Herz gebrochen, einen Wildfremden in diesen vier Wänden zu sehen. Oder womöglich die plärrenden Weiber hier mit Nils, allein der Gedanke verursachte einen leichten Druck im Magen-Gallen-Raum.

„Einverstanden", sagte ich und sah Nils fragend an.

„Einverstanden", nickte auch er und wir schüttelten beide Hiasi die Hand.

Ein komisches Gefühl. Mein Haus war nicht mehr mein Haus. Ich hatte plötzlich einen dicken Kloß in der Kehle und war dankbar, als Hiasi über den Tisch hinweg aufmunternd meine Hand drückte.

„Bringst Du mich noch zur Tür?", fragte er mich leise, als Nils gerade eine neue Runde Bier aus der Küche holte.

„Ja, klar", erwiderte ich, obwohl irgendwie gar nichts wirklich klar war. Zur Tür? Was sollte das denn jetzt? Als er sein Bier ausgetrunken hatte und sich erhob, ging ich mit ihm bis zum Hoftor.

„Los, Hiasi, spuck's aus...was gibt's?"

„Der König bittet um eine Audienz, Mylady."

„Hä?"

„Na, unser gemüsiger Freund findet, dass Du ihn nun lange genug hast schmoren lassen und möchte endlich ein Date mit Dir. Du sollst Dich bitte bei ihm melden und einen Tag und einen Treffpunkt vorschlagen."

„Oh, wow!", sagte ich und merkte, wie mein Herz tatsächlich anfing, schneller zu schlagen. Ich würde August Karotte wiedersehen. Und zwar schon bald. Und sogar zu meinen Bedingungen!

„Und ich habe übrigens auch ein Date!", verriet Hiasi. Bildete ich es mir nur ein oder färbten sich seine Wangen ein kleines bisschen pink?

„Echt jetzt? Mit Saskia?"

„Ja, genau. Ich dachte, ich probiere das jetzt einfach mal. Mehr als schiefgehen kann es nicht."

„Oh, ich freue mich so für Dich!", sagte ich überschwänglich und drückte ihn. „Ich wünsche mir so sehr, dass es auch für Dich ein Happy End gibt!"

Verlegen machte er sich frei und zerzauste mir das Haar. „Ja, ist ja gut, Kleine. Jetzt geh ich mal heim und Du ins Bett, morgen ist ein wichtiger Tag für Dich!"

Als Hiasi sich verabschiedet hatte, setzte ich mich auf der Terrasse auf einen Stuhl und schrieb eine WhatsApp an Herrn Karotte.

„Sie wollen mich sehen, Sir?"

Die Antwort kam beinahe sofort.

„Unbedingt, Ma'am!"

„Wann passt es Ihnen, Sir?"

„Ich muss meine Sekretärin fragen, Ma'am"

„Dann tun Sie das. Aber die hat doch um diese Uhrzeit bestimmt schon Feierabend?"

„Meine Frauen arbeiten rund um die Uhr für mich. Wie wäre es nächsten Freitag?"

„Da ich emanzipiert bin und kein Personal brauche, frage ich schnell meinen Terminkalender. Geht."

„Eine Emanze, ich sollte mich warm anziehen!"

„Außer das Date findet in der Sauna statt"

„Sie können es wohl kaum erwähnen, meinen nackten Körper zu sehen, Ma'am?"

„Ich mag Sie nicht wegen Ihrer unnachahmlichen Intelligenz, Sir"

„Sollte ich mich benutzt fühlen?"

„Da ich gerade nicht in Ihrer Nähe bin, müssen Sie diese Frage wohl selbst beantworten. Italiener?"

„Bin ich nicht"

„Nicht von Geburt, vom Ego her schon"

Ich grinste. Was hatte ich dieses Geplänkel vermisst. Es ging nichts über einen saftigen Schlagabtausch mit August Karotte.

„Ich habe gehört, Italiener hätten alle riesige P******, also trifft mich Ihre Beleidigung nicht, Ma'am."

„Kann ich nicht beurteilen, Sir, mich interessiert nur Pizza, Pasta und Gelato. 20 Uhr da Gino?"

„Ich werde da sein. Ich kann es kaum erwarten, Kate. Du hast mir so gefehlt!"

Huch! Also diese Männer waren doch einfach unberechenbare Biester!

„Ich freu mich auch. Bis dann!"

Noch nie war ich so enthusiastisch um fünf Uhr morgens aus dem Bett gesprungen wie am nächsten Tag, als mein Wecker klingelte. Es war mal wieder München-Time und zwar (hoffentlich) das letzte Mal aller Zeiten für mich. Erst durch die Gespräche mit Hiasi und Daisy hatte ich gemerkt, wie ungern ich in dieser Stadt war, wie versnobt ich die meisten Leute fand und vor allem wie froh ich war, manche Menschen, wie die dauer-schlechtgelaunte Cindy, einfach nie wieder im Leben sehen zu müssen.

Ich war so gut gelaunt, dass es mir nicht einmal etwas ausmachte, als mein Zug Verspätung hatte, ich den Anschluss in Stuttgart verpasste, die Klimaanlage im ICE ausfiel und das Bordrestaurant geschlossen hatte. Ich hatte das nun einige

Jahre mitgemacht, mich konnte nichts mehr schocken – und da ich wusste, dass heute das letzte Mal war, fand ich es sogar amüsant. Ich machte mir im Geiste eine Notiz, als nächstes ein Buch über die Freuden der deutschen Bahn zu schreiben.

Ich tanzte beinahe die Stufen des Verlagsgebäudes hoch, so sehr freute ich mich auf das, was bald kommen würde. Cindys gebrummtes „Morgen", ohne von ihrem Bildschirm aufzusehen, brachte mich kein bisschen aus dem Konzept. Schlechte Kinderstube, das war mir inzwischen klar geworden. Das Mädchen war einfach ganz und gar unprofessionell und würde es mit dieser Einstellung im Leben nicht sehr weit bringen.

„Dir auch einen wunderschönen guten Morgen", flötete ich honigsüß und setzte mich ein allerletztes Mal an meinen Schreibtisch. Die nächste Stunde arbeiteten wir schweigend, unterbrochen nur von gelegentlichen Telefonaten auf der anderen Seite des Büros, bei denen meine Praktikantin mir wieder einmal beweisen wollte, wie hervorragend sie sich mit allen Menschen außer mir verstand.

Als es Zeit für meinen Jour Fixe mit Herrn Schott war, straffte ich meine Schultern, nahm den Umschlag mit meiner Kündigung und fuhr in den siebten Stock.

Das Vorzimmer meines Chefs war leer, aber er sah mich durch die Glastür und winkte mich herein.

„Guten Morgen, Frau Müller, geht es Ihnen gut?", sagte Herr Schott, der wie immer so frisch gewaschen und sauber geschrubbtaussah, dass man glauben könnte, der Mann schwitze nie, und schüttelte freundlich lächelnd meine Hand.

„Sehr gut, vielen Dank! Ihnen auch?"

„Ich kann nicht klagen! Was haben wir denn heute zu besprechen? Was macht Ihr kleines Magazin?"

„Alles gut soweit, das läuft."

Wir nahmen Platz an seinem kleinen runden Besprechungstisch und ich schob den großen, braunen Umschlag zu ihm hinüber.

„Das hier ist mein Hauptanliegen für den heutigen Tag, Herr Schott."

Stirnrunzelnd öffnete er den Umschlag und wurde kalkweiß um die Nase.

„Ihre Kündigung? Sie wollen uns verlassen?"

„Ja, das möchte ich. Ich war jetzt vier Jahre hier und für mich ist es an der Zeit, ein neues Kapitel in meinem Leben zu beginnen."

„Oh..äh…also, das tut mir jetzt wirklich leid! Also, natürlich freue ich mich für Sie, dass Sie etwas anderes machen, aber für das Heft und den Verlag ist es wirklich ausgesprochen schade!"

„Sie finden wieder jemanden, da bin ich mir ganz sicher", lächelte ich. „Sollen wir mal noch darüber reden, wie es mit Übergabe aussieht und so? Ich habe ja noch vier Wochen Resturlaub, das heißt, dass ich ab nächster Woche nicht mehr für das Unternehmen tätig sein werde. Heute Nachmittag werde ich Frau Dettighofen und Frau Pluhm alles übergeben und dann in den nächsten drei Tagen noch eine Art „Handbuch" schreiben, damit mein Nachfolger oder meine Nachfolgerin sich gleich zurechtfindet."

Herr Schott sah aus, als hätte ich ihm ein Holzbrett auf den sandfarbenen Schopf geschlagen.

„Ach je, Frau Müller, das kommt jetzt wirklich alles etwas plötzlich. Aber ja, machen Sie es so! Was soll ich dazu sagen? Sie haben sich das offensichtlich und hoffentlich alles sehr gründlich überlegt!"

„Ja, das habe ich. Ich wollte Sie jetzt nicht überfallen, aber meine Entscheidung steht."

Er stand auf und ergriff meine Hand.

„Ich wünsche Ihnen alles, alles Gute. Sie waren wirklich eine wunderbare Mitarbeiterin und ich habe es stets genossen, mich mit Ihnen auszutauschen – vor allem, wenn wir einmal nicht derselben Meinung waren."

„Vielen Dank, Herr Schott. So ging es mir auch. Sie sind ein sehr fairer Chef, dem das Wohlergehen seiner Mitarbeiter wirklich am Herzen liegt. So etwas gibt es heutzutage nicht mehr oft, meist steht das eigene Interesse und der Profit im Vordergrund. Machen Sie es gut!"

„Auf Wiedersehen, Frau Müller!"

Ich fühlte mich so leicht ums Herz, dass ich beschloss, die sechs Stockwerke bis zu meinem Büro zu laufen. Etwas atemlos dort angekommen, öffnete ich schwungvoll die Tür, was mir natürlich einen bösen Blick von Cindy eintrug. „Musst Du die Tür so aufreißen? Du hast mich erschreckt!", giftete sie.

„Oh, sorry, ich wollte Dich nicht wecken! Cindy, hast Du einen Moment Zeit? Ich muss Dir etwas zeigen."

„Nee, sorry, ich bin beschäftigt. Schreib mir doch einfach ne Mail."

Puh. Einatmen – Ausatmen. Du siehst sie heute das letzte Mal, sagte ich mir.

„Nein, Cindy, ich schicke Dir keine Mail. Du nimmst Dir jetzt die Zeit, weil Deine Chefin Dir etwas zeigen will!", sagte ich in scharfem Ton und beim Anblick ihrer schreckgeweiteten Augen fragte ich mich, weshalb ich mich nicht schon viel früher mal so durchgesetzt hatte.

Ich winkte sie um den Schreibtisch herum. „Nimm Dir was zum Schreiben, das wirst Du brauchen." Ich sah, dass sie schon wieder eine pampige Erwiderung geben wollte, doch ein eisiger Blick meinerseits brachte sie dazu, besser ihren Schnabel zu halten.

„Ich habe soeben gekündigt", begann ich. „Am Freitag ist mein letzter Tag und weil Du dann auf unbestimmte Zeit den Laden erstmal relativ alleine wuppen musst, erkläre ich Dir jetzt ein paar Dinge, damit Du nicht komplett im Regen stehst."

Fast zwei Stunden lang zeigte ich Cindy, worauf sie achten musste und was wie zu erledigen war. Zwischendurch gesellte sich Jojo zu uns, der ich natürlich schon vor einigen Tagen von meiner Kündigung erzählt hatte, die aber bis zuletzt gehofft hatte, dass ich es mir anders überlegen würde. Als es Zeit für die Mittagspause war, gingen Jojo und ich ein letztes Mal in das hippe kleine Bistro unweit des Verlags und ich bestellte ein letztes Mal den bunten Salat mit Ziegenkäse und Granatapfelkernen.

„Ich kann nicht fassen, dass Du mich im Stich lässt!", schniefte Jojo leise und schüttelte den Kopf.

„Das tue ich doch gar nicht, Dummchen. Ich schreibe Bücher, werde reich und berühmt und dann kannst Du kündigen und zu mir ziehen in meine riesige Villa und wir werden exzentrische alte Damen, die zum Frühstück Sherry trinken und Windhunde züchten."

„So gesehen hört sich das doch alles gleich viel besser an", lächelte Jojo unter Tränen. „Aber bis Du reich und berühmt bist, werde ich Dich schrecklich vermissen."

„Ach komm, Schnuffelnase, so oft war ich jetzt auch wieder nicht in München. Und wir können ja trotzdem ganz oft telefonieren und Du kommst mich besuchen und so!"

„Jeden Tag", grinste sie.

Als ich einige Stunden später im Zug saß, der mich minütlich weiter von derjenigen Stadt wegbrachte, die erstaunlicher- und völlig unerwarteterweise in den letzten Jahren hassen gelernt hatte, merkte ich, wie ein Stein in der Größe des Uluru von mir abfiel, den ich vor einigen Jahren zusammen mit Nils einmal umrundet hatte. Daisy würde doch nicht etwa recht haben: Sollte sich tatsächlich alles zum Guten für uns wenden?

Ich war frei. Und zwar von allem. Ich hatte das Gefühl, nicht nur im sprichwörtlichen Sinne, vor einem komplett leeren Buch zu sitzen, dessen Seiten ich nun füllen konnte, wie es mir beliebte. Ich hatte Daisy, eine großartige Person, auf die ich mich immer verlassen konnte. Ich hatte in Hiasi einen wundervollen neuen Freund gefunden, der mir die Möglichkeit eröffnet hatte, aus der größten Krise meines Lebens die größte Chance zu machen. Ich konnte, musste aber nicht, mich wieder auf August Karotte einlassen. Ich konnte mich, dank meiner neugewonnenen finanziellen Freiheit, mit Haut und Haaren auf mein Buch konzentrieren. Kurzum: Ich konnte komplett mit meinem alten Leben abschließen und mich auf mein neues konzentrieren. Mit 35 Jahren hatte ich jetzt noch einmal die Gelegenheit, alles anders und neu zu machen – das war zwar ein kleines bisschen beängstigend, aber vor allem wahnsinnig aufregend.

32-

Der Freitag aller Freitage, ein Abend Ende September

Ich war bereit. Ich hatte gebadet, meinen Körper gepeelt, eine Feuchtigkeitsmaske aufgelegt, jedes einzelne unnötige Körperhärchen abrasiert, mich mit teurer Chanel-Bodylotion eingecremt, meine neue und superheiße Victoria`s Secret-Unterwäsche angezogen, mein Haar bis auf den letzten Zentimeter geglättet und aufgesteckt (soweit ich als anerkannter Bewegungslegastheniker in der Lage war, meine Haare aufzustecken jedenfalls), mich sorgfältigst geschminkt, so dass ich möglichst ungeschminkt aussah und mein wunderschönes neues Kleid angezogen, das aus weicher, mitternachtsblauer Seide bestand, über meinen Kopf geglitten war wie ein Wasserfall und sich perfekt um meinen nun tatsächlich schon deutlich erschlankten Körper schmiegte.

Meine Emotionen schwankten zwischen Vorfreude, Aufregung und Angst. Was würde wohl passieren? War der Funke zwischen uns noch da? War das tatsächlich unsere zweite Chance auf ein glückliches gemeinsames Leben?

Ich sprühte einen kleinen Spritzer des megateueren, exklusiven Dufts von Chanel hinter meine Ohren, auf meine Handgelenke und auf mein Dekolleté, schnappte meinen Autoschlüssel – ich würde natürlich selbst fahren, damit ich jederzeit gehen konnte, wenn ich das wollte – und stakste auf meinen ungewohnt hohen Absätzen ein wenig unsicher die Treppen von Daisys Wohnung (Würde ich je aufhören, von den knapp 50 Quadratmetern als Daisys Wohnung zu sprechen? Ich konnte es kaum fassen, dass ich schon sehr bald alleine dort wohnen würde, während Daisy, ausgerechnet meine flatterhafte kleine Daisy, mit Malte in sein durchgestyltes Loft ziehen und dort eine Familie gründen würde) hinab.

Ich sah, auch wenn ich das zugegebenermaßen selbst und vielleicht nicht ganz objektiv sagte, großartig aus und ich wusste, dass August Karotte wirklich Augen machen würde.

Wir hatten vereinbart, uns vor der gemütlichen kleinen Pizzeria zu treffen, die kaum fünf Kilometer von Daisys – äh, meiner – Wohnung entfernt lag und die sehr schnuckelig eingerichtet war mit rohen Backsteinwänden, freiliegenden Balken, kleinen Nischen und viel Kerzenlicht. Nein, es war nicht Hiasis Haus, sah aber ganz ähnlich aus, wenn ich mir das recht überlegte. Wir würden genug Privatsphäre haben, um über uns zu sprechen, aber wir waren auch nicht ganz alleine, so dass die Gefahr einer Eskalation nicht gegeben war.

Als ich auf den kiesbestreuten Parkplatz des Italieners fuhr, sah ich ihn (wahrscheinlich sollte ich nun, da es so aussah als könnten wir aus den Trümmern einer Fast-Beziehung doch etwas Ordentliches aufbauen, wirklich endgültig aufhören, ihn als Arschloch Karotte zu bezeichnen, auch wenn mir das wahrscheinlich schwer fallen würde) schon neben den eisernen Feuerschalen stehen, die die Eingangstür flankierten. Mein Herz stolperte.

Meine Güte, dieser Kerl sah aber auch einfach so unverschämt gut aus. Seine Ausstrahlung war meterweit zu spüren.

Ich parkte mein Auto, holte tief Luft und ging dann auf ihn zu. Trotz der herbstlich kühlen Abendluft trug er keine Jacke, nur knackig sitzende Jeans, ein blassblaues Hemd mit hochgekrempelten Ärmeln und Timberlands. Wie immer zierte ein dunkler Bartschatten sein kantiges Kinn, seine Meeresaugen schienen im flackernden Feuerschein noch intensiver zu leuchten als sonst und als er schüchtern lächelte, erschienen winzige Lachfältlein in seinen Augenwinkeln.

Als ich vor ihm stand, nahm er seine Hände aus seinen Jeanstaschen, fasste mich an beiden Ellenbogen und zog mich näher zu sich, um mich leicht auf beide Wangen zu küssen, wobei sein Dreitagebart ein angenehmes Prickeln auf meiner übersensiblen Haut hinterließ.

„Kate", er sagte es wie eine Feststellung und bildete ich es mir nur ein oder klang seine Stimme etwas heiser?

„Hey", gab ich leise zurück und als ich einen Hauch seines unglaublich guten Parfüms in die Nase bekam, musste ich mich schwer beherrschen, um mich nicht an seinen Hals zu werfen.

„Du siehst...einfach...umwerfend aus", krächzte er. Ja, kein Zweifel – entweder hatte er sich von seiner Herumsteherei ohne Jacke eine fette Angina eingefangen oder dieses Treffen wühlte ihn genauso auf wie mich.

„Lass uns reingehen", erwiderte ich und lächelte ihn an, was mit einem breiten Strahlen quittiert wurde.

Er hielt mir die Tür auf und ich fragte den geflissentlich herbeieilenden Kellner nach unserem reservierten Tisch, der sich in einer der romantischen kleinen Nischen am Rande des Restaurants befand. Arschloch Karotte – ich hatte ihn nun vier

Jahre lang so bezeichnet, noch war ich nicht so weit, ihn wieder bei seinem echten Namen zu nennen – nahm mir meinen heißgeliebten Burberry-Trenchcoat ab, auf den ich jahrelang gespart hatte und den zu tragen ich leider viel zu selten Gelegenheit hatte und als seine Daumen meinen Hals streiften, rieselte ein freudiger Schauer der Erwartung mein Rückgrat hinab. Er rückte mir tatsächlich auch noch den Stuhl zurecht (Hatte er den Knigge gelesen in Vorbereitung auf dieses Date? Musste ich ihn jetzt etwa in Gentleman Karotte umbenennen?) und nahm gegenüber von mir an dem kleinen Tisch mit rotkariertem Tischtuch Platz.

„Also wirklich, Kate, ich weiß gar nicht, was ich sagen soll. Du hast abgenommen, oder?"

Hm. Sollte ich mich nun freuen, dass es ihm aufgefallen war oder sollte ich irritiert sein, weil er es erwähnt hatte? Hatte er mich früher, mit ein paar Kilos mehr auf den Rippen, etwa weniger attraktiv gefunden?

„Das steht Dir unglaublich gut", fuhr er fort und legte seine Hand auf meine, wo sein rechter Daumen sofort begann, mir hypnotische kleine Kreis in die Haut zu sengen. „Nicht dass Du mir früher nicht gefallen hättest, aber jetzt bist Du einfach – wow."

Ich beschloss, nichts dazu zu sagen und lächelte ihn nur kurz an.

In diesem Moment erschien der Kellner, um die Speisekarten vor uns hinzulegen und wild gestikulierend die Spezialitäten der heutigen Tageskarte anzupreisen. Ich war froh, als er unsere Weinbestellung aufgenommen hatte und geschäftig davonsauste. Ich wollte keine Sekunde mit dem Mann verschwenden, den ich viel zu lange nicht gesehen hatte.

„Gott", er fuhr sich mit der freien Hand übers Gesicht und als er mir wieder in die Augen sah glaubte ich, tatsächlich so etwas wie Schmerz darin erkennen zu können.

„Ich habe Dich so vermisst, Kate, das kannst Du Dir nicht vorstellen. Es gab keinen verdammten Tag, an dem ich nicht an Dich gedacht hätte. Und als ich Dich gesehen habe kürzlich im Rewe, da war alles sofort wieder da. All die Dinge, die ich so an Dir geliebt habe. Ich hatte versucht, es zu verdrängen, aber dann kam das alles wieder hoch – wie lustig Du bist, wie schlagfertig, wie ehrlich, wie knallhart zu Dir selbst und zu anderen, wie fleißig, wie klug und wie sarkastisch." Er grinste mich mit hochgezogener Augenbraue an und hatte plötzlich einen unfassbar spitzbübischen Ausdruck im Gesicht. „Und was für eine Rakete im Bett."

Ich musste ebenfalls grinsen.

„So so, das hattest Du also vergessen oder wie?"

„Niemals, wie könnte ich?" Das Grinsen wurde noch ein wenig frecher, dann wurde er wieder ernst. Er verschränkte seine Finger mit meinen.

„Kate, ich weiß nicht, was in mich gefahren ist damals. Ich konnte damit überhaupt nicht umgehen. Ich war noch nie zuvor in meinem Leben ernsthaft verliebt gewesen, ich hatte nie zuvor darüber nachgedacht, sesshaft zu werden und eine Familie zu gründen. Dann kamst Du in mein Leben und hast es auf den Kopf gestellt und Du warst alles, was ich zuvor immer an einer Frau vermisst hatte. Du warst die erste Frau, der ich mich geistig nicht überlegen gefühlt habe."

(Nett, dachte ich kurz. Das sollte er seine Exfreundinnen, von denen es immerhin eine stattliche Anzahl gab, vielleicht besser nicht hören lassen)

„Ich habe Dich auch vermisst. Du hast gleichzeitig meinen Glauben ans männliche Geschlecht wieder hergestellt und grausam zerstört", sagte ich leise und entzog ihm sanft meine Hand, um mich aufrechter hinzusetzen. „Ich hatte gedacht, ich hätte nach der entsetzlichen Enttäuschung mit Nils endlich den Mann gefunden, mit dem ich den Rest meines Lebens verbringen würde. Und dann bist Du ohne eine Erklärung aus meinem Leben verschwunden. Hast Dich nicht mehr gemeldet bis auf dieses eine, nichtssagende Telefongespräch. Das war es dann. Was glaubst Du, wie es mir gegangen ist? Es war, als hättest Du mir mein Herz herausgerissen – und das in dem vollen Bewusstsein, dass ich nach der Sache mit Nils ohnehin fürchterlich verletzt und verwundbar war." Ich musste mich selbst unterbrechen, bevor mir die Tränen kamen. Ich hatte mir geschworen, nicht zu weinen – komme, was wolle.

Er beugte sich vor, stützte beide Ellenbogen auf den Tisch und sah mich todernst an.

„Oh Kate, für mich war es auch so schlimm. Zum ersten Mal in meinem Leben hatte ich mir eingestanden, dass ich mein Herz verschenkt habe - was für einen überzeugten Single wie mich eh schon schwer genug war - und dann erzählst Du mir, dass Nils wieder auf der Bildfläche erschienen ist und dass er um Dich kämpft und was weiß ich nicht alles."

Scheinbar verzweifelt fuhr er sich durch seine kurzen dunklen Haare und zerstörte so seine sorgfältig zurechtgemachte Gelfrisur.

„Damit konnte ich einfach nicht umgehen. Die Vorstellung, dass ihr euch wieder näher kommt, dass Du vielleicht sogar schon wieder mit ihm schläfst, das war so schlimm für mich. Ich konnte mit der ganzen Situation, dass Du irgendwie nicht richtig frei bist, einfach nicht umgehen und ich habe die feige Variante gewählt. Ich konnte das einfach nicht. Es tut mir so leid, Kate. Und es ging mir wirklich unglaublich schlecht, weil ich Dich so abnormal vermisst habe. Jeden verdammten Tag."

Ich sah ihm in seine tiefgrünen Moosaugen mit den dichten dunklen Wimpern, in den aufrichtiges Bedauern und echte Trauer stand und es traf mich wie ein Blitz genau ins Herz.

Das waren nicht die grünen Augen, in die ich jeden Morgen beim Aufstehen schauen wollte. Das waren nicht die grünen Augen, die ich Funken sprühen sehen wollte, wenn ich etwas Lustiges gesagt hatte. Das waren nicht die grünen Augen, die ich zärtlich weich werden sehen wollte, wenn ich traurig war. Es war einfach nicht der richtige Mann. Klar, Arschloch Karotte war umwerfend sexy und die körperliche Anziehungskraft zwischen uns beiden konnte man fast mit Händen greifen. Mich wunderte, dass nicht sämtlichen anwesenden Personen die Haare zu Berge standen, so stark war die elektrische Spannung zwischen unseren Körpern. Aber Arschloch Karotte war eben auch – ein Arschloch. Seit zehn Minuten erklärte er mir, wie schlecht er sich bei der ganzen Sache gefühlt hatte. Und ja, auch wenn er alles bereute, so war eben er auch dafür verantwortlich und er hatte sich offenbar keinerlei Gedanken darüber gemacht, wie es sich anfühlte, wenn man innerhalb eines halben Jahres zweimal ein ohnehin äußerst fragiles Herz gebrochen bekam. Ich, ich, ich – das war alles, an das er denken konnte. Und wenn ich ehrlich war, war das noch nie anders gewesen und würde sich mir an Sicherheit grenzender Wahrscheinlichkeit auch nie ändern.

Im Gegensatz zu einem anderen Mann, der, seit ich ihn kannte, mein Wohl vor seins gestellt hatte, der alles getan hatte, um mich aufzuheitern und mich glücklich zu machen. Der mir an winzigen Kleinigkeiten gezeigt hatte, dass er mir nicht nur zuhörte, sondern sich auch alles merkte, was ich sagte. Weil es ihn interessierte, weil ich ihm wichtig war."

Ruckartig stand ich auf und hätte beinahe das Tablett des verdutzen Kellners, der gerade – endlich – unseren Wein bringen wollte, abgeräumt.

„Es tut mir leid – ich muss gehen", erklärte ich einem von Donner gerührten Arschloch Karotte, der es nicht einmal mehr schaffte, seinen Mund zu schließen.

Ich wartete seine Antwort gar nicht mehr ab, sondern joggte aus dem Restaurant, nahm im Vorbeirennen meinen Mantel vom Haken und eierte über den Kies zu meinem Auto, so schnell mich meine ungewohnt hohen Hacken trugen.

„Bitte lass ihn daheim sein, bitte lass ihn daheim sein", betete ich wie ein Mantra, während ich in leicht überhöhter Geschwindigkeit durch den stockdunklen Wald jagte. Nach kaum zehn Minuten, die mir wie Stunden vorkamen, hielt ich mit quietschenden Bremsen vor Hiasis windschiefem Hexenhäuschen, das in völliger Dunkelheit lag.

Das konnte nicht wahr sein. Es durfte nicht wahr sein! War er nicht zu Hause? Ich musste mit ihm reden, jetzt, sofort.

Ungeduldig schleuderte ich meine ungeliebten Schuhe von den Füßen und rannte die wenigen Meter zur Haustür, wo ich mit zitternden Fingern auf den Klingelknopf drückte und Sturm läutete.

Die längste Minute meines Lebens verging und mein Herz sank mir bis in die Kniekehlen. Er war nicht zu Hause. Wann hatte ihm Saskia noch mal ein Date abgenötigt? Die Vorstellung, dass ich zu spät kam und er sich gerade Hals über Kopf in diese lang aufgeschossene Bohnenstange verliebte, war mehr als ich ertragen konnte.

Gesenkten Kopfes drehte ich mich um und wollte gerade die zwei Treppenstufen zu dem kurzen Gartenpfad hinuntersteigen, als Hiasis Haustür aufging. Ich wirbelte herum und erfasste mit einem Blick den Mann, der vor mir stand und mich entgeistert anstarrte.

Hiasi hatte schonmal besser ausgesehen. Sein kariertes Hemd hing halb aus der tief sitzenden Jeans, seine Füße waren nackt. Sein sonst so freundliches Gesicht war von

Bartstoppeln bedeckt, seine Augen gerötet und er hatte einen ausgesprochen alarmierten Ausdruck im Gesicht.

„Kate! Was ist passiert? Wo ist er? Habt ihr euch gestritten?" Er spähte über meine Schulter, was ihm nicht schwerfiel, da ich ja ebenfalls keine Schuhe trug.

„Was hat er gemacht? Hat er Dich versetzt? Hat er Dich aufgeregt? Ich schwöre Dir, dieses Mal kommt er nicht davon. Dieser dämliche Idiot! Wenn er Dir schon wieder weh getan hat, dann bringe ich–"

„Hiasi", unterbrach ich ihn und packte ihn vorne am Hemd, „er hat gar nichts getan. Es ist alles gut."

„Aber – warum bist Du dann hier und nicht bei ihm?"

„Weil er nicht Du ist, ganz einfach. Er hat es geschafft, dass er zu Arschloch Karotte für mich wurde und diesen Namen trägt er einfach nicht zu Unrecht."

„Also war doch was, oder? Ich wusste es! Ich dreh ihm den Hals um!"

„Nein", fiel ich ihm erneut ins Wort und schüttelte ihn leicht, bis er mich wieder ansah. „Hiasi, mir wurde gerade bewusst, dass ich keine Gefühle mehr für ihn habe. Ich will ihn nicht. Ich kann Dir auch nicht sagen, was da in mich gefahren ist – ob es nur verletzter Stolz war oder ein Gefühl der Nostalgie, aber es ist definitiv keine Liebe."

Ein unverkennbarer Ausdruck der Erleichterung huschte über Hiasis angenehmes Gesicht, dann sah er mich sofort wieder besorgt an.

„Aber Kate, Du zitterst ja! Und Du hast keine Schuhe an, Du kleines Dusselchen! Komm sofort mit rein, ehe Du Dir noch den Tod holst." Er lief rückwärts und zog mich dabei mit sich, weil ich mich nach wie vor an ihn klammerte wie eine Ertrinkende.

Schnell schloss er die Tür und wich so weit zurück, bis wir beide auf dem bunten, kleinen Flickenteppich standen, der die Holzbohlen im Flur bedeckte. Als er stehen blieb, wurde ich durch den Schwung meiner eigenen Bewegung an seine breite Brust gepresst und ich musste den Kopf in den Nacken legen, um ihm in die Augen sehen zu können. Mit seinen großen, warmen Händen rieb er über meine eiskalten Oberarme.

„Kate, das ist...“, sagte er rau und schüttelte den Kopf.

„Warum bist Du hier?“, fragte er leise.

„Hiasi – Du bist es“, erwiderte ich schlicht und endlich gelang es mir, meine verkrampfte Hand von seinem Hemd zu lösen und sie flach auf seine Brust zu legen, mitten auf sein wild klopfendes Herz. „Ich will ihn nicht, ich will Dich. Du bist der, der mir zuhört, der an mich denkt, der mich zum Lachen bringt, der auf mich aufpasst, de rmich aufmuntert, der immer für mich da ist. Du bist es – Du bist der eine. Für mich. Wenn Du mich willst?“ Ängstlich starrte ich in sein schönes, liebenswertes Gesicht und wartete auf eine Reaktion.

„Kate“, sagte er feierlich und strahlte mich an – sein wunderbares Strahlen voller Herzenswärme und Güte und mit leuchtenden grüngoldenen Augen. „Du bist es auch – und Du warst es vom ersten Moment an, an dem ich Dich in diesem komischen Café wiedergesehen habe. Und ich verspreche Dir, Du wirst es auch für immer bleiben.“

Und dann endlich, endlich küsste er mich.

❀ ❀ ❀ Danksagung ❀ ❀ ❀

Jetzt kommt wieder der schwierigste Teil des ganzen Buchs. Wo fange ich an, wo höre ich auf und wer ist tödlich beleidigt, wenn ich ihn (ich schreibe das jetzt mal so modern „gn", also geschlechtsneutral, wie das aktuell in allen Stellenausschreibungen steht: m/w/d oder m/w/gn) vergesse?

Also, Ihr Lieben, ob Ihr nun geschlechtsneutral seid oder nicht (mir fällt spontan keiner ein) – ich danke Euch!

- Nana Müller: Nicht nur dafür, dass Du einer wichtigen Romanfigur ganz viele Deiner Charakterzüge (und Dein zauberhaftes Aussehen) geliehen hast, sondern vor allem für die Gestaltung des wunderschönen Covers (Nana Equestrian Design, www.mueller-johanna.de)

- Susanne „Su" Leibold von „Die Tagträumerei" für die spontane Zeichnung der zwei niedlichen Figuren auf dem Cover – und für die Melonenmützen, übrigens. Leider passt meinem Sohn seine nicht mehr, aber ich trage meine noch immer voll Stolz und Selbstironie

- Angelika Hertner von Grafikanker (www.grafikanker.de) für die vielen wertvollen Tipps bei der Cover-Gestaltung

- Linda Mugrauer fürs Korrekturlesen und ihre schonungslose Ehrlichkeit, was den Inhalt betrifft

- Allen Freundinnen, Freunden (und Feindinnen und Feinden…höhö) für die Inspiration und dafür, dass ich beim Schreiben immer jemanden vor Augen hatte und mir bildlich vorstellen konnte, wie die Szene gerade ablief
- Alle, die mich bei der Entstehung dieses Werks unterstützt haben, sei es durch Zuspruch, durch sanftes Drängen oder durch Drohungen, jetzt endlich weiterzumachen
- Allen, die dieses Buch nicht nur gekauft, sondern auch gelesen haben – und „Besser Neurosen als gar keine Blumen" ebenfalls
- Allen meinen „Fans", die der Facebook-Seite „Das Positiv-Experiment" noch immer folgen, obwohl ich leider nicht so viel schreibe, wie ich gerne würde
- Allen, die mir unter „im.facettenreich" bei Instagram folgen
- Und natürlich meiner Familie, die mich auch dann aushält, wenn ich einfach so bin, wie ich bin

Euch allen ein herzliches Dankeschön!

P.S.: Teil drei ist schon in meinem Kopf und ich werde alles geben, um nicht wieder vier Jahre zu brauchen, bis er erscheint. Kleiner Tipp: Im Titel kommen Gänseblümchen vor ☺

Wer nicht genug bekommen kann von Kate und Nils und ihren verrückten Freunden…es gibt bereits ein Buch mit den beiden:

Ansonsten schreibe ich immer mal wieder (wenn die Zeit es zulässt) auf meinem „Blog" (bin ich jetzt ne Bloggerin?)

„Das Positiv-Experiment" bei Facebook
oder
„Im.Facettenreich" bei Instagram

und freue mich über zahlreiche Likes, Kommentare und was man halt sonst noch so anstellen kann ☺